아담의
Y 염색체

아담의
Y 염색체

김춘규 장편소설

RHK
알에이치코리아

차 례

1

에덴동산으로 가는 길

아담의 자존감이 간당간당해지는 시기는 대략 주민자치센터에 혼인신고를 한 뒤부터다. 낭만적 사랑을 꿈꾸지만 결국 종신 노역을 선고받고 만다. 한마디로 말해 이브가 어떤 것을 명령해도 무조건 따라야 한다. 물론, 상식 밖의 일도 상관없다.

나의 이브가 어떤 여자냐고? 그건 차차 얘기하겠다. 어쨌든 나는 이브들의 소집 명령에 따라 에덴동산으로 가는 중이다. 약속 시각이 삼십 분 정도 지났다. 그래도 상관없다. 아담과 이브의 모임이 어떻게 시작해서 어떻게 끝날지 대충 알고 있다. 오늘 끝날지 내일 끝날지 모를 아귀다툼이 신경 쓰일 뿐이다. 하지만 평소 모임 때와는 비교도 할 수 없을 만큼 중요한 날이다.

나와 아담 형님들은 어느 멋진 날을 위해 치밀한 준비를 해왔다. 처음엔 1번 아담과 2번 아담의 반목과 경쟁 때문에 절대 그런 기적은 일어나지 않을 거라고 확신했다. 그러나 그건 일종의 속임수였고, 그들은 꽤 잘 어울리는 파트너다. 그러니 가장 완벽하게 이브들을 속일 수 있을 것이다.

 '그런데 난 어떡하지?'

 조금 두려워진다. 멈추기엔 너무 늦어버린 건지도 모른다. 그렇다. 나는 이브들을 생각할 때마다 숨이 막혀온다. 그녀들과 인연을 맺은 날부터 나의 인생에서 많은 것들이 떨어져 나갔다. 수컷으로서 최소한의 자존심, 돈, 친구들이 그것이다. 한마디로 말하자면 거세된 아담이 된 것이다. 이브들은 아담 중심의 사회는 더 이상 존재하지 않으며 침팬지의 세계에서 찾을 일이라고 단언한다. 나의 아내인 3번 이브는 더 독종이다. 스스로 훌륭한 수컷이라는 자부심, 성취할 수 없는 것에 대해 집착하는 남자는 수준 이하로 치부한다.

 난 3번 이브에게 주눅 들 때마다 나를 향한 나의 물음을 던진다. 내가 세속적 의미의 출세를 했더라면, 무시할까? 아무튼 난 무기력하다. 그러니까 내가 가진 능력은 모래로 쌓아 만든 성처럼 파도가 밀려들 때마다 힘없이 쓰러져버린다. 내가 쌓은 성들은 하나도 남아 있지 않다. 후회란 언제나 한 걸음씩 늦게 찾아온다. 사실이 그렇다. 말이 나왔으니 하는 말이지만, 그녀들은 이브 중심의 가족 질서에 목숨 줄을 걸고 산다. 게다가 3번 이브는 돈이라는 단어로 나의 자존심을 건드린다.

"이젠 정신 차리고 살아! 변변한 돈도 못 벌면서 그 일은 왜 해? 답답하긴!"

그녀는 나의 직업을 무시하듯 비아냥댄다. 너무 당연한 얘긴데 너무 당연해서 울고 싶다. 3번 이브의 얼굴엔 일말의 악의도, 가식도 서려 있지 않은 순수한 표정이다. 나는 당황스럽지만 한마디 해준다.

"그놈의 돈은. 지겹지도 않아?"

"돈이 지겨워? 그럼 돈 좀 벌어와 봐!"

나는 무모한 욕심도, 불가능한 희망도 품지 않고 사는 사람이다. 그래서 나의 삶이 탄탄대로가 아니라 구불구불했는지도 모른다. 성실히 노력은 하지만 부와 명예는 나와 상관없는 세계라 여긴다. 한편으론 삼십 대 후반이 넘어섰는데도 모아둔 돈도 없고 벌이가 시원찮은 내가 한심하기는 하다. 아무리 잘났다고 우겨도 변변한 소득이 없으면 아무것도 아닌 거다. 그렇다. 3번 이브는 제 밥그릇도 못 챙기는 위인이라는 악담을 거침없이 퍼붓는다. 내가 대거리 해봐야 아무런 소용이 없다. 그녀는 또 이렇게 말할 것이다.

'돈 몰라? 세상에서 제일 똑똑하고 힘센 놈! 정말 모르겠어? 사람이 똑똑해봐야 그게 그거지. 당신은 정말 한심한 사람이야. 진리를 모르다니!'

그녀는 아무렇지도 않게 나의 자존심을 찢어발긴다. 겉으론 호기롭게 포즈를 취하지만 속으론 얼마나 힘겹게 사는지 3번 이브는 모른다. 그리고 그 정도밖에 인정받을 수 없는 현실이 비참하다. 그녀의 말마따나 줄어 경비도 못 건지는 어장이 매년 반복되고 있다. 대학교를 마치자마자 바다에서 굴린 몸이라 어장이라면 이골이 날 대로 났지만, 만선은 고사하고 자잘한 물고기가 전부다. 하지만 난, 나의 직업에 대해 한 번도 불만을 가져본 적이 없다.

문제는 가정환경이다. 3번 이브는 시간과 장소에 상관없이 쏘아댄다. 나를 그렇게밖에 대접해주지 않는 그녀에게 불만을 토로하다가도 어느덧 순응한다. 줏대가 없는 건지 적응력이 빠른 건지 모르겠다. 한두 번 시도해보다가 잘 풀리지 않으면 즉시 마음을 접어버린다. 앞으로도 계속 그렇게 살 것 같아 걱정이다. 더구나 나는 가정경제를 책임지지도 못한다. 아주 별 볼 일 없는 가장이다. 그나마 힘든 직업을 가진 뱃사람이고 형편없는 벌이를 하고 있다. 시쳇말로 어중이떠중이다. 그러나 맹세코 어중이떠중이니 하는 그런 팔자 좋은 가장이 되어본 적은 없다. 오히려 내가 뱃사람이 맞나 하는 의문이 들 만큼 빠듯한 일상을 보내고 있다. 밤과 낮에 상관없이 물때에 맞춰 바다로 나가 그물을 던지고, 수시로 3번 이브를 대신하여 집안일과 생선 배달을 도맡아야 한다.

3번 이브의 공식적인 직업은 생선 도매업이지만, 실상은 에덴동산 상인들에게 일수를 놓는 일이다. 그녀는 사채놀이가 매우 진보

적이며 자본주의의 꽃이라고 주장한다. 그러나 돈만 추구하는 행위가 진보적이며 자본주의의 꽃인지는 잘 모르겠다. 한마디로 돈 앞에서는 무지막지한 여자다. 그리고 무엇보다 내가 그런 여자의 남편이라는 게 싫다. 하지만 이브들의 명령을 거부하면 무조건 독방으로 보내지거나 그도 아니면 험악한 지경에 이를지도 모른다. 이전의 그날처럼 이브들이 합세하여 피가 튀기는 일이 벌어질 것이다. 그때 피를 흘린 사람은 2번 아담이었지만 1번 아담과 나에게도 불똥이 튀었다. 물론 세상엔 멋진 공처가나 애처가도 필요하다. 하지만 나와 아담 형님들은 언제나 머슴 취급을 당한다. 그렇다. 겉으론 노예처럼 복종하고 살지만 마음속으론 '이건 뭐지?' 하고 의문을 품을 때가 있다. 달리 말하자면 '아담의 자존감은 뭐지?'가 맞겠다.

나와 아담 형님들은 잘 알고 있다. 가족의 중심이 되기엔 처음부터 우리의 선택은 너무나 잘못됐다. 왜냐하면 그녀들은 전통적인 남과 여의 경계를 허물어버림으로써 해방을 가져온다고 믿는다. 이제 나와 아담 형님들은 무엇이 진실인지 아무런 의미를 가질 수 없게 되었다. 결국 가족의 중심이 될 수 없다는 결론을 내렸다. 그런데 가족의 중심이 되어볼 기회조차 거두어가 버린 사회 시스템은 누가 만든 거지? 그냥 하루 세 끼 얻어먹고 푼돈에 감사하며 종신 노예로 살아야 하나? 하긴, 인생에서 제일 어정쩡한 시기가 아저씨란 말을 듣는 순간부터다. 더 이상 누구의 아들도 아니고, 총각이나 형은 더더욱 아니다. 우리처럼 어디에도 소속되지 못하는 사람들은 무조건 아저씨다. 더구나 벌이가 시원찮으니 무능력자로 취급받는다. 그럼에도 나는, 아담 형님들과 이브들의 주도권 싸움에 끼어들고 싶지 않다. 그들이 지쳤으면 좋겠다. 하지만 그들에게 있어 주도권에 대한 이해는 인간에 대한 기본적인 이해이며 영원한 주제라고 할 수 있다.

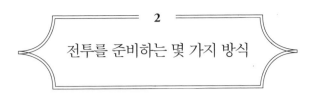

2
전투를 준비하는 몇 가지 방식

나는 호흡을 가다듬고 에덴동산으로 들어선다. 1번 아담이 쩌렁쩌렁한 목소리로 노래를 부르고 있다. 음정도 박자도 제멋대로다. 2번 아담과 이브들은 앉아서 손뼉을 치고 있고, 1번 아담은 두서없이 고함만 질러댄다. 그간 노래 연습에 들였던 공력을 생각한다면 진짜 가수가 되었대도 시원찮을 판국이지만, 그는 여전히 음치다. 이브들도 1번 아담의 이러저러한 노래를 한낱 소음 정도로 들어 넘기는 편이다. 하지만 2번 아담은 아랫입술을 비틀어 올리며 못마땅한 눈치다.

"1번이면 다야? 에덴동산에서 돈 좀 번다고 거들먹거리는 품세라니, 못 봐주겠어. 그뿐이냐? 친구 한 명 없이 1번 이브의 치마폭에 휘감겨 사는 꼬락서니가 어딘가 수상쩍지 않아? 남성호르몬이 차단당한 것이 분명해!"

그는 언제 어디서나 1번 아담을 거세당한 수컷으로 단정한다. 2번 아담은 근무하던 은행에서 대대적인 인원 감축을 단행했는데, 그 여파로 대기 발령을 받았다. 끝까지 버둥거렸지만 결국 떠밀려 나와야 했다. 살고 있던 아파트를 팔고 비교적 집값이 싼 동네를 찾아보았지만 간신히 둥지를 튼 곳은 에덴동산에 위치한 허름한 조립식 건물이다. 통장에 들어 있던 퇴직금도 벌써 바닥났다. 그나마 에덴동산에서 일군 무화과 농장도 신통치 않다. 그렇다고 움츠러드는 기색도 보이지 않는다. 2번 이브로선 분통 터지는 일이다.

"은행원 출신이 관련 직종에서 재기를 노려야지. 무화과 농장이라니. 무능력한 사람 같으니라고. 괜히 잘렸겠어? 정말 꼴 보기 싫어. 남부끄럽고!"

나는 그때 처음으로 2번 이브의 면모가 이기적이라는 사실을 알았다. 그녀에게서 선언과도 같은 말을 들은 뒤부터 냉혈한처럼 느껴졌다. 기억을 더듬어보면 2번 아담은 가족을 위해 죽어라 일했다. 그런데 직장에서 잘렸다고 청소를 시키거나, 세탁한 옷을 건조대에 널 것을 명령했다.

내가 알기론 2번 아담은 집안일과 무화과 농장에 충실했다. 그런데도 2번 이브는 푸념과 비난을 그치지 않는다. 그의 갑작스러운 해고가 가족의 생계를 위협했겠지만 그러는 게 아니다. 용돈을 줄이는 것도 모자라 수시로 악다구니를 해댄다. 게다가 2번 아담이 입고 다니던 정장은 모조리 상자에 구겨 넣어 창고로 내던졌다. 2번 아담은 당황해하며 어금니를 악물었다. 한 달 동안은 실직자라는 사실을 받아들이지 못했고, 두 달째는 가슴으로 덴바람이 달려들었고, 석 달째는 마침내 우울증이 생겼다. 그러다 2번 아담은 그녀의 패악에 대거리를 시작했고, 시시하기 그지없는 싸움을 벌이는 중이다. 내 생각으론, 싸우다가 결국 항복하고 적당히 타협하든지 아니면 대거리를 하는 시늉만 내고 있는지도 모른다. 물론 나의 추측일 뿐이다.

왜냐하면 2번 아담은 수컷의 자존심을 아주 대단하게 생각하는 사람이다. 그래서 나처럼 적당히 대충 넘어가지 않는다. 판단이 옳건 그르건 간에 자존심 하나로 버티는 위인이다. 그게 유일한 재산이다. 그러므로 나는 2번 아담이 제의하는 어느 멋진 곳으로의 행로에 동참할 수 없다. 무엇보다 일이 잘못 꼬여 독방으로 직행하는 게 싫어서다. 이브들과 싸워 승자가 될 가능성도 희박하지만, 설사 이긴다 해도 나에겐 별 도움이 되지 않는다. 잘못했다간 전남편이 될 수도 있다.

나는 3번 이브와 눈을 마주친다. 그녀는 대뜸 눈알부터 부라린다. 사랑과 경멸 사이, 어쩌면 이 세상을 살아가는 모든 부부들의

모습이 아닐까? 더구나 아담들에겐 잘 알려진 협박성 퍼포먼스
다. 이브들은 자신이 의도한 바를 관철시키기 위해서는 눈알부터
부라린다. 한번 겪어본 사람이라면 누구라도 당해낼 재간이 없다.
아담 형님들도 이브들이 양미간을 좁히면 가슴을 쓸어내린다. 나
는 비굴한 표정으로 3번 이브에게 한쪽 눈을 깜빡여준다. 그녀가
아랫입술을 비틀어 올린다.

"오버하지 마. 기분 망치지 말고. 알았어?"

난 마지못해 고개를 끄덕인다. 이브들이 세워둔 원칙과 질서를
따를밖에 도리가 없다. 그나마 2번 아담이 전수해준, 교미기에 접
어든 물개처럼 송곳니를 내보이는 대범함은 터득하지 못했다. 나
는 슬그머니 이브들의 눈치를 살핀다. 입꼬리가 귀에 걸려 있다.

"저어……."

나의 말소리는 노랫소리에 파묻혀버린다. 3번 이브가 무슨 낌새
를 알아차렸는지 돌아보지만 이내 고개를 돌려버린다. 난 용기를
내어 다시 외친다.

"사랑하는 넘버 스리, 파이팅!"

그녀가 턱으로 그만 까불라는 경고를 보낸다. 나는 3번 이브의
매서운 눈길을 피해 무화과를 입으로 가져간다. 앞에서도 말했지
만, 지구상엔 남성성이 거세당한 아담들이 널려 있다. 이브가 어
떤 요구를 해도 무조건 눈치를 살펴야 하고, 수단과 방법을 가리
지 않고 돈을 벌어 상납해야 한다. 그뿐이 아니다. 각종 이벤트를
챙겨야 하고, 자식이 독립할 때까지 부양해야 할 의무가 있다. 물

론 독립하지 않겠다고 우기면 목숨이 다하는 그날까지 먹여 살려야 한다.

내가 가족이라는 그물에 갇힌 것은 삼십 대 초반의 일이다. 난 커다란 실수를 저질렀다. 그건 결혼이다. 세 살 아래의 이브에게 첫눈에 반한 것이다. 너무 예쁘고 청순한 여자였다. 하지만 나의 선택이 탁월했다는 판단은 참으로 짧았다. 연애는 낭만이고 결혼은 현실이라는 명언을 믿지 않은 게 실수다. 결혼 서약서에 서명하고 신혼생활이 끝나갈 즈음부터 3번 이브의 머리에선 뿔이 자라났고, 그 뿔은 점점 더 위협적으로 변했다. 미처 날뛰는 황소처럼 나의 가슴팍을 수시로 들이박았다. 낭만적 사랑을 꿈꾸었는데 결국 그녀의 노예가 되고 말았다. 나보다 앞서 결혼한 아담 형님들도 목에 방울을 달았고 결국 종신 노역을 선고받았다. 이브들은 그것도 모자라 아담들을 향해 단호하게 명령했다.

"이렇게 해봐. 아랫입술은 들어 올리고, 눈알에 힘은 빼! 허리는 약간 숙이고. 그래. 아주 좋아. 잘해줄 때 잘해! 후회하지 말고!"라는 최후통첩을 보냈다. 틀린 말은 아니다. 그렇지만 이제 과거의 얘기일 뿐이다. 누렇게 변한 결혼 서약서를 보면 알 것이다. 전면에 실린 결혼 서약서는 언제나 현재진행형이어야 한다.

문제는 섹스다. 내가 알기론 섹스라는 용어는 아담 집단과 이브 집단 간에 엄격히 구분하여 사용되었다. 그러나 섹스의 의미는 성관계를 맺는 것으로 의미가 확장되었고, 이제는 권력의 문제와 연관 지어지게 되었다. 이는 성의 문제가 행위의 차원을 넘어 남녀 관계의 권력 문제로 나아가고 있음을 의미한다. 그렇다. 섹스는 인간 자체의 문제뿐만 아니라 이브들의 권력과 당위를 갖춘 하나의 사상체계가 되었다. 그런데 여기서 주목해야 할 것이 있다. 섹스가 일련의 과정 속에서 가부장적 아담 중심의 세계를 파괴하고 있다는 점이다. 환장할 노릇이다. 그러니까 아담들은 더 이상 사랑을 주는 주체가 아닐뿐더러 오히려 사랑을 구걸하는 객체로 추락해버렸다.

나와 아담 형님들은 사랑과 섹스가 무슨 뜻인지 모른다. 적어도 결혼 생활에서 말하는 사랑과 섹스라면 더욱 그렇다. 아마도 여왕 밑에서 허리를 굽혔던 아부꾼들이 머리를 짜내서 만든 모호한 의미의 단어일 것이다. 사랑이란 보이지도 않고 만질 수도 없다. 하여, 사랑이란 싱글의 심장만이 느낄 수 있다고 단언한다. 왜냐하면 각종 공과금, 애경사, 집, 양육 문제, 노후대책, 미래의 일 따위는 생각하지 않아도 되기 때문이다. 그게 낭만적 사랑과 현실의 차이점이다.

그러니까 내가 종신 노역을 선고받기 전이다. 내 심장의 피돌기는 힘찼으며 평판이 매우 좋은 청년이었다. 내가 사랑을 베풀어주었던 3번 이브는 귀엽고 애교 넘치는 막내였다. 그런데 3번 이브의 언니들은 결혼의 조건을 붙였다. 무뇌주를 마실 것과 무조건 여자를 인생의 일 순위에 놓고 살아야 한다는 것이 그 조건이었다. 나는 그녀들의 본심을 몰랐다. 그걸 알았다면 종신 노역을 선고받았겠는가. 온갖 힘든 노동을 도맡아 해야 하는 머슴처럼 나를 부려먹으려는 수작이었다. 만약 시간을 되돌릴 수만 있다면 절대 그런 실수는 저지르지 않을 텐데 말이다. 어쨌든 나는 이브들의 소굴에서 온갖 궂은일을 도맡아 하고 있다. 물론, 몸으로 때우는 일이 나의 본업이긴 하지만 이브들을 위해서 육체적, 정신적인 노동력까지 제공해야 한다. 그렇다. 나는 수시로 나의 삶을 성찰해 본다. 성찰의 결과가 뭐냐고? 그건 인생의 최대 실수는 결혼이라는 사실이다. 그러니까 결혼 승낙을 받으려고 갔지만 이브들은 대문을 열어주지 않았다. 난 닫힌 대문 앞에 서서 사랑한다고 외칠 만큼 순수하고 착한 남자였다. 결국 대문이 열렸고 결혼 승낙을 받았다. 그리고 그날 2번 아담이 말했다.

"스스로 종신 노역을 자처하다니. 지금이라도 늦지 않아. 다시 생각해봐! 선배의 충고를 무시하지 말라고. 다시 돌아갈 거야, 하고 외쳐봐. 그게 가능한지. 결혼의 세계는 살벌해!"

2번 아담은 나의 얼굴을 빤히 바라보며 연민의 눈길을 보냈다. 그가 말한 그대로였다. 그땐 그 말의 의미를 몰랐는데 끝내 현실이 되어버렸다. 나는 결혼과 동시에 수시로 경고장을 받았다. 한두 번이 아니다. 물론, 3번 이브를 위해 어떤 봉사를 하느냐에 따라 처벌은 달라진다. 그렇지만 그녀의 비윗살을 맞추는 건 자의가 아니다. 달리 말하자면, 그건 가족 사랑이고, 소유할 수 없는 것에 대한 향수이기도 하다. 그러나 환상은 깨어졌고 단절의 순간이 왔다. 그러니까 환상적이고 허상적인 이브를 향해 '죽어도 널 포기 못 해! 왜냐고? 사랑하니까!'라는 외침은 지옥문을 열어젖히는 음산한 마법이 되고 말았다. 정말 그렇다. 나는 충실한 가장이고, 바다에선 나름 열심히 물고기를 잡아 올리는 뱃사람이다. 하지만 나의 아내인 3번 이브는 악담을 입에 달고 산다. 이웃들도 집 안에서 흘러나오는 고함 소리에 잠시 귀를 기울였다가 고개를 끄덕인다.

난 결혼 생활이 힘겹다. 더러는 그 굴레를 던져버리고 싶다. 그런 나와는 반대로 3번 이브는 허공으로 펄쩍펄쩍 뛰어오르며 탄성을 내지른다. 아무런 거리낌이 없다. 우리의 부자연스러운 조합이 너무 자연스럽게 어울려 보여서, 오히려 이상하게 느껴질 지경이다.

내가 던지는 그물은 여느 아담의 그물과 마찬가지로 물고기를 놓치기 일쑤다. 그 여파로 3번 이브가 휘두른 도리깨에 수시로 두들겨 맞는다. 나는 그때마다 겸연쩍어져서 머리를 긁적인다. 그래도 가족을 위해 최선을 다해 그물을 던지고, 잔고기라도 잡아 전과 마찬가지로 3번 이브와 아들을 먹여 살린다. 그러나 가족들은 예전처럼 열광하지 않는다. 난 삶의 게임을 관전하는 하나뿐인 관중이자, 유일한 머슴이 된 셈이다. 나는 나의 삶을 성찰하는 순간 내내 중얼거린다.

'그 어떤 수컷도 종신 노역을 선고받으면 절대 벗어날 수 없어! 절대로!'

한편으론 더 나은 삶을 위해 허비한 시간을 보상받고 싶다. 앞에서도 말했지만 종신 노역을 선고받기 전까지는 자신의 판단이 잘못됐다고 인정하는 수컷은 거의 없다. 드라마나 순정만화에 나오는 주인공들처럼 낭만적 사랑과 삶을 꿈꾼다. 하지만 형이 선고된 뒤엔 자신이야말로 결혼 제도의 희생양이라고 울먹인다. 수컷들의 최고의 불운은 어머니의 배 속에서 자지가 달린 채 태어났다는 사실이다.

　나에게 있어 대단한 사건이다. 한 인간의 삶을 결정할 만한 요소들을 모두 갖추고 있는 매우 긴박한 상황이 벌어졌다. 엄청난 수의 정자들이 일제히 꼬리를 흔들기 시작했다. 게다가 선택권을 가진 난자는 아주 까다로운 조건을 제시했다. 하지만 정자 쪽에서 보면 단순 명료한 게임이었다. 그런데도 경기가 길어진 건 난자가 하나밖에 없는 탓이었다. 따라서 정자들은 착상의 기회를 얻기 위해 밤낮으로 꼬리를 흔들었다. 아무런 불평도 하지 않았다. 죽든 살든 둘 중 하나였다. 정자들은 격한 싸움을 벌였다. 어떤 정자는 '이건 너무 가혹하잖아! 게임에서 빠질 거야'라고 절규했는지도 모른다. 그렇지만 대다수의 정자들은 죽어라 꼬리를 흔들었다. 선두 그룹은 자연스레 형성됐다. 그러나 그들의 싸움은 훨씬 냉혹했다. 선택받을 정자는 단 하나뿐이었다.

　그렇다. 스스로 훌륭한 수컷이라는 위안, 성취할 수 없는 것에 집착하는 건 어리석은 짓이다. 왜냐하면 정자와 난자는 함께 가질 수 있는 공통분모가 전혀 없기 때문이다. 또한 그 게임은 단순히 즐기기 위해서가 아니라 구원과 죽음이 공존하는 격렬한 전쟁터이기도 하다. 여기서 말하는 구원과 죽음은 처음부터 불공평한 게임이다. 그 여파로 정자는 본능적으로 반항을 배웠는지도 모른다. 하나뿐인 난자의 선택을 받기 위해 죽어라 꼬리를 흔들지만 게임의 선택권은 이미 난자가 가진 걸로 정해져 있다. 정자의 입장에선 환장할 노릇이지만 받아들일밖에 도리가 없다.

더구나 기가 막힌 사건이 벌어진다. 일등을 한 정자는 착상을 확신하지만, 난자의 망막을 뚫다가 지쳐 서서히 죽음을 맞이한다. 두 번째로 도착한 정자는 히죽거리며 난자와 착상한다. 선택받지 못한 일등 정자는 죽어가면서 절규했을 것이다. '여행은 즐거웠지만 난자가 마음에 들지 않아 스스로 포기했다고.' 최악의 변명이지만 이해는 간다.

나는 3번 이브에게 주눅 들 때마다 출생 장면을 머릿속으로 상상해본다. 산부인과에서 자지를 달고 태어난 나를 간호사가 거꾸로 치켜들고 엉덩짝을 때렸다. 난 목이 터져라 울었다. 뱃일하는 아버지는 감동의 눈물인지 슬픔의 눈물인지는 모르겠지만 동공이 그렇했다. 그렇다. 나는 초등학교 5학년 때부터 정자를 생산하고 있다. 그렇기 때문에 말할 수 있다. 정말이지 한심한 놈들이다. 칠흑 같은 어둠이든 화사한 봄날이든 절대 포기를 모른다. 일 년 내내, 아니, 죽어가는 그 순간에도 게임에 임한다. 고통이라는 걸 모르는 놈들이다. 하지만 수많은 난관을 극복하고 자지를 달고 태어난 수컷들은 어쩌면 기회주의자다. 일등을 한 정자는 난자의 망막을 뚫다가 죽음을 맞이했고, 두 번째로 도착한 정자는 난자와 착상해 생명을 얻었다. 그 원죄로 결혼과 동시에 종신 노역을 선고받는지도 모른다.

종신 노역을 선고받기 전, 그러니까 성적 욕망이든 순수한 사랑이든 간에 쾌락을 나누어야만 정자가 꼬리를 흔든다. 거기엔 금기도 있고, 필히 이를 위반하고자 하는 욕망도 내포되어 있다. 그 행위엔 도착적이거나, 변태적이거나, 낭만적 사랑이거나 기타 등등 많은 종류가 있지만 결국, 정자 자신 때문이다. 바로 이 지점에서 질문을 던져야 한다.

정자란 지극히 고독한, 홀로 된 존재이기에 동료 정자에게 동정과 협동을 거부한다. 정자의 본성에도 어긋나는 일이다. 난자 또한 정자의 의견은 묻지 않고 오직 자신만의 목적을 추구한다. 그것이야말로 정자의 의무를 극대화시키고 연장시킬 수 있는 가장 유효한 수단이라고 믿는 까닭이다. 이것은 정자의 원죄다. 왜냐하면 일등 정자는 착상의 기회를 잃고 죽어갔고, 기회주의자인 이등 정자가 착상을 통해 완전무결해졌기 때문이다. 착상의 실패는 완전한 의무의 위반인 동시에 죽음을 의미한다. 그런 숙명 때문에 정자는 난자에게 영생을 갈구하게 되고, 난자는 권력자로서 칼자루를 쥐게 된다. 어쩌면 정자는 삶과 죽음의 결정권자인 난자에게 구걸해야만 생존이 가능한 존재인지도 모른다. 꼭 이것 때문만은 아니지만 나와 아담 형님들은 자지가 싫다. 왜냐하면 지금의 우리에겐 변론의 기회조차 없다.

자지를 달고 태어난 나와 아담 형님들은 매달 첫째 주 금요일, 에덴동산에서 만나 서로의 눈치를 살핀다. 노예처럼 일해서 벌어들인 돈을 이브들에게 뜯기고 푼돈을 받아 쓰는 게 전부다. 용돈은 매년 찔끔 인상된다. 더러는 대폭 삭감되기도 한다. 여하튼 자지를 달고 태어난 죄로 호되게 당하기도 하고, 인생의 쓴맛을 맛보기도 한다. 더구나 이브들은 우리가 벌어들인 돈을 놓고 잔액을 점검한다. 형편없는 벌이에 눈알을 부라린다.

그렇다. 수컷의 자존심을 짓밟히고 사느니 차라리 어느 멋진 곳을 찾아 떠나는 편이 나을지도 모른다. 더구나 아담 형님들은 기꺼이 모험을 감수하겠다는 맹세까지 했다. 왜냐고? 사랑은 관념이라는 걸 간파했기 때문이다. 그럼에도 불구하고 그 관념이 나의 발목을 붙잡고 있다. 그러니까 남편으로서, 아버지로서 책임져야 할 것들이 있다. 언제까지 내가 하고 싶은 것만 하면서 살 수는 없다. 최소한이 아니라 최대한 목숨을 다해, 책임과 의무를 완수해야 한다. 나는 그런 삶의 철학을 가지고 살아왔다. 그런 것들이 과연 수컷의 덕목일까? 의무와 권리 사이에 균형을 이루면서 살 수는 없는 건가? 나는 그런 의문에 휩싸일 때마다 삶의 철학이 흔들린다.

그녀들이 추구하는 건 돈, 권력, 이브 중심의 가족 질서, 지독한 자기애, 자매애에 이르기까지 이루 헤아릴 수 없을 만큼 많다. 더구나 난자의 지위는 절대적인 것이기에 정자 따위가 도전하는 것은 금기다. 여기서 한 단계 뛰어넘어 난자가 정자를 지배하고 소유하는 것은 당연하다는 신념까지 지니고 있다. 하지만 나의 생각은 이렇다. 단언컨대 그런 관념은 어디까지나 환상에 불과하다. 환상이 깨어지는 순간 그녀들에겐 추락이겠지만 나는 그 환상이 깨어지길 소망한다. 하지만 환상은 여전히 현재진행형이다.

　나와 아담 형님들에게 있어 결혼 생활이란 거실 가득히 피어 있는 조화 무더기처럼 변함없고 무료하다. 무미건조하고 권태로운 일상으로부터의 탈출이란, 오직 어느 멋진 곳을 찾아 떠나는 일이다. 이것은 곧 낭만적 사랑과 자유를 의미한다. 난자의 선택권에 의해 생사가 결정되는 것이 아닌, 정자의 자율권에 의해 자유와 삶을 경험하기를 원한다. 그럼에도 이브들과 우리가 불완전한 결합을 감행할 수 있었던 건, 사랑이라는 감정이 있었기 때문이다. 그녀들에게 향하는 심장의 피돌기는 무한한 사랑과 다를 바 없다. 그런데 이처럼 완벽하고도 이상적인 사랑의 감정이 때론 '이건 뭐지?' 하는 의문으로 바뀐다. 다시 말해, 인간의 감정은 호기심과 익숙함을 통해 각각 다른 이미지로 전도되는 것이다. 그러니까 이브의 더러운 이미지는 내버려지고 아름다운 이미지만 숭고하게 부각되는 건 아닐까? 그 이미지에 현혹된 아담은 불완전한 부분마저도 감정의 분리를 통해 더러움을 보지 못하는 건 아닐까? 아마도 그랬을 것이다. 그럼 어쩌지? 쌍방 소통은 거부하고 일방 소통을 고집하는 이브들에게 소통의 중요함을 절절히 깨우쳐줄 필요가 있다. 왜냐고? 부부란 서로 간의 교감이 중요하기 때문이다. 그러나 그녀들은 교감을 거부한 채, 자본주의의 꽃인 돈만 추구한다. 그 누구도 이브들의 돈은 건드릴 수 없다.

　나와 아담 형님들이 이브들의 돈에 눈독을 들인다면 독방으로 직행하거나 전남편이 될 것이다. 이것은 현실적으로 불가능하다고? 가능한 일이다. 그악스러운 난자의 독선적 권력 앞에선 그 어떤 정자도 견뎌내지 못한다. 수컷의 삶이란 하루하루를 견뎌내는 것에 불과하기 때문이다. 충격적인가? 정자는 이제껏 난자의 머슴으로 임무를 잘 수행해왔다고 생각하지만 실은 난자들의 수작에 놀아난 멍청한 수놈이었고, 사랑이라는 관념이 심장의 피돌기를 빨리하여 정자를 속여온 것이다. 정자는 단지 병신 같은 나르시시스트에 불과하다. 그러니까 사랑이라는 감정은 굴절과 왜곡만이 가득한 관념이다. 심장의 피돌기로 사랑을 정의한다는 건 파멸을 의미한다. 그렇다. 선택권을 가진 난자의 화신인 이브들은 영원불멸의 존재가 되었다. 이것은 난자에게 선택받지 못하면 죽음에 이른다는 정자의 공포증이기도 하다. 그나마 다행인 것은, 2번 아담뿐만 아니라 1번 아담도 낭만적 사랑의 허상을 깨달았다는 사실이다. 한때는 수컷의 정체성을 잃어 방황했지만 지금은 아니다. 나와 아담 형님들은 이브들 앞에서 지나칠 만큼 공손한 척한다. 어떤 때는 우리들의 비굴함이 그녀들을 질리게 하기도 한다.

　우리는 정자의 명예를 걸고 맹세할 수 있다. 그녀들이 주는 모멸감과 비애가 어떤 결과를 안겨주는지 경험하게 할 것이다. 물론, 이브들은 선택받은 난자의 권력이라고 주장한다. 하지만 우리는 수시로 모멸감과 비애감을 느끼며 산다. 달리 말하자면, 우리는 그저 길들여진 수컷에 불과하다. 그러나 언젠간 쇠창살을 찢어 발기고 우리의 방식으로 어느 멋진 곳을 찾아 떠날 것이다. 정말 이지 자유로워지고 싶다. 어떠한 의무도 지지 않고, 어떠한 구속 도 거부하고, 어떠한 파멸이나 죽음을 두려워하지 않는 그런 삶 속으로 아무런 거리낌 없이 내달리고 싶다. 그럼에도 어떤 삶이 더 바람직한가에 대해선 결론을 내릴 수 없다. 그건 단순한 문제 가 아니다.

나는 정자의 반항 정신을 걸고 맹세할 수 있다. 삶의 편의를 위 해 결혼하지 않았다는 진실이다. 이를테면 배가 출출할 때 밥을 차려주는 여자, 주름진 바지를 다림질해줄 여자, 힘겨울 때 맞벌 이를 해주는 여자, 늙으신 부모님이나 형제자매의 걱정을 잠시나 마 덜어줄 수 있는 그럴듯한 여자, 기타 등등. 그렇다. 난 순수하고 착한 남자다. 결혼은 그 어떤 조건도 기준도 될 수 없다. 단지 심 장의 피돌기로만 느낄 수 있다. 하지만 나는, 어느 순간부터 질문 을 던지기 시작했다. 영원한 사랑이 있나요? 사랑엔 유통기한이 없나요? 아담 형님들은 주저 없이 동시에 외친다.

"개 풀 뜯는 소리!"

도대체 이브들이 우리 아담들에게 어떤 패악을 부렸냐고? 그건 차차 말하겠다. 하긴 근래엔 결혼 생활이 뭐 그리 어려운 건 아니 다. 다니던 회사를 때려치우듯 언제든지 그만둘 수도 있고, 그럴 듯한 타협과 너그러운 협상이라면 쉽게 싱글이 될 수도 있다. 어 쩌면 나의 아내인 3번 이브도 다른 이브들처럼 조건 앞에선 사랑을, 사랑 앞에선 조건을 핑계 대는 그런 불량한 기회주의자인지도 모른다. 아무튼 좋다. 사랑을 위해서라면 목숨도 던질 수 있다는 고전적인 생각, 자식을 위해서라면 불구덩이에라도 기꺼이 뛰어들 수 있다는 현실적인 사랑. 그러나 얄밉도록 이해타산적인 현실 앞에선 언제나 멈칫거려진다.

나는 이해한다. 최소한 자식에겐 부끄럽지 않고 피해를 주지 않으려는 아담들. 그래서 달리기를 주저하는 아담들. 그 갈등 앞에서 꿈을 포기하는 아담들. 그러다 지루하고 권태로운 일상을 보내는 아담들은 의외로 많다. 그렇게 살다가 죽어버리면? 너무 억울할 것 같지 않아? 나와 아담 형님들은 가족을 사랑하지만 그렇게 살다 죽고 싶지 않다. 분명한 건 탈출구가 필요하다는 사실이다. 그 여파로 우리는 수시로 술을 마신다. 왜냐하면 수컷의 인생은 매우 고달파서 취하지 않으면 살 수 없기 때문이다. 그나마 취해 있기 때문에 어떤 일이 있었는지 조금밖에 기억나지 않는다. 단지 용기를 얻기 위해, 현실을 잊기 위해 술을 마실 뿐이다.

3번 이브는 자신이 나의 삶에 있어 활력소라고 자부한다. 나는 그녀의 낭만적 사랑과 삶에 동의할 수 없다. 난 3번 이브에게 무슨 말로 청혼을 했는지 기억나지 않으며, 콧물까지 철철 흘리며 사랑한다고 외쳤다는 슬픈 전설도 생각나지 않는다. 아마도 그녀가 지어낸 말일 것이다. 편의점에서 남성용 피임기구를 구입한 것은 기억하고 있지만 사랑한다고 외쳤다는 말은 절대 기억나지 않는다. 이 고백이 3번 이브의 귀에 들어간다면 부르르 몸을 떨고 입에 게거품을 물 것이다. 단언컨대 사랑이란 황당할 정도로 주관적이다. 명백한 논리도 성립되지 않는다. 사랑이란 숙취 현상이 아닐까? 푹 자고 맑은 머리로 생각해야 하는 건 아닐까? 심장의 피돌기로 판단하는 건 어리석은 짓이다. 나는 언젠가 2번 아담에게 결혼과 사랑의 개념이 뭐냐고 물었다. 그는 웃었다. 그러나 그 웃음엔 쓸쓸함이 묻어 있었다.

"사랑과 결혼이란 불운의 다른 무엇이 아닐까? 겉과 속이 다른 공갈빵 같은 것. 그뿐이야. 특히 사랑이란, 지금 이곳 그리고 유일무이한 것? 난 그딴 것 오래전에 쓰레기통에 버렸어. 그래서 어느 멋진 곳을 찾아 떠날 방법을 연구하는 중이야."

2번 아담의 얘기는 간단했다. 사랑과 결혼이라는 공갈빵에 걸려든 그는, 인생의 황금기에 종신 노역을 선고받았다. 그 재판엔 가석방 제도도 적용받지 않는다. 아무리 모범 생활을 해도 언제나 기각된다. 주민자치센터에 혼인신고를 하는 순간, 종신 노역이라는 스탬프가 찍힌다. 머리카락이 하얗게 변하고 이빨이 다 빠져 틀니를 끼우는 시간만큼이나 많은 노역을 해야 한다. 그 제도엔 매수, 아부, 애원 따위는 절대 통하지 않는다.

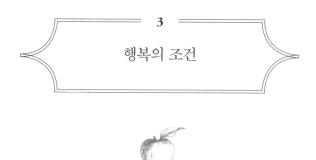

3

행복의 조건

나는 고깃배에서 그물코 보수 작업을 하고 있었다. 아담 형님들이 긴 그림자를 거느리고 갑판 위로 뛰어올랐다. 2번 아담이 심각하게 말문을 열었다. 부드럽지만 메마른 음성이었다.

"이브들의 패악이 점점 더 심해져 견딜 수 없어. 아랫입술은 들어 올리고, 눈알에 힘을 빼라는 것까진 이해해. 허리? 깊숙이 숙이는 것까지도. 그런데 이젠 개처럼 납작 엎드리라고 명령하고 있어. 빌어먹을!"

그는 처절한 현실을 토로하곤 한숨까지 불어 올렸다. 1번 아담이 탄식하듯 말을 이었다.

"뭐, 별다르게 사는 인생이 따로 있겠어? 아저씨의 인생이 다 그렇지. 더구나 우리들은 일등 정자가 만들어놓은 기회를 재빨리 낚아채 난자와 착상한 기회주의자야. 우리도 할 말은 없어. 어쩌면 일등 정자의 저주인지도 모르고."

나는 그들의 얼굴을 뚫어지게 쳐다보았다. 동공이 그렁했다. 게다가 이 세상의 모든 의욕을 다 포기해버린 듯한 말투가 나를 서럽게 했다. 아담 형님들은 이브들의 패악에 무척이나 침통해했고, 하루하루 불만이 쌓여갔다.

갑판에 쭈그리고 앉아 있던 1번 아담은 무겁게 내려앉은 공기에 반항이라도 하듯 긴 한숨을 내쉬곤 2번 아담을 응시했다. 그들은 비밀 작전을 수행하는 첩보원처럼 무언가를 주고받는 눈치였다. 나는 아무런 질문을 던지지 않았다. 이브들에 대한 불만이 팽배해 있는 것이 분명했다. 하긴, 말이 가장이고 남편이지 아담들의 위치란 허드렛일이나 하는 머슴이었다. 더구나 나는 그들과 소통할 수 있는 용기도 없었다. 그들의 눈빛, 생각, 어느 멋진 곳, 그 어느 것 하나 알아챌 수도 공감할 수도 없었다. 하지만 그들은 자괴감이 뒤엉킨 얼굴이었다.

난 눈을 감았다. 나도 아프다고, 그래서 포기해버리고 싶은 생각이 있다고. 형님들도 그런 심정이냐고 물어보고 싶었다. 그랬다. 난 그날 어설프게나마 어느 멋진 곳을 찾아 떠나는 걸 상상해보았다. 2번 아담의 끈질긴 설득도 한몫했다. 처음엔 그를 거침없이 비웃었다. 그건 환상에 지나지 않는다고, 대부분의 수컷들은 죽도록 일해 한 달에 한 번 월급 받아 한 달 먹고살고, 또 일해서 다음 달을 꾸려나가며 산다고. 그런데 우리가 무슨 수로 벗어날 거냐고. 누구나 그렇게 살아간다고. 그랬다. 나는 무슨 마법에 걸린 것마냥 순식간에 마음을 다잡았다. 2번 아담이 말한 어느 멋진 곳이 환상이 아닌 현실로 느껴졌다.

2번 아담이 그물을 매만지며 그렁한 눈길을 보냈다. 난 그 눈길의 의미가 뭐냐고 물었다. 그가 의미심장하게 말을 덧붙였다.

"그물을 볼 때마다 현실을 직시하곤 해. 나는 2번 이브가 던진 그물에 걸려들어 수많은 인생을 뜯겼어. 더 이상 그물에 갇혀 살 수는 없어."

난 한편으론 어처구니가 없었지만 갑판에 쌓여 있는 그물을 보았을 때 묘한 기분이 들었다. 이브들의 환영이 머릿속에서 되살아난 탓인지도 모르겠다. 2번 아담이 어금니를 앙다물었다.

"난 결심했어. 그물을 다시 던져줄 거야."

"설마 종신 노역을 벗어날 생각은 아니지요? 만약 그런 거라면……."

나의 말에 그가 비장하게 눈알을 부라렸다.

"잘 들어. 만약 그녀들의 귀에 들어간다면, 독방이 아니라 사형 선고를 받을 테니까 조심해야 해. 그래도 일단 시도는 해봐야지."

난 마음을 다잡고 다시 질문을 던졌다.

"진정, 어느 멋진 곳을 찾아 떠날 생각입니까?"

"더 늦기 전에 그곳을 찾아야지."

나는 그의 차분하고 조심스러운 계획을 듣고 있으려니까 점점 즐거워졌다. 1번 아담도 어느 멋진 곳을 찾아 떠나겠다고 큰소리 쳤다. 나와 2번 아담은 1번 아담의 변화에 많이 놀랐다. 그는 1번 이브를 들먹이며 대거리하듯 아랫입술을 비틀어 올렸다. 눈꼬리 엔 독기까지 아슬아슬하게 매달려 있었다. 정확하게 말하자면, 1번 아담이 걸어온 길을 되돌아보기 시작했다는 표현이 맞다. 그 것은 남자의 본능, 그러니까 정자의 반항 정신 같은 거였다. 달리 말하자면, 남자의 자존감을 내준다는 게 어떤 기분인지, 무엇을 뜻하는지 절절히 깨달은 것이 분명했다. 난 입술을 굳게 앙다물고 그들의 옆얼굴을 흘긋 바라봤다.

"그럼, 어느 멋진 곳을 찾는 일은 결정된 건가요?"

1번 아담은 고개를 끄덕였지만 2번 아담은 미동도 하지 않았다. 그도 그럴 것이, 진짜 남자가 될 수 있는 길은 싱글이 되거나 아니 면 침팬지 무리의 대왕 수컷처럼 가족의 행복을 주관하는 힘을 갖 는 거였다. 하지만 1번 아담은 연출된 포즈만 취하는 길들여진 수 컷에 지나지 않았다. 이브들의 독선을 깨뜨리고자 하는 욕망이 전 혀 없어 보였다. 그런 이유로 2번 아담은 무례하다 싶을 정도로 나와 1번 아담을 노려보곤 이내 눈살을 찌푸렸다. 그런데 느닷없 이 1번 아담이 주먹을 그러쥐었다.

"날 믿어줘! 잘못된 선택으로 큰 낭패를 본 사람이야. 너희들도 잘 알잖아. 우리, 어느 멋진 곳을 찾아 떠나자! 그때까지 서로 믿 고 의지하자!"

2번 아담이 황망히 돌아서며 1번 아담의 손을 꼭 붙잡았다.

"형님, 지금껏 왜 그렇게 뜸을 들인 거요? 죽든 살든 달려봅시다. 이브들을 탓할 것도 없어요. 우리 정자들도 비겁한 선택을 한 과오가 있으니까. 3번아, 너도 함께하는 거다."

"예, 형님들! 최소한 배신은 하지 않겠습니다."

나의 요동치는 심장의 피돌기가 목구멍까지 밀려 올라왔다. 그나마 1번 아담이 비장한 표정으로 어금니를 앙다물었다.

"아무래도 일정을 최대한 앞당겨야겠어. 가면마법사만 협력한다면 기회는 금방 찾아올 것 같은데. 거참, 마음을 정하고 나니 다급해지네. 날을 잡아 가면마법사를 만나봐야겠어. 내 부탁이면 뿌리치진 못할 거야."

나는 1번 아담이 말하는 가면마법사가 누군지 궁금했지만, 그들과 함께 가려는 길이 시궁창 길인지 아스팔트 길인지 확신할 수 없었다. 게다가 1번 아담이 그렇게 적극적으로 나올 줄은 정말 몰랐다. 하긴, 마흔을 넘겼으니 살아온 삶과 살아갈 삶이 비슷한 나이긴 했다. 그는 언제라도 기회만 오면 기다렸다는 듯이 어느 멋진 곳을 찾아 떠날 기세였다. 게다가 1번 아담은 콧노래까지 흥얼거렸다. 2번 아담도 노래를 따라 불렀다. 그림자 길이가 뭉툭하게 짧아진 한낮, 그들이 흥얼거리는 콧노래는 왠지 구슬프게 들렸고, 더러는 추락하는 병든 물새의 울음소리와 닮아 있었다.

나와 아담 형님들은 그날이 오기 전까지 인내하기로 했다. 그러니까 이브들이 새로운 규칙을 발효하면 구질이 형편없이 떨어지는 공을 던지기로 약속했다. 성과급도 없이 계약서를 내밀어도 황당하다는 표정으로 노려보지 말 것이며, 그냥 아랫입술을 비틀어 올려야 한다는 약속이다. 그녀들이 뭔가 이상하다는 눈길을 보내면 미리 약속한 대사를 던져주기로 했다.

'나이를 먹을수록 의지가 약해져. 인생의 쓴맛을 맛본 뒤부터 구질이 너무 단순해지는 게 문제야.'

우리는 의도적으로 직구만 던지기로 했다. 어쩌다 무너진 자존심이 슬그머니 고개를 빼들면, 그녀들에게 고개를 조아리고 용서를 구할 것이며, 자존심이야 원래 없는 수컷들이니 한 번만 용서해달라고 말이다. 말이 나왔으니 하는 말이지만, 나와 아담 형님들이 걸어온 삶의 길엔 부드러운 풀보다는 돌멩이가 많았다. 돌부리에 걸리거나, 자잘한 돌멩이들을 잘못 밟아 넘어져 무릎이 깨지는 일이 부지기수였다. 그 흉터는 그대로 남아 있다. 그나마 사는 것이 시시하기 그지없는 데다가 툭 하면 딴죽을 걸어오는 이브들. 그래도 버티면 진액을 사정없이 빼버린다.

나는 그동안 아담 형님들의 눈치만 살필 줄 알았지 정작 내가 떠날 수 있다는 구체적인 상상은 한 번도 하지 못했다. 그러니까 어느 멋진 곳은 하나의 추상에 불과했다. 그러나 아담 형님들의 길 떠남을 확인하는 순간, 그곳을 찾아 떠나는 일은 더 이상 추상이 아닌 현실로 다가왔다. 사실, 그런 결정이 반갑지만은 않았다. 더구나 뒤돌아보지 않고 떠날 자신이 없었다. 결혼과 동시에 종신 노역을 선고받고 여기까지 오면서 버려진 숱한 주변의 전남편들을 봐오지 않았던가. 만약 실패한다면? 그럴 바에야 차라리 시도

하지 않는 편이 낫지 않을까? 나처럼 소심한 인간이 아무런 대책도 없이 덜컥 동참했다가 잘못된다면? 그 뒷감당은 어떻게 하지? 내가 어떤 행동과 말을 한다 한들 이브들은 쉽게 용서하지 않을 터였다. 게다가 그런 시도는 용서한다고 해도 쉽게 치유되는 게 아니었다. 죽을 때까지 진액을 빨리는 행위이기도 했다.

나는 입술을 깨물었다. 뭔지 모를 쓸쓸한 기운이 가슴속 밑바닥에서 꿈틀거리며 올라와 지그시 목울대를 조였다. 하지만 아담 형님들은 갖가지 구질을 연구했고 역으로 던질 궁리를 찾아냈다. 나는 그 순간부터 형님들을 무조건 따라야 한다고 마음을 다잡았다. 이브들의 권력과 권위에서, 허울뿐인 가장의 굴레에서, 아무도 모르게 되살아나고 싶은 충동이 일었다.

난 존경스러운 표정으로 아담 형님들의 눈빛을 응시했다. 간 질환을 앓는 환자처럼 검게 그을린 얼굴에, 수면 부족 탓인지 눈까지 충혈되어 있었다. 1번 아담은 잠깐 생각하다가 스마트폰을 꺼냈다. 저장된 여러 개의 전화번호 중에서 가면마법사라는 이름을 찾아내곤 통화 버튼을 눌렀다. 그의 눈빛은 풍선을 놓친 아이처럼 금방이라도 눈물을 쏟을 것만 같았다.

"통화 가능해? 덕분에 잘 지내지 뭐. 에덴동산은 그럭저럭 꾸려나가고 있어. 일전에 일당 잡부를 구한다고 했지? 내가 추천할 사람이 있어서. 응. 응. 그럼, 내일 사무실로 보낼게. 그래, 수고."

통화를 마친 1번 아담이 아랫입술을 지그시 깨물었다. 초점을 잃은 눈동자가 불안해 보였다.

"사채업을 하는 여잔데 직원을 구하나 봐. 일명 가면마법사로 통해. 내일 면접 한번 봐봐. 3번아! 잘해야 한다."

"예, 형님. 감사합니다. 열심히 잘하겠습니다."

"매일 출근하는 것도 아니니까, 뱃일하면서도 그 일을 할 수 있을 거야."

나는 1번 아담의 제의를 흔쾌히 받아들였다. 사채업의 세계에서 일하는 것도 재미있을 것 같았다.

2번 아담은 손을 뻗어 애꿎은 그물만 쓰다듬었다. 그랬을 것이다. 아무런 대책 없이 직장에서 쓰레기처럼 버려지고, 믿었던 2번 이브에게 낙오자라는 눈길을 받았을 때의 충격은 가히 대단했을 것이다. 나는 그를 곁눈으로 훔쳐보았다. 콧물을 훌쩍이지도, 어깨를 들썩이지도 않았지만 동공이 그렁했다.

나는 1번 아담의 소개로 사채업의 세계를 경험하게 되었다. 가면마법사가 출근하라는 문자를 보내면 사무실로 걸음 했다. 그녀는 갖가지 수단과 방법을 동원하여 대출을 알선해주거나 돈을 굴려주었다. 워낙 교묘하고 완벽하게 불법 대출을 알선해주었기 때문에 입소문을 많이 탔다. 그도 그럴 것이 고객이 원하면 무슨 일이든 해결해주었다.

가면마법사의 고객은 주로 신용불량자이거나 편법이 필요한 돈

많은 위인들이었다. 사채업자가 여자인 것은 분명하지만 가면을 쓰고 있어서 그 누구도 진짜 얼굴을 본 적은 없었다. 소문에 의하면 그녀의 얼굴에 흉측한 상처가 있다는 말이 나돌았다.

난 가면마법사가 명령하는 대로 불법과 편법을 도맡았다. 지구상의 불법 대출업자들이 대부분 그렇지만, 가면마법사는 배고픈 시궁창 쥐처럼 이 구멍 저 구멍에 머리를 들이밀고 돈 냄새를 기막히게 맡아냈다. 고객이 어떤 요구를 해도 이익이 된다면 수단과 방법을 가리지 않았다. 물론 법과 상식은 쓰레기통에 버린 지 오래였다.

내가 사채회사에서 뭘 하느냐고? 그건 불법과 편법을 일삼는 일이다. 고급 세단을 구입하여 보험을 들어놓고 자동차 브레이크를 손본 다음 의도적으로 사고를 내어 보험금을 수령하는 사람의 뒤를 봐주거나, 바람난 배우자의 부정을 촬영해 이혼소송에서 위자료 한 푼 없이 갈라서게 하는 뭐 그런 일이 주업이다. 내가 이런 지저분한 일로 밥벌이를 하리라곤 생각지도 않았는데 결국 가면마법사의 충실한 개가 되고 말았다. 그렇다. 가면마법사의 교묘한 술책으로 선량한 사람이 패가망신을 당하기도 하고, 재판받고 교도소로 가야 할 인간쓰레기들이 당당하게 혐의를 벗기도 한다.

난 가면마법사를 비난할 마음이 없다. 왜냐하면 인생과 돈에 대한 지루하고도 민감한 논의들 속에서 자칫 저급한 얘기로 치부되어버릴 수도 있는 것들을 진지하게 생각해볼 수 있는 기회가 있었기 때문이다. 그러므로 돈과 인생에 대한 이해는 인간에 대한 기본적인 이해이며 영원한 숙제라고 할 수 있다.

　가면마법사의 철학은 단순 명료했다. 돈의 소유를 통해서만 완전무결해질 수 있다는 논리였다. 그녀는 돈을 통해서 느끼는 쾌락은 인간으로 하여금 희망을 갈구하게 하고, 악마적인 본성을 드러내게 한다고 했다. 나는 그 얘기를 듣는 순간, 사람에게서 사람에게로 그리고 나에게로 순환하는 악마적인 얘기일 수도 있다는 예감이 들었다.

　그랬다. 가면마법사는 한때 애인 대행을 해주는 여자였다. 인터넷이나 소셜네트워크에서 만난 남자들에게 자신의 육체를 허락하고 그때마다 받은 돈의 액수를 몸에 새겨 넣었다. 그러나 돈에 미혹 당하지 않기 위해 저 스스로를 훼손하는 행위는 낭만적 사랑의 베일을 벗겨내는 것이라기보다는 돈에 중독된 자의 정신적 자폐에 가까웠다. 결국 돈이 문제였다. 다니던 회사가 부도났고, 자취방의 월세도 곧잘 밀리기 일쑤였다. 그녀는 일자리를 잃은 뒤, 두어 군데 면접을 다녀왔지만 그것도 여의치 않았다.

　그녀는 결국, 인터넷 취업게시판에 자기소개서를 올려놓았다. 그리고 이상적이고도 완벽한 남자들을 만났다. 그러니까 돈 많은 남자들이었다. 남자들은 스폰서를 하고 싶다는 뜻을 끊임없이 내비쳤다.

　가면마법사는 스폰서를 자청한 남자를 만난 뒤, 이틀 동안 심하게 구토를 했다. 심장을 떼어내 쓰레기통에 버리든지, 아니면 심장이 멈추면 홀가분해질 것만 같았다. 그때마다 희멀건 눈을 뜨고 입을 벌린 채 세상을 비웃던 아버지의 환영이 떠올랐다. 그 상황에서 왜 아버지가 생각났는지는 모르겠지만, 아마도 인간이 돈의 노예임에도 불구하고 그녀의 아버지는 돈보다 우월한 존재라고 착각했고 오래전에 세상에서 밀려나 종적을 감추어버렸다. 그랬다. 가면마법사는 아버지의 이미지가 머릿속을 헤집을 때마다 헛구역질이 일었다. 그래도 그녀는 개의치 않았고 사뭇 진지하게 그 일을 이어나갔다.

스폰서를 자청한 남자를 두 번째 대하던 날, 더도 덜도 아닌 꼭 그만큼의 낯섦으로 정욕을 채워주었다. 그때마다 가면마법사는 스스로에게 질문을 던져보았다. 사람은 왜 돈을 만들어 돈의 노예로 사는 걸까? 하지만 그녀는 아버지처럼 돈보다 사람이 우월하다는 생각 따위를 할 수 없었다. 아버지의 생각, 행동, 가치관, 그 어느 것 하나 공감할 수 없었다.

그녀는 스폰서가 연락해오면 지정된 장소로 나갔다. 남자들은 그녀를 그저 내다 버리는 욕망의 배출구로 생각했다. 남자들에게 있어 그녀와의 소통은 아무런 의미가 없었다. 사랑을 나눌 때에도 수컷이 암컷을 소유하듯 섹스를 즐겼고, 더러는 목을 조르거나 엉덩짝을 때리곤 했다. 그녀는 자신이 섹스 중이라는 사실조차도 잊을 만큼 치욕적이었지만 돈을 위해서라면 자신의 목이 졸리고 엉덩짝이 붉어져도 참았다. 스폰서를 자청하는 남자들은 그녀의 엉덩이를 후려치며 느낌이 어떠냐고 물었다. 할 수만 있다면 남자의 목뼈를 나무젓가락처럼 뚝 부러뜨리고 싶은 충동이 일었다. 그러나 그녀는 더 세게 때려달라고 교태를 부렸다. 그때마다 스폰서 남자들은 야비한 웃음을 흘리며 킬킬거렸다.

"난 네년 같은 속물이 좋아. 돈을 위해서라면 수단과 방법을 가리지 않는 가증스러운 것! 너 같은 년은 말귀를 알아듣는 암캐일 뿐이야! 난 암캐를 소유하는 주인이고."

그녀는 얼른 입을 틀어막았다. 손가락 사이로 위액이 흘러내렸다. 그래도 남자는 개의치 않고 엉덩짝을 후려쳤다. 그녀는 사뭇 진지하고 간절하게 구원의 눈길을 보냈지만 남자는 비웃는 얼굴로 말했다.

"너희 같은 부류는 담배 연기이거나 담배꽁초일 뿐이야. 안 그래?"

그녀는 그 순간 무의식적으로 엄마를 불렀다. 남자는 아랫입술을 비틀어 올리곤 그녀의 머리카락을 한 움큼 뽑아냈다. 욱신거리는 통증과 함께 비명이 터져 나왔고 실신해버렸다.

눈을 떴다. 몸이 욱신거리고 한기가 들었다. 얇은 이불을 턱까지 끌어당기곤 천장을 응시했다. 거미줄 위에 나방 한 마리가 둘둘 말려 있었다. 먹고 먹히는 세계가 조그만 방 안에서도 일어나고 있었다. 그랬다. 많은 액수를 제안하는 남자들의 행위는 변태적이거나 난폭했다. 그녀는 이를 악물었다. 남자들은 미친개처럼 으르렁거리며 그녀의 목을 옥죄었다. 등에서 식은땀이 흘러내렸다. 이대로 도망쳐야 하는가? 그럴 수는 없었다. 그녀는 남자의 이글거리는 눈빛에 순응했다. 돈 때문이었다. 행위를 마치면, 길바닥이 흔들거릴 정도로 현기증이 일었고 눈까지 따끔거렸다.

가면마법사는 어금니를 악물고 그 일을 해냈다. 스스로도 놀랄 만큼 인내했다. 끊임없이 목이 졸리고 엉덩짝이 부어올랐지만 남자들의 욕망을 채워주었고, 그 대가로 돈을 손에 쥐었다. 더구나 그런 부류의 남자들은 여자에게서 어떠한 사랑도 느끼지 않는 위인이었다. 행위를 마친 스폰서 남자가 아랫입술을 비틀어 올렸다.

"너희 같은 부류는 담배 연기 같은 존재야. 난 담배 연기의 애무를 받고 그 연기와 섹스했을 뿐이야. 여자는 절대로 남자의 심기를 건드려서는 안 돼. 그러면 진짜 담배 연기로 변할 테니까."

그랬다. 그녀는 남자에게 있어 담배 연기나 담배꽁초에 불과했다. 어떠한 진정성도 없었고 배려도 존재하지 않는다. 남자와의 행위란 그 시간을 견뎌내는 것에 불과했다. 그녀는 더 이상 참을 수 없었다. 그리고 악담을 퍼부어주었다.

"네놈들의 이미지는 깨졌어. 병신 같은 새끼야! 네놈의 자지를 입에 물고 죽어버려!"

그녀는 남자의 목을 조르고 엉덩짝에 피멍이 들도록 패주었다. 기념 사진처럼 무미건조한 행위였고 남자의 피멍 든 엉덩짝을 배경으로 기념 사진을 찍었다. 남자는 수치스럽다고 흐느꼈다. 그녀는 견딜 수 없는 쾌감에 온몸이 떨려왔다. 그리고 스폰서에게서 받은 돈의 액수를 몸에 새겨 넣었다.

가면마법사는 애인 대행을 때려치우고 싶었지만 어금니를 악물고 그 일을 계속 이어나갔다. 이번이 마지막이지, 이번이 정말 마지막이지, 하면서도 쉽사리 벗어나질 못했다. 스스로도 놀랄 만큼 인내했다. 가면마법사는 또 다른 스폰서를 만나러 호텔로 들어섰다. 그녀는 무엇에 놀란 사람처럼 굳은 얼굴로 남자의 얼굴을 빤히 쳐다보았다. 남자의 얼굴은 그늘이 진 것처럼 노화가 많이 진행되어 보였다. 이십 대 중반의 나이에 늙은 남자의 애인 대행을 한다는 건 좀 억울하다는 생각이 들었고 한편으론 예감이 좋지 않았다. 늙은 남자가 그녀 앞으로 다가섰다. 그러곤 검지로 그녀의 피부를 꾹 눌러보곤 혀로 맛보았다.

"오늘 내가 어디에 갔다 온 줄 알아? 노동쟁의 현장에 다녀왔어. 에고, 불쌍한 개새끼들. 약자가 강자에게 덤비면 죽어. 약자는 무조건 강자의 똥구멍을 핥아야 하는 거야. 그래야만 살아남아. 너처럼."

늙은 남자는 오만하게 인상을 구겼다. 한참 동안 허공을 응시하던 그가 히죽거렸다. 그의 눈빛이 교차하는 허공 어디쯤에서 약자는 알아채지 못하는 강자들만의 암호 같은 힘의 원천이 둥둥 떠다니고 있는 것만 같았다. 어쩌면 늙은 남자는 그녀가 상대해왔던 남자들보다도 훨씬 더 센 변태일지도 모른다는 생각이 들었다.

"오늘은 강도를 높여 놀아야겠구나. 스트레스가 많이 쌓였거든."

늙은 남자의 말 한 마디에 그녀의 심장이 세차게 반응했다. 늙은 남자는 거칠게 그녀의 젖가슴을 움켜쥐었다. 그리고는 흙덩이를 조금씩 떼어내듯 살점을 쥐어뜯기 시작했다. 떼어낸 흙을 모아 다시 뭉쳐놓듯 움켜쥐는 동작을 되풀이했다. 어차피 약자는 강자의 말귀를 알아듣지 못하는 짐승과 별반 다르지 않았다. 그러니까 강자와의 대화는 불가능한 거였다. 대화하기를 포기한 그녀와는 달리, 늙은 남자는 진득한 침이 묻어 있는 혀로 입술을 핥으며 말을 이었다.

"너희 같은 부류는 햇빛 대신 전구로 빛을 쪼여주어야 해. 햇빛과 전구의 빛을 구분하지 못하니까. 매일 부화하는 닭처럼 알만 잘 낳으면 돼. 하루도 거르지 않고 매일, 매일. 그렇게 우린 다 가질 테니까."

늙은 남자는 단호하게 힘을 주며 매일, 매일을 발음했다. 그것은 마치 절대로 거역해서는 안 되는 명령처럼 들렸다. 늙은 남자는 검지를 구부려 그녀의 젖꼭지를 톡톡 치거나 젖가슴에 손을 얹고 서서히 쥐어뜯는 행동을 반복했다. 더러는 신경질적으로 양쪽 젖꼭지를 번갈아 움켜쥐곤 그녀를 향해 사납게 소리쳤다.

"너희 같은 종놈들을 보면 참 신기해. 묻지도 않고 따지지도 않고 그냥 충성을 바치거든. 무슨 숙명처럼 알고 있어. 한 번 연을 맺으면 평생 절개를 지키는 기특한 종이야. 개새끼도 하기 어려운 일인데. 물론, 그렇지 않은 개새끼들도 많지만 말이야. 난 두 종류의 종놈들이 똑같아 보이거든. 왜냐고? 종놈은 종놈일 뿐이니까."

가면마법사는 늙은 남자의 말에 대꾸도 하지 않았고 질문도 하지 않았다. 딱히 늙은 남자가 그녀의 대답을 바라고 물었던 말이 아니었기 때문이기도 했지만 늙은 남자에 대한 일종의 반항이었다. 그녀의 젖가슴을 쥐어짜던 늙은 남자가 빤히 노려보았다. 그녀가 어리둥절한 표정으로 서 있자 늙은 남자가 목소리에 힘을 주곤 키득거렸다.

"매일매일 알을 잘 낳아야 할 텐데. 아무 일 없이. 그래야 모든 걸 가질 수 있을 텐데. 하지만 돌아가는 판세가 좋지 않아. 그놈의 의식이 문제야. 꼭 부추기는 세력이 있거든. 놈들을 다 잡아들여 공업용 재봉틀로 주둥이를 꿰매버렸으면 좋겠어."

늙은 남자는 마지막 남은 그녀의 팬티를 찢어내며, "너는 어떻게 생각해?" 하고 물었다. 그녀는 조금의 망설임도 없이 그런 건 잘 모른다고 했다. 늙은 남자는 야비한 웃음을 흘리며 그녀의 손에 얇고 빳빳한 수표 여러 장을 쥐여주었다. 그러곤 허벅살을 다짜고짜 덥석 깨물었다. 통증을 호소할 수 있는 어떠한 자비도 그 음험한 늙은 남자에겐 없었다. 가면마법사는 내장으로부터 떨려오는 아픔 때문에 다리를 지탱할 힘마저 잃어버렸다.

그녀가 낯선 남자들과 육체적 결합을 감행할 수 있었던 건 남녀 간의 교감이나 사랑이라는 감정이 아니라 돈 때문에 가능한 거였다. 그녀에게로 향하는 돈의 완벽한 쾌락은 자신에게로 향하는 무한한 사랑과 다를 바 없었다. 가면마법사는 자신이 섹스 중이라는 사실조차도 잊을 만큼 치욕적인 행위였지만 돈을 위해 남자에게 자신의 목을 졸라보라든가 엉덩짝을 때릴 것을 주문했다. 그러한 행위는 권태로운 섹스에서 벗어나기 위한 행위가 아니었다. 오직 많은 돈을 받기 위한 사특한 발상이었다. 그녀에게 있어 타인과의 섹스는 돈의 힘을 확인하는 작업일 따름이었다. 그렇듯 그녀는 남자에게서 어떠한 사랑도 느낄 수 없었다. 다만, 인간의 삶을 지배하는 돈이 있을 뿐이었다. 그렇기에 그녀에게 있어 돈은 영원불멸의 존재가 되었다.

그녀의 스폰서 남자들은 모든 걸 가졌지만 사람을 동물과 동일시하거나 그저 자신의 욕망을 채워줄 배출구로 생각했다. 늙은 남자는 가면마법사가 만났던 많은 스폰서 남자들보다 훨씬 사특한 위인이었다. 늙은 남자는 그녀가 필요할 때마다 전화를 걸어왔다. 그 전화벨 소리는 그녀를 어르는 소리이기도 했다.

"수치스러울 거 하나도 없어. 여자들이란 삼박하게 놀아주고 돈 버는 것이 최고야. 안 그래? 찢어 죽일 년아!"

그랬다. 가면마법사에게 있어 돈은 저항할 수 없는 유혹이었다. 늙은 남자의 전화벨 소리는 매번 강하게 그녀를 끌어당겼다. 가면마법사는 그 불온하고도 끈질긴 유혹을 두려워하면서도 결국엔 전화를 받고 늙은 스폰서 남자에게 달려갔다.

늙은 남자는 값을 치르는 주체로서 어떠한 요구도 할 수 있다는 듯이 즐겼다. 그녀는 그때마다 도축장의 풍경이 머릿속으로 그려졌다. 뾰족한 망치를 들고 그녀의 정수리를 냅다 내리치는 장면이었다. 그녀는 늙은 남자의 무게를 버티며 천장 위의 거미를 응시했다. 거미가 나방의 머리를 잘라 먹고 있었다. 진저리가 쳐졌다. 늙은 남자는 행위 중에 찢어 죽일 년이라고, 쌍욕을 씹어뱉거나 그녀의 얼굴에 침을 뱉었다. 그러곤 그녀의 엉덩짝을 사정없이 두들겼다.

'개자식, 너도 한번 맞아볼래? 시궁창 쥐보다 못한 자식!'

그러나 그녀의 외침은 목에 걸려 뱉어지지 않았다. 늙은 남자는 조금의 죄책감도 도덕도 없었다. 그때마다 억제할 수 없는 분노가 치밀어 올랐다. 늙은 남자는 광기에 휩싸인 듯 끊임없이 욕설을 주절거리고 엉덩짝을 때려댔다.

'이번이 마지막이야, 지긋지긋한 놈들! 이젠 정말 마지막이야.'

가면마법사는 흘러내리는 눈물을 혀로 핥아 목구멍으로 넘겼다. 천장 위의 거미가 또다시 거미줄을 치고 있었다. 거미는 간간이 동작을 멈추며 그녀를 내려다보았다. 어쩌면 거미와 스폰서들은 같은 족속일지도 모른다는 생각이 들었다. 아니, 실제로 많은 사람들의 머리를 잘라 먹어 왔는지도 몰랐다. 순간, 날카로운 바늘로 늙은 남자의 심장을 푹 찌르고 싶은 충동이 일었다. 할 수만 있다면 스폰서의 머리채를 휘어잡고 앙다문 입을 벌려 똥이라도 싸주고 싶었지만, 옴짝달싹할 수 없는 견고한 덫과도 같은 돈의 힘에 멈칫거려졌다. 그것의 원형이 무엇이건 간에 견디다 못한 그녀는 결국, 늙은 남자의 입에 똥을 싸주었다.

도착적이거나 변태적인 남자들에게 해주었던 것처럼 똥을 싸는 모습을 배경으로 기념 사진을 찍었다. 늙은 남자는 수치스럽다며 발악하지도 않았다. 그 상황에서도 얼마면 비밀을 지켜주겠느냐고 흥정을 시도했다. 가면마법사는 실어증에 걸린 것처럼 말문이 막혀버렸다. 다만, 일그러진 얼굴을 한 채 울고 있던 아버지. 어린 그녀를 어루만지며 처절히 울부짖던 어머니의 환영만이 머릿속을 떠돌았다. 그녀는 늙은 남자에게서 받은 돈의 액수를 몸에 새겨 넣었다.

가면마법사는 그날 이후, 인터넷 게시판에 올렸던 자기소개서를 삭제했다. 사실 따지고 보면 애인 대행 아르바이트를 할 때나 그렇지 않을 때나 생활이 별반 나을 것도 없었다. 가면마법사는 답답한 마음에 집 밖으로 걸음 했다. 긴 터널과도 같은 기다란 복도가 눈앞에서 출렁거렸다. 가면마법사는 승강기 버튼을 눌렀다. 승강기가 턱 하고 멈춰 섰다. 그러곤 커다란 입을 천천히 벌렸다 닫았다. 그녀는 승강기가 내려가는 동안 벽에 붙어 있는 손잡이를 붙잡았다. 알 수 없는 불안감 때문이었다. 승강기는 아래층에서 멈춰 섰다. 문이 거의 다 닫힐 무렵, 배불뚝이 남자가 급하게 올라타곤 인사말을 건넸다.

"안녕하세요. 새로 이사 오신 분이군요. 저는 에덴동산 관리인입니다."

"아, 네."

가면마법사는 구태여 말을 건네고 싶지 않았다. 그 뒤로 배불뚝이 남자와 여러 번 마주쳤고, 그때마다 남자는 인사말을 건넸다. 그녀는 아주 짧은 순간 배불뚝이 남자를 바라보곤 이내 고개를 돌려버렸다. 한편으론 따뜻한 사람이구나, 라는 생각이 들곤 했다.

그녀는 아침 일곱 시가 되면 어김없이 눈을 떴다. 나가야 할 직장이 있는 것도 아니었고 늦잠을 잔다고 해서 누군가에게 핀잔을 듣는 것도 아니었다. 그런데도 그녀의 자발적인 기상은 매일 똑같은 시간에 맞춰져 있는 알람시계처럼 정확하고도 끈질기게 이어졌다. 당분간 직장을 가질 생각도 없었고 딱히 해야 할 일도 찾지 못했다.

　그날 아침도 예외는 아니었다. 승강기에서 배불뚝이 남자를 만났다. 그는 언제나 그랬던 것처럼 인사말을 건넸다. 배불뚝이 남자는 이미 가면마법사의 실직을 알고 있는 눈치였고, 얄팍한 종이를 그녀의 손에 쥐여주었다. 추천서였다. 그녀는 배불뚝이 남자의 추천서 덕에 일자리를 얻었다. 특별한 일이 없는 한, 새벽 네 시부터 오전 열한 시까지가 근무시간이었다. 그녀는 에덴동산에 위치한 시장에서 일했고 꽤나 만족했다. 시장 사람들은 대부분 그녀의 존재를 인식하지 못하거나 인식하더라도 아주 짧은 순간 바라보곤 이내 고개를 돌려버렸다. 사실 시장 사람들의 무덤덤한 시선 덕분에 그녀는 아무것에도 구애받지 않고 일에 열중할 수 있었다.

　배불뚝이 남자는 그녀를 만날 때마다 정중하게 인사를 건넸다. 그때마다 그에게서 사람의 향기가 맡아졌다. 남자는 그녀에게 생선 가게가 매물로 나왔다고 소개해주었다. 그녀는 싫다는 말도 하지 않았지만 그렇다고 거절하지도 않았다. 배불뚝이 남자는 목이 좋아 놓치긴 너무 아깝다는 말도 잊지 않았다. 그렇지만 그녀는 조금씩 변해가는 자신의 모습을 발견하곤 놀라기도 했다. 그랬다. 아주 오래전에 제거되었다고 믿었던 사람에 대한 신뢰라는 감정의 싹이 놀랍게도 꿈틀거렸다. 정말이지 가슴속에 말라 있던 그 싹이 바닷물을 듬뿍 머금은 해초처럼 고개를 디밀고 올라왔다. 그런 날이면 가면마법사는 포도주를 마셨다. 빛깔과 모양과 향기가 각양각색인 것처럼 배불뚝이 남자가 만들어내는 사람의 향기는 달콤했다.

가면마법사는 아주 가능성이 희박한 일을 실행에 옮기기로 했다. 배불뚝이 남자가 근무하는 에덴동산 관리실을 찾은 일이었다. 그런 그녀를 누군가가 본다면 정신병자쯤으로 오인할 수 있을 터였다. 그녀는 관리소의 벨을 눌렀다. 배불뚝이 남자가 반갑게 문을 열어주었다. 그녀는 남자 앞에서 코트를 벗었다. 그 순간 가면마법사의 머릿속엔 그 남자가 처음이자 마지막 사랑일 거라는 생각이 들었다. 배불뚝이 남자가 그녀 앞에 있다는 사실만이 중요했다. 배불뚝이 남자는 그의 방식대로 천천히 그리고 부드럽게 그녀를 사랑해주었다. 증오를 서서히 녹여주는 따스한 봄바람이었다. 지난 세월 동안 세상을 향해 끓어올랐던 증오가 아주 느리게 녹아내렸다. 그랬다. 배불뚝이 남자는 돈을 줄 생각도 하지 않았고, 그녀도 돈을 받을 생각이 들지 않았다. 그렇기에 몸에 돈의 액수를 새겨 넣을 이유는 없었다. 돈에 미혹 당하지 않았고, 돈에 중독된 자의 정신적 자폐도 겪지 않았다. 가면마법사는 배불뚝이 남자와의 늪과 같은 사랑에 빠져 헤어나지 못하게 될 줄은 꿈에도 상상하지 못했다. 정말이지 그냥 평범한 남자였다.

배불뚝이 남자를 만나기 전엔, 인간이 돈의 노예임에도 불구하고 금력보다 우월한 존재라고 착각하고 산다는 것, 그것 자체가 아이러니라는 생각이 들었다. 가면마법사의 아버지도 돈보다 우월한 존재라고 착각했고 오래전에 세상에서 밀려나 종적을 감추어버렸다. 그 여파로 그녀의 어머니는 늘 생활고에 지쳐 허덕였다. 그런 탓에 돈은 가면마법사에게 있어 다정한 가족이었고, 이성에 대한 사랑의 감정조차 금력을 통해서만 느낄 수 있는 여자가 되고 말았다. 그렇기에 돈은 그녀의 신앙이기도 했다. 그녀의 어머니는 돈 때문에 의사의 처방 한 번 받아보지 못하고 죽어갔다. 그녀는 목 놓아 울었다. 울음소리는 더 이상 새어 나오지 못했다. 목이 아프고 눈도 아팠다. 그러나 마음이 더 아팠다. 그녀는 서글픈 현실을 이겨보려고 계속 돈을 찾아다녔다. 그때 스폰서 남자들을 만났고, 따스한 온기를 가진 배불뚝이 남자와 인연을 맺었다.

가면마법사는 나에게 이야기하는 도중 가끔 아랫입술을 비틀어 올렸다. 묘한 웃음이었다. 반색도 아니고 조롱도 아닌, 그러나 그 웃음엔 쓸쓸함이 가득 담겨 있었다. 그녀는 배불뚝이 남자를 사랑한 뒤부터 맞물린 삶의 날실과 씨실, 어느 한 올도 흐트러지지 않아야 한다고 기도했다. 앞으로 살아갈 인생이 거칠거나 부드럽거나, 맞물린 짜임이 어그러지거나 고르거나 그 배불뚝이 남자와 사랑할 수만 있다면 기꺼이 감수할 생각이었다. 그렇다고 그녀의 삶이 달라진 건 없었다. 사람의 모든 행복과 피눈물은 돈의 힘에 의해 주관된다는 믿음은 변하지 않았다. 그랬다. 행복의 원천은 돈이라 믿었다.

가면마법사가 긴 한숨을 토해냈다. 돈 앞에서는 모든 논리와 이성과 의지가 무릎을 꿇는 법이라고, 돈은 때로 상황을 뛰어넘어 사람을 강하게 만들기도 하고 약하게 만들기도 한다고 했다. 가면마법사는 일그러진 금고를 보곤 입술을 달싹였다.

"저 금고가 없었다면 버티지 못했을 거야. 내 인성을 바꾸어놓은 돈이지만 난 저 돈 때문에 살 수 있었던 거야. 난 아무도 원망 안 해. 돈으로 날 농락한 남자들도, 저 금고도, 가난에 찌들어 죽어 간 내 부모님까지도. 당신도 저 금고를 위안 삼아봐!"

가면마법사는 마치 편지를 쓰듯 또박또박 말하고는 술잔을 입으로 가져갔다. 그녀와 나의 차이는 무엇일까? 그녀는 허물어진 세상과 몸을 섞으면서도 희망을 버리지 않았고 나에겐 희망이 없었다. 그 간단한 차이가 나를 서럽게 했다. 하지만 그녀의 눈빛은 처연했다.

"한때는 세상이 정말 원망스러웠어. 더러는 화가 나고 절망스러워서 살 수가 없었어. 당신도 돈의 힘이 어떤 건지 잘 알지? 차라리 짐승으로 태어났다면 모를까. 사람으로 태어난 자들의 숙명이지."

"이해합니다. 저도 지지리 궁색하게 살았거든요."

"그랬구나. 나와 비슷한 점이 많네. 지금은 누구도 원망하지 않아. 하소연이나 원통함이라는 단어는 다 지웠어. 내가 살아온 인생이 정말 원통해서 참을 수가 없거든. 그래서 아무짝에도 쓸모없는 단어인 거야."

나는 그녀의 말에 말문이 꽉 막혀버렸다. 더 이상의 말은 필요치 않았다. 그저 가만히 얘기를 들어주고, 가면마법사가 술잔을 비우면 술을 따르고, 가끔 눈을 맞추거나 고개를 끄덕일 뿐이었다. 그녀가 묘한 웃음을 흘렸다.

"내 이야기를 들어줘서 고마워. 취기가 올라 그만 마셔야겠어."

"그래요. 소파에서 좀 쉬세요."

나는 가면마법사를 부축해주었다. 그녀는 기다렸다는 듯이 상체를 나에게 기댔다. 묵직한 아픔이 그대로 전해지는 것 같았다. 그랬다. 그녀가 살아온 세월의 출렁거림이 얼마나 격렬했는지 알 것 같았다. 피가 끓어오르고 이성이 녹아내려 흥건한 격정의 시간을 치러낸 여자이기도 했다.

교활하고 시궁창 쥐보다 추악한 여자라고 생각했는데, 살아온 삶에 상처가 있는 줄은 정말 몰랐다. 아마도 그녀에게 끊어짐에 대한 본능적인 두려움, 그러니까 돈에 대한 공포증은 대단한 거였다. 그래서 더욱더 돈에 집착하는지도 몰랐다. 돈에 대한 갈망이 그녀의 상처를 쿡쿡 들쑤시고 있는 것이 틀림없었다. 인생을 송두리째 흔들어놓은 돈의 힘, 그 힘의 근원을 부정할 수 없는 현실. 나는 가면마법사의 상처받은 영혼이 치유되길 빌었다. 그리고 돈에 대해 집착하는 그녀의 심정을 조금은 이해할 수 있을 것 같았다. 더구나 가면마법사의 아버지는 사람이 돈보다 우월하다는 망상에 사로잡혀 세상과 단절을 겪었고, 그러다 결국 가족의 붕괴를 맛보았다.

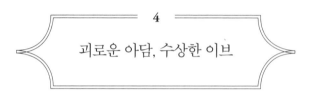

4
괴로운 아담, 수상한 이브

2번 아담이 허리를 앞뒤로 흔들며 춤을 춘다. 나는 웃음부터 나온다. 부부 싸움이 가장 잦은 형님네다. 하긴, 결혼 생활에서 제일 어정쩡한 시기가 사십 대 이후다. 더 이상 누구의 남편이라는 호칭도 무의미하고, 사랑이라는 감정도 아련한 추억이 되는 시절이기도 하다. 2번 아담은 마음속에 꼭꼭 숨겨둔 속내를 나에게 털어놓곤 한다.

"난 굴복하지 않을 거야. 너도 내가 패할 거라 생각하는 거지? 난 초등학교 때부터 대학교를 졸업할 때까지 내내 똑똑한 사람이었어. 늘 성공 일 순위였지. 그런 내가 직장에서 쫓겨나니까 사람들이 날 바보로 알더라고. 그래서 자존심이 많이 상해. 아무튼 기분 더러워! 난 지금도 누구에게든 지지 않을 자신이 있지만 그러면 뭣해. 현실 속의 나는 이렇게 아무것도 아닌데."

그도 희망이라는 것에 지쳐가고 있다. 다만 버티기 위해 온종일 진을 뺀다. 하지만 그는 내가 아는 아담들 중에서 가장 용감한 수컷이다. 난 마음속으로 그를 격려해준다.

'형님! 절대 물러서지 마세요. 최후의 승자가 될 겁니다. 우리가 형님의 저력을 알아보지 못한 걸 후회하게 해주세요.'

한편으론 아직도 세상과 이브들을 상대로 이길 수 있다고 생각합니까? 바보세요? 갑갑하긴. 하지만 그건 2번 아담이 처한 상황이 나빠서가 아니다. 그가 대거리하더라도 아담 중심의 질서는 좀처럼 세워지지 않을 것이다. 그냥저냥 하루하루를 무사히 보내는 것이 나을지도 모른다. 왜냐하면 그는 조그만 농장에서 무화과를 키워 도매상에 넘기는 일을 비즈니스라고 우긴다. 매달 적자다. 비즈니스를 좋아하는 2번 아담답게 노는 것도 참 기발하다. 허리를 돌린다든지, 바지의 지퍼를 열고 거기에다 마이크를 달고 다니면서 춤을 춘다. 드디어 그가 윗옷을 벗어 던진다. 희한한 풍경이 펼쳐질 것은 뻔하다.

"오늘은 기다리고 기다리던 아담과 이브의 모임이야. 자, 달려봅시다!"

난 침을 꿀꺽 삼킨다. 이번 모임도 조용히 끝날 것 같진 않다. 2번 이브가 팩 쏘아붙인다.

"저 인간, 또 시작이네. 내가 아주 창피해서 죽어요, 죽어!"

그녀는 기가 차다는 표정으로 눈알을 부라리곤 울상을 짓는다.

"왜 그래. 하루 이틀도 아니고. 그러려니 하고 이해해."

얼굴이 갸름한 1번 이브가 그녀를 다독인다. 흰 눈이나, 달빛 아래 흐드러진 이내를 뭉쳐놓은 것 같은 그녀는 참 곱게 나이를 먹어간다.

"난 벌써 취했다. 형제들 만나 이렇게 노는 재미에 사는 거지."

1번 아담이 좋아죽겠다는 표정으로 아랫입술을 들어 올린다. 그는 이런저런 괜찮은 말들을 섞어가며 그래, 잘될 거야, 하고 위로의 말을 잘 건네는 편이다. 지루하고 누추한 이야기. 그러나 그게 삶이라고밖에 말할 수 없는 그런 이야기는 절대 하지 않는다. 많이 배우고 똑똑해도, 살다 보면 배운 사람이나 못 배운 사람이나 별반 다르지 않다는 믿음을 가진 위인이다. 물론 자신의 괜한 자격지심을 합리화하는 방편이기도 하지만, 그렇게 완벽한 모습으로 겸손한 척하는 그가 싫지는 않다. 그러나 모두에게 겸손하진 않다. 유독 2번 아담에겐 고압적인 자세를 취한다. 아담 형님들은 나이가 동갑인 데다, 2번 아담이 1번 아담에게 고분고분하게 굴지 않는 탓도 있다.

이브들도 익히 알고 있다. 하지만 그들의 서열 싸움은 쉽게 끝나지 않을 것이다. 2번 아담은 용감무쌍하고, 대단한 오기까지 갖추고 있다. 더구나 무시당하곤 못 사는 성미인데도 자신에게 이익이 된다면 푸대접도 아랑곳하지 않고 생글거리는 위인이다. 하지만 그렇게 형편없는 사람은 아니다. 대거리, 그거 아무나 하는 게 아니다. 이전에는 몰랐지만 3번 이브에게 진액을 빨리면서부터 그런 생각이 들었다. 2번 아담의 배짱을 절반만 닮았어도 난 꽤 다른 모습을 하고 있지 않을까?

나는 손바닥에 불이 나도록 손뼉을 치며 2번 아담을 바라본다. 우스워하는 것도 같고 재미있어 죽겠다는 표정 같기도 하다. 그는 세상이라는 전쟁터에서 치열하게 싸웠지만 번번이 패했다. 그럼에도 불구하고 한 번도 백기를 들지 않았다. 내 생각으론, 앞으로도 싸움에서 이길 확률은 몹시 희박하다. 돈이라는 풀을 찾아 죽어라 내달리는 이브들. 그 돈을 빼앗기 위해 이빨을 드러내는 수컷 침팬지들. 2번 아담이 그녀들을 제압하기 위해선 침팬지 무리의 우두머리쯤은 되어야 한다. 그러나 그럴 가능성은 전혀 없다. 싸우다가 피 흘리고 병들어 마침내 죽어갈 것이다.

2번 아담은 그런 결말을 인정하려 들지 않는다. 세상이 잘못됐고 그걸 바로잡겠다고 벼르고 있다. 한마디로 어이가 없다. 무엇을 어떻게 바로잡겠다는 건지 잘 모르겠지만 돌아가는 형편이 썩 좋진 않다. 이브들의 감시가 강화되는 추세다. 그래도 파닥거린다면 감당하기 어려운 제재를 받을 것이 뻔하다. 객기를 부리더라도 상대를 봐가며 액션을 취해야 한다. 그녀들은 더 크고 좋은 에덴동산, 더 크고 비싼 자동차, 더 많은 돈에 목숨 줄을 걸고 있다. 만약 계속 대거리를 한다면, 우리 모두를 전남편으로 만들어버리고, 젊고 싱싱한 수놈을 취할 것이다. 2번 아담은 더 늦기 전에 현실을 직시해야 한다. 하지만 그는 바지를 벗고 소화기를 어깨 위로 들어 올린다. 또 언제 준비했는지 고무장갑을 머리에 뒤집어쓰고 콧구멍 평수를 넓힌다. 참 준비성도 좋다. 눈길이 불편해진 1번 아담이 뭉텅한 가래침을 뱉는다.

"저 인간은 은행에서 잘린 뒤부터 상태가 안 좋아. 병원이라도 한번 데리고 가봐."

마이크를 잡은 2번 아담이 갑자기 수말 울음소리를 낸다. 그것도 모자라 눈을 뒤룩거리고, 허리를 앞뒤로 퉁긴다. 더러는 진득한 가래침이 묻어 있는 혓바닥을 내밀었다 집어넣기를 반복한다. 2번 이브가 환장하겠다는 표정으로 입술을 일그러뜨린다.

"내가 병나지. 은행에 다닐 때는 너무 점잖아 불만이었는데, 잘린 뒤부터 미쳐가더니만 지금은 술만 쳐드시면 완전 개망나니야. 잡놈도 저런 잡놈이 없다니까."

2번 이브의 말이 틀린 건 아니다. 2번 아담은 이브들의 모임 때마다 미친 사람처럼 날뛴다. 한편으론 '너희들이 뭘 어쩔 거냐? 뭐?' 하는 심정으로 대거리를 하는지도 모른다. 그도 그럴 것이 2번 아담은 종신 노역을 선고받은 직후부터 권리 찾기에 도전했고, 지금도 진행 중이다. 하지만 은행에서 잘린 지 오래고, 무화과 농장도 변변찮고, 툭하면 적자다. 그 여파로 2번 이브의 신경질적인 잔소리를 들어야 하고 용돈이 대폭 줄어들었지만 구차하게 구걸하지 않는다.

그런 용감무쌍한 2번 아담답게 되레 히죽히죽 웃으며 강도를 높인다. 가슴에 전깃줄을 감고 마이크 대가리를 요리조리 돌린다.

그것이 무슨 뱀인 양 놀란 표정을 짓다가, 마이크를 입 안으로 집어넣는다. 3번 이브가 킥 하고 웃음을 터뜨린다. 그가 팬티를 반쯤 내리고 있다. 1번 아담이 눈알을 부라리며 대뜸 고함을 지른다.

"에덴동산에서 무슨 짓이야. 저 인간은 갈수록 상태가 안 좋아! 저 변태 놈을 어디에다 내다 버려!"

1번 아담의 거듭되는 고성에도 불구하고 2번 아담은 꿈쩍하지 않는다. 평소 같으면 어림없는 일이지만, 술에 취한 그는 계속 혓바닥을 내밀고 뱀 쇼를 연출한다. 어쩌면 그의 대거리는 정자의 본능인지도 모른다. 그는 구조조정의 덫에 걸려 쓰레기처럼 버려진 지 오래고, 무화과 농장도 망하기 일보 직전이다. 결국 돈이 문제다. 2번 아담도 세상살이에 지쳤는지, 어느 순간부터 썩은 돈을 좇아 내달리는 하이에나로 변해버렸다. 언젠가 그가 슬픈 표정으로 입술을 달싹였다.

"자본주의는 돈만 기억하는 세상이거든. 돈은 사람도 변하게 해! 시간이 지나면서 동고동락했던 직장 동료들에 대해선 아무것도 생각나지 않거나, 혹은 좋았던 기억만 가끔 떠올라. 난 언제부턴가 헤픈 자본주의에 대해 성찰하게 되었어. 그 결론은 이미 내렸고."

나는 불현듯 2번 아담이 내뱉던 말이 떠오른다. 돈이 필요 없는 세상에서 살 수 있다면 가장 좋은 해결책이지만, 인간 세상과 인연을 엮기 시작했다면 벗어날 방도는 몇 가지밖에 없다. 2번 아담처럼 돈이 굴러다니는 세계에 적극적으로 몸을 담그든지, 아니면 운명으로 받아들이고 순응하든지, 그것도 아니면 본인이 감당할 수 있는 한계를 정해두고 스스로를 지키든지, 셋 중 하나다. 물론 자본주의 사회에서 돈에 한눈팔지 않고 지낼 수 있는 가능성은 제로에 가깝다. 진정한 자본주의자는 어떤 위치에 있든 자신의 장점을 찾아 돈을 버는 것이고, 그 순간만큼은 돈벌이에 충실하는 거다.

문제는 승자 독식의 원칙이 통하는 세상이 자본주의의 핵심이다. 아무튼, 평범한 사람은 아예 돈을 비켜 가든지, 마음을 접고 사는 방법밖에 없다. 그러니까 돈에 연연하지 않고, 안 되는 건 빨리 포기하고, 헛된 희망을 꿈꾸지 않는 것이 최선이다. 그리고 '내가 감당할 수 있는 한계는 어디까지인가?' 하고 곰곰이 생각해보는 거다. 그것만이 진정한 자유인의 길이다. 내일은 뭘 할지, 누굴 만날지, 이건 어떨까, 저건 어떨까, 그런 쓸데없는 생각은 접어두는 것이 정신 건강에도 좋다. 내가 이런 말을 내뱉을 때마다 3번 이브는 미간을 좁힌다.

"그냥 혼자 살지, 왜 나에게 청혼한 거야? 아무리 생각해봐도 넌 싱글 스타일이야!"

난 그런 말을 들을 때마다 서글픔이 밀려든다. "나는 너에게 뭐니? 우리는 어떤 사이야?"라는 나의 질문에 그녀는 애매모호한 "이브와 아담 사이!"라는 단어를 내뱉곤 배시시 웃는다. 인간관계란 것, 특히 부부 관계는 생각보다 훨씬 단순하고 명확하다. 부부 관계란 거울과 같아 그냥 있는 그대로 보여주는 것이 정답이다. 그런데 가끔은 부부라는 단어의 뜻을 고민하게 만든다. 부부란 무엇일까? 곰곰이 곱씹어보면 서로가 서로에게서 빠져나가지 못하도록 달콤한 공감빵을 던져주는 관계는 아닐까? 그럼 어떻게 하지? 애매함을 즐기거나, 선을 긋거나 둘 중 하나인가? 사실관계를 정의한다는 것 자체가 어렵기도 하고, 세상의 모든 관계를 한두가지 범주에 넣어 구분하는 것 또한 모호하다. 어쩌면 헤어지거나 그냥저냥 둘 중 하나인지도 모른다. 그런데 나와 아담 형님들은 일방적인 희생만 강요당하고 산다. 그것도 모자라 하루하루를 무의미하게 보내고 있다. 이브들은 내일도 그악스럽게 진을 뺄 것이며, 만약 우리가 고통에서 벗어날 낌새를 보이면 에덴동산으로 집합할 것을 명령하곤 술잔을 앞에 놓고 호들갑을 떨거나 협박할 것이다. 아담과 이브의 관계는 결코 벗어날 수 없는 수렁과도 같은 고통이다. 그 고통에서 벗어나는 건 그녀들과의 헤어짐을 뜻한다. 3번 이브는 이렇게 말할 것이다.

'왜? 나하고 갈라서면 인생이 바뀔 것 같아? 그래? 너는 콧물 눈물을 철철 흘리며 내게 매달렸어. 죽어도 포기 못 하겠다고. 사랑하니까. 그럼. 그건 진짜 사랑이야. 난 다음 생에 태어나면 너하고 결혼할 거야. 그러면 나에게 청혼할 때처럼 똑같은 말을 하지 않을까? 이건 진짜 사랑이고 진짜 마지막 사랑이라고. 있을 때 잘해! 후회하지 말고!'

나는 처음부터 3번 이브가 청순가련형이라고 믿었다. 청혼하던 그 순간까지도 의심해본 적이 없다. 그렇기에 나에게 있어 그녀의 존재는 단지 사랑 그 자체였다. 하지만 결혼 서약서에 서명한 뒤부터 의외의 문제들과 접하게 되었다. 그랬다. 결혼 생활 첫날부터 설렘의 감정을 가졌으나 종신 노역으로 접어드는 순간이기도 했다. 그 사실을 알았을 땐, 3번 이브가 마녀로 보였다. 나와 같은 처지인 아담 형님들도 이브들에게 욕설을 퍼붓곤 짜증 섞인 조언을 했다.

"우리에겐 우리의 인생이 있어. 그녀들은 그걸 인정 안 해! 3번아, 생각해봐. 사람이 감정을 어떻게 통제해? 좋아하는 여자하고 잘 살아보겠다고 죽어라 일하는 우리야. 얼마나 각별하고 순수한 사랑이냐고. 그런데 그녀들은 돈에만 집착해. 우린 발가락 사이에 낀 때야. 생각하면 할수록 정나미가 떨어져. 지금도 늦지 않았어. 주눅 들어 살지 말고, 옛 감정에 흔들리지 말고, 적절한 거리 유지를 하면서 어느 멋진 곳을 찾아 떠날 방법을 연구해보자! 빌어먹을!"

2번 아담은 나에게 충고하듯 말했지만 실상은 자신의 처지를 자책하는 말이었다. 나는 그의 자괴감을 통해 이브들의 부도덕함에 절망했다. 사랑이라는 이름으로 무장된 그녀들의 아담 길들이기는 다른 세상의 이야기인 듯 포장되어 있다는 걸 알아챘다. 남자, 자존심, 가부장이라는 단어는 입 밖으로 내어서는 안 된다는 강제력을 발동했기 때문이다. 특히, 남성성이라는 단어는 악마적이고 여성성을 파괴하는 폭력성을 지니고 있기 때문에 절대 금기어로 규정했다. 우리 아담들은 이브들의 위계를 잠재우고자 노력했지만 금기란 이름으로 무력화시켜버렸다. 특히 가족이라는 이름으로 나설 때에는 더욱 그러했다.

　그렇다. 사랑이란 공갈빵과 같다. 독한 마음을 먹고 세게 깨물면 깨져버린다. 그 여파로 가족의 붕괴를 맛보기 십상이다. 그렇다고 가볍게 물었다간 자칫 당하기에 십상이다. 한편으론 너무 세게 물면 가족이 붕괴될지도 모른다는 두려움이 들기도 한다. 모든 사랑이 다 그렇지만 말이다. 어쩌면 사랑은 공갈빵 물기인지도 모른다. 그러나 깊이 성찰해보면 사랑이란 서로의 공갈빵을 물고 있는 집합체와도 같다. 너무 아프게 물어서도 안 되고 또한 너무 가볍게 물어서도 안 된다. 사랑이란 단지 달콤함으로 포장되어 있을 뿐이다. 물고 있는 정도까지도 주의해야 하는 공갈빵처럼, 위태롭기 그지없다. 사랑이라는 이름이 이처럼 헛것임에도 불구하고 나와 아담 형님들은 아직도 공갈빵을 깨뜨리지 못하고 있다.

　이브들은 말한다. 수놈들이 견뎌야 할 고독의 본질이라고. 금기 상황을 끊임없이 위반하려 하면서도 금기의 존재를 스스로 각인시켜 사랑의 틀을 영원히 지속시키려는 것이 수컷의 본능이라고. 결국 수놈들은 금기를 넘어서는 데 실패하고야 마는 족속이라고 아랫입술을 비틀어 올린다. 그러나 그런 욕망이 좌절당하면 당할수록 위반을 꿈꾸는 것이 남자들이다. 이브들은 그걸 알아야 한다. 넘어서기엔 너무나도 힘겨운 금기로서의 사랑이 존재한다 해도 아담의 삶은 아담의 방식대로 살겠다는 맹세는 굳건하다. 그것이 가족의 해체라는 것을 알면서도 모든 것을 버리고 내달리는 것, 그것이 바로 남자의 본능이다.

나는 어렸을 적에 아버지에게서 "너는 나처럼 살지 마!"라는 말을 듣고 그러기로 약속했다. 무슨 의미인진 몰랐지만 그 약속을 잊은 듯 살아왔다. 하지만 결혼 서약서에 서명하고 종신 노예로 살면서 그 말의 의미를 다시 생각하게 되었고, "너는 나처럼 살지 마!"라는 아버지의 말을 이해하게 되었다. 나 자신을 들여다보면 거기엔 상처받은 수컷의 모습이 있고 아버지의 상처받은 삶이 있고, 아버지의 아버지들이 있다. 이처럼 수컷의 가족은, 자신을 무너뜨리며 이룬 것이기에 더욱 애틋하다. 그렇기에 도피를 주저한다. 이미 결혼하여 처자식이 있는 사람이, 가족에게 상처를 줄 수 없다, 라는 도덕적 금기에 의해 좌절되고야 마는 것이다. 그러나 가슴팍으로 솟구쳐 오르는 뜨거운 치받침과도 같은 것이기에 쉬이 가라앉지 않는다. 또한 너무나도 애가 타는 것이라 치받침의 감정은 아담의 Y 염색체를 통해 운명과도 같이 번지게 되는 것이다. 나의 아버지도 젊은 시절 이브와 사랑을 나눴고, 그 대가로 가족을 이뤘다. 한동안 여자는 공손했다. 머지않아 그 공손은 냉대로 바뀌었다. 그래도 그 시절이 아버지에겐 매우 행복했을 것이다. 물론 내 추측이다. 이러한 아버지의 가족 사랑은 수컷이라는 디엔에이를 통해 운명적으로 대물림되었다.

그렇다. 결혼 서약서에 서명하자마자 종신 노예로 부려먹는, 그러니까 이브들이 비현실적인 환각의 수법을 또 써먹은 거다. 그런데 여기서 주목해야 할 점은 그녀들 외에 다른 이브의 환각 수법에 넘어가면 절대 용서하지 않는다는 사실이다. 일탈 행위는 현실과 단절된, 고독에서 일어난다는 진리를 인정하지 않는다. 이처럼 사랑이란 어차피 공갈빵이다. 우리가 공갈빵을 깨부수고 현실을 직시하게 되면 그녀들과의 관계는 끝나는 것이다. 당연한 이치다. 그러나 아담과 가족을 이루고 사는 이브들은 그것을 공갈빵이 아니라 목숨을 걸 만큼 진실한 사랑이라고 우긴다. 게다가 그녀들은 다양한 공갈빵의 향기를 가지고 있다. 그런데 어쩌지? 우린 면역력이 생겼다. 어제의 향기가 악취로, 숨 쉬기 고약한 냄새로 변해버렸다. 남녀 간의 사랑이란, 아름다운 향기가 악취로 변하는 것과 같지 않을까? 아무리 아름다운 향기라 할지라도 그 향내가 과하면 싫어지듯이 사랑에도 유통기한이 있는 게 아닐까?

그렇다. 죽음까지도 불사하고자 했던 사랑의 대상인 이브들이 공갈빵이었다는 사실을 깨닫는 순간 의미 없음이 되어버렸다. 이처럼 사랑이 공갈빵이 되어버린 건 그녀들의 욕망이 처음부터 무모했기 때문이다. 너무나도 명확한 금기, 그러니까 남자, 자존심, 가부장이라는 단어는 입 밖으로 내어서는 안 된다는 강제력. 특히, 가부장이라는 단어는 악마적이고 여성성을 파괴하는 폭력성을 지니고 있다는 피해의식 때문에 한계를 갖는다. 결과적으로 이브들의 과도한 욕망으로 인해 결코 공존할 수 없다는 결론을 내렸다. 덧붙이자면 그녀들에게 심한 배신감과 모욕을 느끼고 삶의 희망을 잃어버렸다는 표현이 정확하다. 아무리 시간이 흘러도 다시는 이브를 사랑할 수 없고, 참을 수 없이 하찮아진다. 아담의 삶이 왜 허무해지는지 알아? 삶이 하찮다고 생각될 때거나 목숨을 걸

만한 간절함이 없다고 느낄 때다.

　나와 아담 형님들은 이브들에게 인생의 전부를 걸었기에 그녀들의 배신을 받아들일 수 없다. 이브들은 자신들의 주장이 너무나 당연하고 삶의 순리 같은 거라고 말한다. 게다가 '그 정도 일로 왜 죽을 듯이 엄살을 부리는 거야?'라고 말하지만 우리들은 인생을 다시금 생각하게 하는 커다란 전환점이 되었으며, 그 일로 인해 이브들이 하찮아졌다. 그러던 와중에, 그녀들은 가면마법사의 도움으로 장인어른의 유산을 착복했다.

　'우리 아버지가 남긴 재산이야. 아담들이 뭘 해주었는데? 몽땅 가지면 안 돼?'

　그렇다. 나와 아담 형님들은 그녀들과 얽히는 게 귀찮아졌다. 사랑은 언제나 사랑 자체로 존재하지 않고 생에 시비를 건다. 특히 이브들은 사랑을 가지고 한몫 보려고 한다. 아주 지긋지긋하다. 나와 아담 형님들은 단언한다. 감정 없이, 뇌 없는 소로 우리를 부려먹으려는 수작은 이제 그만뒀으면 좋겠다. 이브들은 삶을 가볍게 살아가고자 하는 우리 아담들을 하찮게 평가한다. 나와 아담 형님들은 이브들이 바라는 대로 살지 않을 것이다. 왜냐고? 우리에겐 삶의 욕망이 남아 있기 때문이다. 불나방처럼 불 속으로 뛰어들고 싶은 욕망, 새처럼 비상하고 싶은 욕망이 있다. 마음속 깊이 잠재해 있는 열정적 삶으로의 욕망은 흡사 불나방의 욕망과도 같다. 하찮은 삶을 견뎌내고 사느니 비상의 날개를 달고 어느 멋진 곳을 찾을 것이다. 더구나 이브들이 제어할 수 없는 게임의 경

계를 넘어서 버렸다. 나 역시 탈출하고자 하는 욕망이 목구멍까지
차올랐다.

나와 아담 형님들은 공갈빵을 깨부수기로 마음을 다잡았다. 그
것으로 충분하다. 나머지 생을 비참하게 살 수는 없다. 더구나 자
본주의의 꽃인 돈에 집착하는 이브들의 저속함이 징그럽다. 우리
야? 돈이야? 물론 돈일 것이다. 이브들은 24시간 돈만 벌 수 있다
면 숙면도 취하지 않는다. 매일 돈에 눈독을 들이느라 남편 같은
건 안중에도 없다. 더러는 우리를 빈티지 스타일이라고 조롱까지
한다.

내가 기억하는 한, 결혼과 동시에 겨울이 시작되었다. 칼바람이
세차게 불던 날, 나는 집 안을 휘휘 둘러봤다. 내 예감은 적중했다.
3번 이브의 입에서 여보나 자기라는 단어가 튀어나오는 순간, 음
산한 냉기가 불어왔다. 내가 여보나 자기라는 단어에 화답하기도
전에, 여보와 자기라는 단어는 이미 나를 동정하고 있었다. 여보
나 자기라는 단어를 발음하는 3번 이브의 목소리가 너무 건조해
서 마른 침을 꿀꺽 삼켜야만 했다. 그래서 목이 메었다.

나는 지금도 3번 이브의 입술에서 새어 나온 여보나 자기라는
말만 들어도 내 심장의 피돌기가 빨라진다. 그렇다. 나는 공갈빵
의 함정을 밝혀내지 못하고 있다. 이브, 아담, 자녀, 가족, 여보, 당

신, 자기야, 같은 단어들을 건조한 목소리로 내뱉을 수는 있지만 안타깝게도 그 의미가 모호하게 들린다. 더러는 '이런 말도 안 되는 공갈빵을 누가 만든 걸까?' 하는 의문이 들 때가 있다. 하지만 그 누구도 속 시원한 대답을 해주지 않는다. 아주 특별한 축복이거나 아주 특별한 저주는 아닐까? 난 나의 결혼 생활이 지나치도록 단조로웠다는 사실을 유추해냈다. 그것 외에는 아무것도 없다. 내 인생의 황금기는 결혼 서약서로 다 옮겨갔고, 남은 건 후회뿐이다. 결혼이 내 인생에서 가장 큰 실수란 걸 증명해줄 결정적인 심증은 찾았지만 그것을 부인할 만한 물증은 찾아내지 못했다. 그러므로 애매모호하다. 그동안 내가 던진 많은 질문에도 불구하고 이 현실에서 한 발짝도 더 나아갈 수 없다. 그렇다. 사랑과 결혼이라는 공갈빵의 함정을 누가 만들었는지 알 수 없는 한, 그 어떤 진실도 나에겐 유효하지 않다. 앞에서도 말했지만 사랑과 결혼은 특별한 축복이거나 특별한 저주는 아닐까?

내색은 안 했지만 3번 이브도 내 속내를 알아챘을 것이다. 할 수만 있다면 시간을 되돌리고 싶다. 난 결혼과 동시에 끔찍한 현실과 싸웠다. 신혼 초엔 더러는 이겼고 더러는 졌지만, 세월이 흐를수록 단꿈 하나 꾸지 못하는 가련한 수컷이 되어버렸다. 내 이름으로 된 건, 달랑 신용카드 한 장밖에 없다. 어쩌다 3번 이브가 만 원짜리 지폐를 내밀면 로또에 당첨이라도 된 듯 황송하게 받아 든다. 나의 자존감은 언제나 물거품처럼 가볍고 비겁하다. 3번 이브는 당연하다는 듯이 배시시 웃는다. 난 뭔가 잘못됐다는 의구심이 일지만 그뿐이다. 단지 더럽고 누추한 주머니 속으로 돈을 쑤셔 넣기 바쁘다.

2번 아담은 이브들과의 싸움에 종지부를 찍으려 치열한 전쟁을 벌이는 중이다. 그 전쟁 덕분에 난 용돈이 조금 올랐고, 때에 따라서는 성과급도 받는다. 앞으로도 그럴 것 같다. 이브들에겐 정보가 필요하고 난 그 정보를 이용해 실속을 챙긴다. 물론 거짓이나 진실을 적절하게 섞어 판다. 나 같은 비겁한 수컷에게 2번 아담은 성경에 등장하는 다윗이다. 이브들이 갖은 방법을 동원하여 위협하지만 굴복하지 않은 사건도 성서에 등장하는 성인들과 별반 다르지 않다. 그러나 지금 얘기할 사건은 지금까지와는 다른 중요한 차이점이 있다. 이브들에게 종신 노역을 선고받은 직후부터 나와 아담 형님들은 속내를 털어놓는 사이가 되었다. 특히, 2번 아담은 수컷의 자존심을 지키고 사는 위인이다. 다시 생각해보니 빼먹은 것이 하나 있다. 이것은 꼭 말해야 하는 것이다.

앞에서도 말했지만, 1번 아담이 나에게 소개해준 회사는 가면마법사라는 별칭이 붙은 여자의 사무실이다. 그 회사는 불법 대출이나 사채업이 주력 사업이다. 신용불량자나 영세 상인도 상대하지만, 나름의 부자라고 자부하는 위인들에게 밑밥을 던져 자금을 끌어들인다. 가면마법사는 수시로 투자설명회를 연다. 나는 가면마법사가 지시하는 일을 하며 일당을 받는다. 물론 불법 대출에 필요한 편법이나 증명서류만을 취급하는 것이 아니다. 그런 업무는 내가 주로 취급하는 것이지만 그 외에도 부정한 방법을 원하는 사람들을 위해서 백 가지가 넘는 불법을 제공한다. 개중에는 합법적인 것도 있지만, 불법인 경우가 더 많다.

대포통장이나 인감증명서, 더러는 노숙자의 인적사항을 이용해 통장을 개설하곤 되팔거나 선원들을 동원하기도 한다. 한두 번이 아니다. 물론 내가 봉사 활동을 하는 건 아니니까 업무의 위험도에 따라 일당을 두둑이 받는다. 그렇지만 내가 그 일을 하는 건 돈 때문만은 아니다. 돈이 필요하긴 하지만 지금껏 내가 몰랐던 놀랍고 황당한 인간세계에 대한 호기심도 한몫했다. 모처럼의 희한한 세상 경험이 싫지만은 않았다. 하지만 놀랍고 대단한 사건이 나와 연계될 줄은 꿈에도 상상하지 못했다. 그렇게 기막히고 황당한 일이 나에게 벌어지다니, 지금도 나에겐 충격 그 자체다.

정장을 말쑥하게 차려입은 여자가 가면마법사의 사무실을 찾았다. 그 여자는 1번 이브였다. 대단한 사건이기도 하고, 인간의 신뢰에 대한 문제이기도 하다. 여하튼 가면마법사를 찾는 사람들 대부분이 세상살이에 호되게 당하기도 하고, 인생의 추락을 맛본 위인들이긴 하지만, 이번 경우는 달라도 너무 달랐다. 도대체 무슨 일이 있는 걸까? 난 머릿속으로 나름의 추측을 해보았지만 도무지 감이 잡히지 않았다.

1번 이브는 아랫입술을 들어 올리고 있었지만 입꼬리가 미세하게 떨리고 있었다. 그랬다. 그녀는 엄청난 이야기를 꺼냈다. 나는 1번 이브가 가면마법사와 나누었던 비밀 상담을 일 초 전에 일어난 것처럼 생생하게 기억하고 있다. 인간세계가 동물의 세계보다 추악하다는 사실은 잘 알고 있었지만 그 정도인 줄은 상상도 못했다. 1번 이브는 심각하게 말문을 열었고, 가면마법사는 고개를 끄덕였다. 나는 그때 패닉 상태에 빠졌다. 사실 아직도 충격에서 벗어나지 못하고 있다.

대리인을 자처한 1번 이브는 가면마법사에게 많은 질문을 던졌다. 가면마법사는 누구의 대리인인지 물었다. 그녀는 질문에 대답하지 않았다. 그녀들은 나름의 추측이 있었고, 서로가 즉답을 회피했다. 그 바닥엔 음모와 배신이 여기저기 널려 있다. 사기꾼일지도 모르고, 나사가 하나 빠졌거나 하나 더 박힌 위인일 수도 있다. 혹은 누군가의 끄나풀일지도 모른다.

1번 이브의 상담 내용은 복잡했다. 그의 의뢰인이 많은 유산을 상속받게 되었는데 그 조건이 아주 까다로워 골머리를 썩이고 있다는 거였다. 상속인은 세 사람이지만 그 의뢰인들과 관계된 또다른 세 명이 걸림돌이고, 세금 문제까지 해결하는 것이 의뢰인의 조건이라는 것이었다.

나는 1번 이브가 가면마법사에게 그런 조건의 말을 꺼낼 때의 표정을 정확하게 기억하고 있다. 죽어가는 사람의 피와 고름까지 빨아먹을 기세였다. 나는 화면을 통해 1번 이브를 한참 동안 노려보았다. 그녀의 눈빛이 섬뜩하게 느껴졌다. 난 특별한 손님이 방문하면 바로 옆방에서 감시카메라를 조정한다. 물론, 그날은 나의 독단으로 감시카메라를 돌렸다. 가면마법사가 그 일을 지시하지는 않았지만, 1번 이브가 무슨 상담을 하는지 무척 궁금하기도 했다. 감시카메라가 돌아가는 날은, 고위 공무원이거나 기업체 임원 그리고 항구도시의 실력자들이 찾아오면 어김없이 몰래 촬영을 한다. 그들의 공통점은 쓸데없이 시간을 낭비하지 않는다. 예약을 통해 약속 시각을 잡고 바로 본론을 끄집어낸다.

가면마법사는 1번 이브의 이야기를 경청하곤, 당사자와 직접 거래가 아니면 그 무엇도 해줄 수 없다고 잘라 말했다. 어느 직종이든지 능력자들이 있기 마련이다. 가면마법사도 그중 한 사람이다. 그녀는 제아무리 돈이 많은 사람에게도 굽실거리거나 아부하지 않는다. 가면마법사는 일어서며 품위 있게 손을 내밀었다. 상담 끝이라는 신호였다.

나는 가면마법사의 일을 거들면서 질펀한 인간 시장을 목격했다. 가진 거라곤 달랑 불알 두 쪽밖에 없는 놈이 거드름을 피우거나, 쥐꼬리보다 적은 월급을 받는 놈이 비싼 고급 차를 몰고 나타나 수작을 부리거나, 자기에게 도취해 환상의 세계에 빠져 사는 놈, 사기꾼 기질이 농후한 떠버리들을 종종 목격했다. 가면마법사는 그런 인간들을 정확히 걸러냈다.

두 번째 접촉은 이틀 뒤였다. 가면마법사는 언제나처럼 아랫입술을 들어 올리며 1번 이브에게 손을 내밀었다. 그녀는 그날처럼 정장을 말쑥하게 차려입고 있었다. 나는 오랫동안 1번 이브를 보아왔기 때문에 말할 수 있다. 그렇게 가식적인 위인은 본 적이 없다. 기쁜 일이 있으면 매사에 오버하고, 자신의 속내는 가슴속 깊은 곳에 묻는 타입이다. 흔히 말하는 위선자다. 자신에게 불리하면 절대로 마음을 드러내 보이지 않는다. 그렇다. 칼날처럼 번뜩이는 눈을 교묘히 감추고 나와 아담 형님들을 달래고, 때로는 벼랑 끝으로 내몰아 천천히 진을 빼내는 행동을 서슴지 않는다. 2번 이브와 3번 이브도 그녀를 닮아가고 있다.

그녀들은 우리가 잠시라도 방심하면 절대 용서하지 않는다. 난 이브들이 무섭다. 그녀들의 말마따나 나는 돈을 벌어다 줄 능력도 없고 새로운 일을 시작할 만한 자산이나 용기도 없다. 난 어느 편이 되기보다는 개처럼 바짝 엎드려 꼬리를 흔들며 살기로 마음을 다잡은 지 오래다. 게다가 조그만 충격에도 눈깔이 허옇게 멀고 지독한 비린내를 풍기며 썩어가는 생선 같은 위인이다. 그런 나약한 내가, 주둥이를 크게 벌리고 달려드는 1번 이브의 행동을 목격했다. 가슴이 철렁 내려앉았다. 그녀야말로 열악한 환경에서도 꿋꿋이 뿌리를 박고 씨앗을 퍼뜨릴 진정한 이브라는 생각이 들었다. 어느 날 갑자기 터무니없는 배짱이 생긴 건 분명 아니었다. 더구나 그녀는 돈의 위력을 잘 알고 있다. 돈을 위해서라면 구더기가 들끓은 시궁창 쥐라도 달게 씹을 위인이다.

가면마법사는 공과 사를 엄격히 구분하는 프로였다. 그 바닥의 불문율이기도 했다. 더구나 어떤 고객이든 상황에 따라 솜사탕처럼 달콤하고 청량음료처럼 톡 쏘는 화법을 적절히 구사해 설득하는 능력 또한 뛰어났다. 가면마법사는 침착한 목소리로 설명을 덧붙였다.

"최소한 의뢰인의 의중을 직접 들어봐야 상담이 가능합니다. 잘 아시겠지만 대리인의 말은 주관적이거든요. 저번에도 말씀드렸지만 의뢰인과 직접 상담을 원칙으로 합니다."

"예, 잘 알고 있어요. 곧 의뢰인이 도착할 거예요."

얼마 지나지 않아 사무실 문이 열리더니 여자 두 명이 들어섰다. 2번 이브와 3번 이브였다. 나는 한동안 입을 벌리고 숨도 쉬지 못했다. 그녀들의 돈에 대한 집착과 집요함에 몸서리가 쳐지는 순간이었다.

난 모니터의 볼륨을 높였다. 3번 이브는 그 유언장의 내용에 대해 투덜거렸다. 난 그녀의 이러저러한 폭언을 한낱 잔소리 정도로 들어 넘기는 편이지만, 그날만큼은 쌍소리와 함께 주먹을 불끈 쥐게 했다. 여우 같은 2번 이브가 쐐기를 박는 말로 3번 이브의 말을 거들었다.

"아무튼 돈은 절대 나눌 수 없어요. 수컷들은 피비린내나 맡고 다니는 하이에나 같은 놈들이에요. 그런 들짐승들은 절대 믿을 수 없어요."

이쯤 되면 지구상의 아담들에게 부끄러워서라도 이브들과 전면전을 치러야 하는 건 아닐까? 내 생각으론 명백히 부도덕한 행위였다. 나와 아담 형님들은 하루하루를 무의미하게 보냈고, 종신 노예로 살아왔지만 그래도 가족을 위해 희생한다고 마음을 다잡았다. 이제껏 베풀었던 가족 사랑은 내일도 지속될 사랑이며, 만약 고통이라는 놈이 덤벼들면 정수리를 후려쳐 주겠다고 맹세했다. 이브들과의 관계는 결코 벗어날 수 없는 수렁과도 같은 고통이지만 그 고통에서 벗어나는 건 헤어짐을 뜻하기에 고통을 감수하려 노력했다. 그러나 이브들의 수작에 그런 삶의 철학이 흔들렸다.

그러니까 장인어른은 오래전에 가족을 버리고 젊은 여자와 종적을 감추어버렸다. 어린 딸들에게 전화 한 통 걸지 않았다. 그녀들은 아버지를 죽은 사람으로 여겼다. 그런데 그 사건이 일어나기 한 달 전, 변호사에게서 전화가 걸려왔다. 그녀들의 아버지가 일개월 전에 사망했는데 매우 성공한 사업가였다는 것이었다. 그런데 장인어른은 딸들에게 조건을 붙여 한 사람당 20억이라는 꽤 많은 유산을 남겨주었다. 우연히 편의점에 들러 로또복권을 구입했는데 당첨된 거나 마찬가지였다. 문제는 장인어른이 내건 조건이었다. 그녀들의 아담들에게 반을 떼어주라는 내용이었다. 이브들은 그 부분에 대해 집중적으로 성토했다. 유산을 반반씩 나눈다는 것도 억울한데, 유산을 받는다고 해도 상속세, 각종 세금을 떼이는 건 너무 아깝고 억울하다고 언성을 높였다. 상식적으로 생각하면 그것도 행운이었지만 이브들은 그렇게 생각하지 않았다. 2번 이브가 부르르 몸을 떨었다.

"내 아버지가 죽어라 일해서 번 돈인데 무슨 권리로 뭘 보태주었다고 하이에나 같은 놈들에게 돈을 줘? 그리고 국가에서 뭘 해줬다고 세금을 떼어가! 이게 옳다고 생각해요? 우리 자매들이 못

먹고 헐벗을 때 국가가 해준 게 뭔데? 우리는 한 푼도 뜯기고 싶지 않아요. 만약 우리가 세금을 낼 수 없다고 버티면 미친개처럼 목줄을 물고 늘어질 거야. 좀 도와줘요. 좋은 방법이 없어요?"

가면마법사는 이브들의 눈치를 살피고는 침착한 목소리로 말했다.

"더 많은 돈을 원하십니까?"

"무슨 뚱딴지같은 소리야? 누굴 놀려요?"

가면마법사는 2번 이브의 날 선 표정을 애써 외면하곤 진지한 눈빛으로 1번 이브의 눈을 응시했다. 그녀는 보통내기가 아니다. 심리전, 거래의 조건, 고객을 구슬리는 법, 청탁과 부탁, 뇌물과 선물의 경계점 등을 명확하게 정의하고 사업을 하는 위인이다. 가면마법사는 이브들의 리더인 1번 이브를 향해 아랫입술을 비틀어 올렸다.

"질문이 너무 직선적이었나 보군요. 결론적으로 말하자면 세금 걱정은 하지 않아도 되고, 유산은 남편분들과 나누지 않아도 됩니다. 전부 가질 수 있어요."

3번 이브가 화들짝 놀라며 입꼬리를 올렸다.

"알아듣기 쉽게 말해봐요."

"그러니까 유산을 사회 약자를 위한 법인으로 양도하면 되는 겁니다."

"좀 더 쉽게 말해봐요. 그렇지 않으면 거래 끝이니까."

"사회 약자를 위한 법인을 세우면 세금을 내지 않아도 되고, 돈을 나눌 필요도 없고, 오히려 재산을 증식시키는 창구로 활용 가능합니다."

2번 이브는 골프채로 관자놀이를 세차게 얻어맞은 사람처럼 가면마법사를 멍하니 쳐다보았다.

"뭐라고요? 세금을 낼 필요도 없고. 유산을 남편들과 나눌 필요도 없고, 재산까지 불릴 수 있다고요?"

"그럼요. 다만 조건이 있어요. 남편이 없거나, 아니면 유서의 내용을 남편분들이 모른다는 조건이 있어야 합니다."

"그건 걱정하지 말아요. 남편들은 우리 아버지가 오래전에 죽은 걸로 알고 있으니까."

3번 이브는 좋아죽겠다는 표정이 역력했다. 그녀들은 내가 옆방에서 컴퓨터 화면을 통해 엿보고 있다는 사실을 전혀 모르고 있었다. 난 이브들의 야비함에 화가 치밀어 어금니를 악물었다. 가면마법사가 찬찬히 입술을 달싹였다.

"제3자 명의로 재단을 설립하여 그 돈을 기부하면 끝나는 겁니다. 그런 다음 거래 은행을 통해 소액을 인출하여 그 돈을 다시 여러 은행에 나누어 예금하고, 다시 소액으로 나눠 찾거나 계속 작은 단위로 나눈 후 마지막에 현금으로 인출하는 방법이 있어요. 물론 은행 계좌의 이름은 명의 도용이고, 최종 단계에서도 현금이 익명으로 인출되니까 나중엔 계좌 추적이 어렵게 되는 거지요."

가면마법사는 편지를 읽듯 아주 또박또박 말을 이었다.

"재단을 통해 증여하는 건 전적으로 합법이고 또한 빠져나갈 수 있는 구멍이기도 합니다. 이 방법은 권력과 부를 가진 자들이 스스로의 재산을 지키기 위해 만든 제도거든요. 동업자이니까 특별히 제안하는 겁니다."

"동업자? 거참, 듣기 좋은 말이네."

1번 이브가 빨간 목젖을 드러내며 깔깔거렸다. 가면마법사는 확신을 주듯 단호하게 말했다.

"법 위에 군림해보면 자신이 특별한 사람이란 걸 느끼게 될 겁니다. 그 방법을 이용한다면 아마 틀림없이 저에게 감사의 인사를 하게 될 겁니다. 업무 추진비와 수수료는 원금의 삼 프로만 받겠습니다. 확신이 서면 계약서에 서명하시죠. 만약 확신이 없다면 다른 방법이나 다른 거래처를 물색하셔도 됩니다."

가면마법사는 그녀들의 눈치를 살피며 계약서를 내밀었다. 1번 이브는 갑자기 위대한 사람이라도 된 것처럼 가슴을 쭉 폈다. 그러곤 아랫입술을 들어 올렸다.

"생각할 게 뭐야. 그냥 서명해. 내가 다 알아봤어. 일 처리 하나는 확실하다고."

"물론입니다."

가면마법사는 변함없이 침착하게 대답했다. 이브들은 엷은 미소를 띠고 시선을 맞추었다. 그리고 차례대로 서명했다. 난 이브들이 아담들을 쓰레기 취급하고 있다는 사실을 절절히 확인했다. 한편으론 의문이 들었다. 그러한 일들이 전부 돈 때문일까? 그렇다고 할 수도 있고 그렇지 않다고 할 수도 있다. 아무튼 거기엔 인간의 욕망이 개입되었기 때문이라고 추측할 뿐이었다. 그렇기에 이브들에게 있어 돈이란 존재는 욕망 덩어리 그 자체였다. 나는 장인어른의 유산 이야기를 들었을 때 설렘의 감정을 가졌지만 이 브들의 속내로 인해 마음이 편치 않았다. 더구나 그녀들의 부도덕함에 절망했다. 욕망이란 악마적이고 폭력성을 지니고 있다는 걸 절절히 깨달았다. 가면마법사도 그런 인간 심리를 이용해 돈벌이를 하는 위인이다. 가면마법사는 그녀들에게 사단법인인 에덴동산을 세워 불법자금 창구를 만들어주었고, 고객 유치에 성공했다.

가면마법사가 언젠가 나에게 이렇게 말한 적이 있다. 세상은 공갈빵의 세계라고. 그 공갈빵은 또 다른 공갈빵을 만들고 그 공갈빵이라는 시스템을 통해 돌아간다고. 그래서 양심의 가책은 그리심하지 않다고. 더러운 일은 자기가 하지 않아도 누군가에 의해 계속될 것이고, 그 공갈빵의 이치를 깨닫지 못하는 사람은 평생 노예로 살다가 죽는 것이 자본주의의 핵심이라고, 아랫입술을 비틀어 올렸다. 그리고 한마디 더 보탰다. 지배자와 피지배자, 노예 계급이 확실했던 시대나 지금이나 별반 다를 것이 없다는 거였다. 상당히 냉소적인 비유였지만 개인 또는 집단이 어느 정도 많은 사람을 착취하느냐에 정비례해, 눈에 보이지 않은 계급의 순위가 결정된다는 논리였다. 그렇게 착취에 성공한 사람들은 세상을 지배하고 군림하는 잔혹한 괴물이지만 아무 생각 없이 무조건적인 충성을 바치는 놈들이 더 나쁜 사회악이라는 말도 덧붙였다.

나는 고개를 끄덕였다. 나 또한 그런 생각을 몇 번 해보긴 했다.

게다가 나는 남들이 꺼리는 어부라는 직업을 가진 사람이다. 일한 만큼 가져가는 일은 절대 일어나지 않는다. 손바닥의 지문이 닳도록 그물을 내리고 올리지만 바다가 주는 만큼만 가져야 한다. 더러는 아주 작은 실수에도 물고기 밥이 될 수 있다. 게다가 출어 경비는 점차 상승하여 인내심이 폭발할 지경이다.

그렇다. 내가 맨손으로 상류층에 합류할 가능성은 제로다. 나는 그리 길지도 않은 인생 동안 할 수 있는 노력은 다 해봤다. 죽어라 매달렸지만 모래로 쌓은 구조물처럼 파도가 밀려들 때마다 무너져버렸다. 지금은 꿈꾸는 것조차도 포기했다. 누구를 증오해야 하는지 뭘 탓해야 하는지 알 수 없다. 좀 더 많은 삶의 철학을 익히지 못한 게 후회된다. 그러나 후회는 언제나 눈물 콧물을 철철 흘린 뒤에야 찾아온다.

5

전설은 준비하기 나름

난 이브들을 생각할 때마다 시간이 멈춘 느낌이다. 돈에 집착하는 그녀들, 그리고 에덴동산 포장마차 여자와의 더러운 스캔들 때문에 골머리가 지끈거린다. 한마디로 후회와 상실감으로 정신이 몽롱해진다. 머리칼도 흰머리로 변하기 시작한 지 오래다. 게다가 눈 주위엔 잔주름투성이다. 누구라도 그런 환경에 놓인다면 노화의 속도엔 가속도가 붙을 것이다. 나는 아담 형님들이 어느 멋진 곳을 찾아 떠나려는 그 마음을 이제 알 수 있다. 나도 더 늦기 전에 그곳을 찾아야 하는 걸까?

이브들이 비열한 음모를 꾸민 뒤에도 아무런 변화는 없다. 새로운 규칙이 제정되었고, 그에 따라 새로운 조건들이 붙었다. 그리고 난 에덴동산 포장마차 여자와의 더러운 스캔들을 일으킨 음흉한 죄인이 되었다. 2번 아담은 여전히 무화과 농장 일을 비즈니스라 우기고, 난 독방을 들락거리는 한심한 아저씨다. 일종의 징벌이다. 수컷으로 태어난 저주라고 해도 좋고, 내리막길이 있으면 오르막길이 있다는 확신이라고 해도 좋다. 그것에 대해 어떤 의미를 부여하든 나는 언제나 일관성을 가지려고 노력하는 중이다. 어쩌면 2번 아담을 닮아가는지도 모른다.

또한 가면마법사의 사업은 날로 번창하고 있다. 그녀는 고객의 욕망을 언제나 정확히 감지해낸다. 그렇다. 인간의 역사는 지배와 피지배의 역사다. 누가 더 많이 착취하느냐에 따라 결정되기 때문이다. 시대에 따라서 지배적 담론은 변화되어 왔지만 이러한 변화된 담론은 그 시대의 지배적 가치관이 어떤 것인지를 반영한다. 한 시대의 권력자에게 돈의 통제는 자신의 권력 유지를 위해 꼭 필요한 행위라고 할 수 있다. 그렇기에 인간이 돈에 집착하는지도 모른다.

달리 말하자면, 인간 사회의 생성 이래 존재해왔을 숱한 돈에 대한 욕망은 종교적, 철학적, 윤리적으로 억압되지 않는다. 또한 그에 걸맞게 권력 대상으로 일반화되었으며, 나아가 그것에 적합한 인식 방법들이 보완되어왔다. 그리고 이러한 돈에 대한 의미 부여는 특권층으로 분류하게 되었고 그러한 분류가 금수저, 은수저, 동수저, 흙수저, 무수저 등의 개념을 양산하였다. 이것은 가진 자와 못 가진 자의 개념이 권력관계에 의한 임의적인 분류에 지나지 않는다. 뭐랄까? 다분히 정치적인 문제다. 그럼에도 불구하고 돈을 가진 자란 개념은 사회 전반에 있어 권력자의 개념으로 자리 잡게 되었다. 이러한 기저에는 가족에 대한 규범적 가치를 옹호할 뿐만 아니라 가족과 직접적인 상관이 없더라도 가족과 연관된 일련의 권력자를 의미한다. 일종의 가족이라는 공갈빵이다. 가족이야말로 세계의 모든 억압과 공포로부터 보호받을 수 있는 유일한 곳이라는, 밑도 끝도 없는 정의다. 나도 한때는 그렇게 생각했지만 지금은 의문을 품고 있다.

가족이란 무엇인가? 자본주의의 가장 사적인 제도다. 그 안엔 폭력을 비롯한 수많은 억압의 가능성이 잠재되어 있다. 그러나 이러한 가능성에도 불구하고 가족제도는 가장 이상적인 사회제도로 포장되고 은폐되어 있다. 이처럼 가족제도가 왜곡된 모습으로 존재하는 이유는 이 제도가 자본주의 사회의 근간인 경제활동 인구의 재생산을 위한 제도일 뿐만 아니라 아담을 사적으로 부려먹을 수 있는 거의 유일한 제도이기 때문이다.

그렇다. 이브들은 가족이란 이름으로 우리 아담들을 억압하려 한다. 가족에 복무하지 않는 아담은 불구이거나 실패한 수놈이고, 가족의 정의를 부정하거나 가족의 틀을 벗어난 수컷들은 모두 음탕하거나 부도덕한 잠재적 범법자다. 또한 가족의 구성이 불가능한, 즉 가족이란 목적을 갖지 않는 수놈들은 매우 이기적인 구제 불능의 쓰레기로 분류된다. 아담 형님들과 가족을 이루고 사는 이브들의 정의가 그렇다는 얘기다.

그녀들의 주장에 따르면, 아담 중심의 가족문화보다 이브 중심의 가족문화가 훨씬 우월하다는 논리를 편다. 가면마법사도 별반 다르지 않다. 선택받은 난자라는 이름하에 정자는 종신 노예로 치부되고 이분법적이고 획일화된 이브의 우월주의에 빠져 있다. 그 어떤 수컷도 난자의 권력에 머리를 조아려야 한다는 믿음이 확고하다. 그렇기에 자본주의의 꽃인 돈의 권력체제 속으로 수놈들을 예속시키면 된다는 논리에 사로잡혀 있다. 바로 여기에 그녀들과 가면마법사의 공통점이 존재한다. 그것도 그녀들의 재주 중 하나다. 나도 서서히 현실을 직시하는 중이다. 누가 음흉한 사람인지 누가 더 교활한 인간인지 구분할 수 있다.

난 확신한다. 우리와 가족을 이루고 사는 이브들과 관련된 모든 것을 말할 때마다 공갈빵을 신봉하는 헤픈 자본주의라는 말을 덧붙여야 한다. 한편으론 그녀들을 어느 정도 동정하고 있다. 언제나 돈이라는 단어를 발음하는 이브들의 목소리가 너무 간절해서 측은하다. 그래서 마음이 아프다.

그녀들은 가면마법사의 도움으로 유산을 몽땅 가질 수 있는 방법을 찾아냈다. 이브들의 에덴동산 금고엔 계약서와 수많은 영수증, 매달 현금으로 인출된 신사임당이 들어 있다. 가면마법사는 전국에 불법 거래망을 갖춘 연금술사다. 그녀는 3번 이브의 일수놀이를 사채업으로 전환하게끔 도와주었고, 안전하게 탈세하는 방법을 일러주었으며, 그 이익금은 자신이 운영하는 사채업으로 끌어들였다. 가면마법사는 고객이 욕망하는 것을 정확히 짚어낸다. 주식을 사고파는 주기를 세심하게 연구하여 그 타이밍의 좋은 점과 나쁜 점을 충고해준다. 좀 더 나아가 투자를 피할 회사를 선정해주곤 한다. 가면마법사는 새로운 세법이나 주식시장의 변화에 대한 추이를 좇는 노력을 게을리하지 않기 때문에 당연히 자금이 밀려든다. 더러는 고객이 손실을 보곤 한다. 그러면 곧바로 거래 선을 갈아타 고객의 손실을 만회할 방법을 강구한다. 나라면 그만큼의 위험을 안고 돈을 굴린다면 불면증에 걸리거나 반쯤 미쳐버리고 말았을 것이다. 가면마법사는 아무렇지도 않게 고객의 돈을 관리한다. 내 생각으론, 행운의 신이 그녀의 애인이 아닌가 싶다.

몇 달 전만 하더라도 아담 형님들은 아무것도 몰랐다. 그렇다면 나는 어떻게 처신해야 하지? 나와 아담 형님들도 분명 부자가 될 수 있다. 안타깝게도 1번 아담에겐 믿음이 가지 않는다. 그는 언제나 이브들의 충복으로 살아왔다. 놀랍지도 않지만 이런 말도 안 되는 현실을 침묵해야 하는 걸까? 난 많은 돈을 가져본 적이 없다. 내 삶은 언제나 단조로웠으며 앞으로도 그럴 것이다. 그러나 그 사실을 침묵하는 것이 옳은 걸까? 하다못해 꿈틀거려보기는 해야 하는 것이 아닐까? 2번 아담은 대책 없이 어느 멋진 곳을 찾을 수 있다고 호언한다. 나는 그가 걱정스럽다. 하지만 그는 눈을 굴리며 나를 연민하는 눈치다.

그랬다. 난 이브들이 꾸민 음모를 아담 형님들이 모른다고 확신했다. 아담 형님들과 정보를 공유해 대책을 세워야 하는 걸까? 하지만 내 고백은 이렇다. 그동안의 모든 의문에도 불구하고 나는 이 현실에서 한 발짝도 더 나아갈 수 없다. 아무 일도 없었던 것처럼 이브들이 유언장의 내용대로 실천하지 않는 한, 그 어떤 진실도 유효하지 않다. 그래도 난 이브들에게 희망의 끈을 놓지 않고 있다. 그러므로 나의 고민과 번뇌는 이미 끝난 거나 다름없다. 아니, 처음부터 그 사실을 알지 못했거나 의심하지 말았어야 했다. 이것이 내 마지막 위안이다. 하지만 이브들은 나의 간절한 마음을 모른다.

2번 아담이 명석한 위인이라면 물음표를 떠올려야 정상이다. 일단, 이브들은 약속이라도 한 듯 큰 집과 큰 차를 마련했다. 그는 어디서 돈이 생겼느냐는 질문을 던지지 않았다. 그녀들이 그럴싸하게 둘러대는 말에 마냥 고개를 끄덕였다. 나는 3번 이브에게 어디서 돈이 생겼느냐고 물을 수도 있었다. 그러나 묻지 않았다. 이브들이 무언가 눈치챘다면 난 전남편이 되거나 바다에 던져질지도 모른다.

나는 독방에서 아무도 모르게 숨죽여 울었다. 그때까지만 하더라도 나에게 있어 가족의 행복은 인생의 최우선순위였다. 집 안의 냉기도 온기도 나의 책임이라고 생각했다. 달라질 건 없다고 마음을 다잡았다. 더러는 3번 이브의 귀싸대기를 후려치고 싶은 충동이 일 때도 있었지만 그때마다 스스로를 질책했다. 내 남성성이 비겁한 건지, 천성이 착한 건지는 모르겠지만 아무튼 그랬다. 적어도 난 과도한 희망이나 과도한 체념은 하지 않고 사는 사람이다. 어쩌면 이브들도 내 인성을 알고 있지 않을까? 내가 원하는 건 가족의 행복이다. 아무리 아픈 일이라도 다음 날이면 아무 일도 없었던 듯 어제의 삶이 이어지길 바랄 뿐이다. 아무 일도 없었던 듯 장인어른의 유언이 지켜지고, 아무 일도 없었던 듯 돈에 대한 욕망이 사그라지길 소망한다. 그러나 그런 일이 일어날 가능성은 전혀 없다.

난 결심했다. 2번 아담에게 고깃배에서 만나자고 연락했다. 내 삶의 흔적이 배어 있는 고깃배에선 누구의 간섭도 받지 않는다. 언제나 비릿한 냄새가 맡아지고 생선 비늘이 해풍에 휘날리지만 나에게 있어 고깃배는 성소다. 그렇기 때문에 믿음이 가지 않는 사람은 절대 고깃배로 초대하지 않는다. 몸을 피할 장소가 없기 때문이다. 개인적인 경험에서 하는 말이냐고? 그렇다. 바다에서 목숨 줄을 걸고 살다 보면 자연스레 터득하게 된다. 바다나 사람이나 알 수 없긴 마찬가지다. 그러니까 바다와 세상을 상대하는 데에는 두 가지 방법밖에 없다. 싸워보고 순응하든지 아니면 처음부터 꼬리를 바짝 내리고 사는 거다.

2번 아담이 모습을 드러냈다. 거래처를 쉴 새 없이 뛰어다녀서 그런지 눈에 띄게 얼굴 살이 빠져 있었다. 그는 여름이면 무화과 수요가 부쩍 늘어나 힘들다고 너스레를 떨었다. 그가 무화과 몇

개를 내밀며 입꼬리를 들어 올렸다.

"가면마법사 사무실엔 잘 나가지? 일당은 잘 챙겨줘?"

"예. 1번 형님 덕분입니다."

그는 물어놓고도 괜한 질문을 한 것 같다는 표정으로 내 눈치를 살폈다. 난 고깃배를 둘러보았다. 뱃일을 때려치우고 싶다는 생각을 하면서부터 내 소득을 셈해보곤 했다. 3번 이브는 얼마 전에 큰 아파트와 대형 세단을 구입했다. 그녀의 소득이 없다면 한 달 버텨내기도 어려울 터였다. 나는 내가 수면 위를 날아다니는 하루살이의 신세와 별반 다를 바 없다는 생각이 들었다. 그랬다. 현실을 벗어날 뾰족한 수가 떠오르지 않았다. 난 허리를 펴고 길게 한숨을 내쉬었다. 내 눈치를 살피던 2번 아담이 아랫입술을 들어 올렸다.

"처제랑 싸웠어? 일단, 스트레스는 털어내야 해. 재수 없으면 심장병이나 기억상실증에 걸릴 수도 있거든."

난 그 사건 이후, 전에 없던 두통이 생겨났다. 이브들은 양심의 가책이나 미안함은 고사하고 믿기지 않을 만큼 기운이 넘쳐 보였다. 그랬다. 원하는 대로 즉시 행동하지 않으면 표독스러운 눈길로 쏘아보는 이브들에게 넌더리가 났다. 그녀들이 바라는 대로 있는 힘껏 충성을 다하고 나면, 그다음엔 또 무슨 주문을 할까. 2번 아담은 불안하고 걱정스러운 눈빛으로 내 눈치를 살피곤 입술을 달싹였다.

"무슨 고민거리라도 있어?"

"가면마법사 일을 거들다가 엄청난 사건을 알아버렸어요."

"사는 게 다 그렇지 뭐. 엄청난 사건도 회사 일이니까, 그러려니 하고 넘어가야지. 견디기 힘들면 그만 다녀. 다른 곳도 많아."

2번 아담이 쓸쓸하게 웃었다. 난 마음을 다잡고 이브들이 유산을 착복했다는 사실을 고백했다. 그의 쓸쓸해하던 얼굴 위에서 나는 직감적으로 세찬 기류 같은 것을 읽어냈다. 이젠 어떻게 해야 하는 거지? 그 물음은 어느새 나를 향해 있었다.

2번 아담은 그녀들을 향해 거침없이 비웃었다. 그가 세상에 대해 눈뜨고 보니 가족이나 사랑이라는 감정은 공갈빵에 지나지 않는다고, 가진 자들에 비해 자신의 삶은 하루살이 날벌레나 다름없다고, 죽도록 일해 조직에 충성을 바쳤지만 쓰레기처럼 버려졌고, 사랑하는 2번 이브에게도 천덕꾸러기 취급을 당한다고, 하루 먹고살면 또 일해서 또 하루를 꾸려야 하는 삶이 하루살이와 뭐가 다르냐고, 이제부턴 자신만을 위해 살 거라고 어금니를 앙다물었다.

나도 모르게 무거운 한숨이 터져 나왔다. 인생이란 그렇게 고단한 것인가? 난 2번 아담의 얼굴을 뚫어지게 쳐다보았다. 그의 미간이 점점 좁아지는가 싶더니 헛구역질을 시작했다. 그는 얼른 입을 틀어막았다. 손가락 사이로 위액이 흘러내렸다. 2번 아담의 고통스러운 얼굴이 수면을 통해 굴절된 상태로 고스란히 내게 전해졌다. 나는 그에게 가족을 품고 있는 동안, 무게만큼 부피만큼 아팠느냐고 물어보고 싶은 충동이 일었다. 그는 일그러진 얼굴로 입술을 달싹였다.

"3번아! 너도 잘 알아서 행동해. 뭐, 별다르게 사는 인생이 따로 있겠어? 정말이야, 너의 머리로 생각해. 심장의 두근거림으로 살지 마!"

이 세상 모든 의욕을 다 포기해버린 듯한 2번 아담의 한숨 같은 말투가 나를 서럽게 했다. 나는 차마 그의 눈을 똑바로 바라보지는 못했다. 망망대해에 혼자 떠 있는 느낌이었다. 이런 것이 버려지는 쓰레기 인간의 외로움인가 싶었다.

난 이브들이 미웠다. 그러곤 고개를 내저었다. 그녀들을 미워하면 내가 미워졌다. 어차피 나는 그녀들에게 나의 미래를 걸지 않았다. 오직 나 혼자만이 겪어내야 하는 수많은 외로운 바다 삶이 싫어서, 사람의 훈기가 그리워서, 내 그물에 걸려든 물고기를 줍듯 3번 이브를 내 품으로 끌어들인 것뿐이다. 심해에서 한 줄기 햇살을 받아 가까스로 싹을 틔운 플랑크톤처럼 나 혼자 지고 피우다가 그렇게 가면 되는 거다, 라고 마음을 다잡았다.

나는 가슴팍에서 울컥 올라오는 충동에 그물을 사납게 집어 던졌다. 나로서는 두렵기만 하던 바다 생활, 어쩌면 그 속엔 아버지의 젊음이 있었고 이상이 있었을 바다. 이제는 아버지에게서 깡그리 잊혀진 바다다. 난 그런 아버지를 추억하며 그물을 내리고 올렸다. 이젠 젊은 객기만이 가질 수 있었던 이상이었노라고, 그리고 철없던 때의 위험한 놀음이었다고, 익살스럽게 아슬아슬한 표정을 지으며 떠날지도 모른다는 생각이 들었다. 어쩌면 이브들과 나눈 자잘한 추억도 서서히 말라가리라는 확신까지 들었다. 그래도 미진함이 나를 놓아주지 않았다. 하지만 2번 아담의 얼굴에선 사나운 기운이 느껴졌다. 아픔을 내뿜지 못하고 혼자 삼키려는 듯, 꼭 다물어버린 입술에서 날 선 살기가 전해졌다. 그는 정말 2번 이브를 사랑했을까? 하긴, 그들 부부는 수시로 싸웠고 끔찍한 가래 소리를 냈지만 오히려 다른 부부보다 서로를 위했으면 위했지 덜하진 않았다.

2번 이브도 그랬다. 뭐가 그리 우스운지는 모르겠지만, 2번 아담이 시시껄렁하게 꺼낸 말도 방바닥을 데굴데굴 굴러다니며 배꼽을 잡았다. 나에겐 한심함으로, 안쓰러움으로 다가왔지만 그녀는 그렇지 않았다. 좋은 남편이라고, 단지 직장에서 버림받은 후유증이라고 두둔했다. 어느 곳에 기준점을 두어야 할지, 그야말로 난감했다. 왜냐하면 그런 그녀가 2번 아담을 벼랑 끝으로 내몰아 천천히 진을 빼는 짓을 반복한다는 거였다. 잠시 엇나가기라도 하면 절대 용서하지 않았다. 그럴 때면 이브들이 가증스럽기까지 했다.

내가 기억하는 한, 2번 아담은 결혼과 동시에 머슴으로 살았다. 정확히 말하자면 종신 노역에 시달렸다. 2번 이브는 인상을 구기며 더 많은 돈을 요구했다. 그는 극심한 스트레스를 받았다. 그 여파로 내가 부리는 고깃배를 종종 찾았다. 그러곤 조타실에 누워 피멍이 들도록 가슴팍을 두드려댔다. 아무것도 걸치지 않은 채 말이다. 더러는 무시무시한 완력으로 내 손목을 잡고 가슴을 긁어달라고 애원했다. 손톱으로 그의 가슴팍을 긁으면 살갗에서 허연 비듬이 일어났다. 햇빛이 비치지 않는 조타실인데도 살비듬은 먼지와 뒤섞여 허공을 둥둥 떠다녔다. 2번 아담은 더 이상 감당할 수 없는 지경이 되면 갑판 난간으로 달려가 음식물을 게워냈다. 특별한 질병이 있는 것도 아니었다. 내가 그의 증상에 대해 질문을 던지면 마치 비밀을 털어놓는 것처럼 의미심장하게 말했다.

"난 한 번도 휴식을 취한 적이 없어. 돈 때문이지. 나를 위한 돈벌이가 아닌, 가족을 위한 노예가 되어버렸어. 숨 쉬는 것도 힘들어. 이젠 지쳤어. 난 돈 버는 기계일 뿐, 아무짝에도 쓸모없어. 버려졌으니까. 회사에서도, 가족에게도."

2번 아담은 입을 헹구곤 조타실로 들어가 텔레비전을 켰다. 근육질의 인공지능 로봇과 인간이 힘겨루기를 벌이고 있었다. 그들은 온 힘을 다해 당기기와 밀치기를 주고받았다. 가슴팍이 떡 벌어진 로봇과 인간의 근육질 몸매는 완벽한 체형을 보여주고 있었다. 상대방을 내동댕이치거나, 목숨 줄을 움켜쥐거나, 그것도 아니면 붉은 핏물이 튀거나 솟구치게 할 것, 그리고 승리의 환호성을 지를 것, 그것만이 승자의 덕목이라는 것을 일깨우기라도 하듯 그들은 열정적으로 싸움을 벌였다.

2번 아담이 신음 소리를 토해내곤 몸을 뒤척였다. 그 여파로 허리에 걸려 있던 이불이 들춰졌다. 남자의 상징인 생식기가 드러났다. 나는 그것을 뚫어지게 응시했다. 그의 생식기는 남성의 자존심을 잃은 지 오래였다. 자존감을 잃은 그의 생식기를 보는 순간, 나도 모르게 꽉꽉한 서글픔이 밀려들었다. 나는 무력하게 누워 있던 그의 앙상한 가슴팍을 쓸어주었다. 결국, 인공지능 로봇이 인간의 항복을 받아냈다. 2번 아담이 신음을 흘리며 나에게 말했다.

"로봇이 인간을 이겼군. 저놈들은 아프지도 않고, 배고픔도 몰라. 돈을 더 달라고 시위도 하지 않지. 난 사람이거든. 아프고, 배도 고프고, 더 많은 돈이 필요했어. 산업자본가들은 돈의 맛을 아는 진정한 자본주의자들인 셈이지. 인간이 아무리 싸워도 승자는 이미 정해져 있었던 거야."

그랬다. 그는 자신의 건재함을 그 누구에게도 인정받지 못했고 결국 직장에서 밀려났다. 2번 아담은 고개를 내저으며 입술을 달싹였다.

"더 이상 버티지 못하겠어. 나의 인내심과 자존감은 이미 다 망가졌어. 어떤 질병보다도 무서워. 이젠 자유롭게 살고 싶어. 꼭, 그렇게 살 거야!"

나는 3번 이브 몰래 숨겨두었던 비자금 오만 원을 내밀며 어디론가 훌쩍 여행이라도 다녀오라며 호기를 부렸다. 2번 아담의 몸뚱어리는 세파에 지쳤는지 푸석했다. 게다가 눈동자엔 핏발이 서 있었다. 현실에 대한 불만으로 폭발하기 일보 직전이었다. 찰지고 광활한 세상은 그의 삶과 애환을 말없이 보듬고 지켜주었지만 지독한 노동의 공간이기도 했다. 그렇지만 2번 아담은 미친 듯이 질주하는 삶의 속도에 지쳐버렸다. 그는 이렇게 살면 뭐해, 라는 회한이 몰려들 때마다 삶의 브레이크를 조심스럽게 밟아보았지만 인생의 타이어는 파열음만 남기고 그대로 미끄러져 갔다. 그가 멈추고 싶어도 절대 멈추는 법이 없었다. 인생의 수레바퀴는 정확히 그의 숨통을 밟았고 눌린 목구멍 사이로 간신히 숨을 토해냈다. 결국 비참하게 생을 마칠 것이 뻔했다.

나는 누워 있는 2번 아담을 내려다보았다. 나이 든 중년의 모습이었다. 세상살이의 고단함이 실제보다 더 늙어 보이게 한 걸까? 그가 아랫입술을 비틀어 올렸다. 그러곤 혼잣말로 중얼거렸다.

"남녀 간의 영원한 사랑 같은 건 믿지 않기로 했어. 돈이 지배하는 세상에서, 인공지능이 지배하는 세상에서 그딴 게 어디 쉽겠어. 로봇이 인간을 낳는 세상이 올지도 몰라."

그는 쓴 입맛을 다시며 항구도시의 전경을 둘러보곤 더 이상은 못 견디겠다고 고개를 내저었다. 나는 고깃배를 휘휘 둘러보았다. 조타실엔 여러 종류의 음식물이 널려 있었다. 하얀 곰팡이가 피기 시작한 쌀밥과 반찬 따위가 눈에 띄었다. 언제부터인지는 몰라도 나는 그것들을 계속 방치했다. 마치 임상 시험을 하는 연구원처럼 썩어가고 있는 것들에 대해 의미를 부여하며 살아왔다. 그나마 이 물엔 물고기를 끌어올리던 도르래도 녹을 잔뜩 뒤집어쓰고 있었다. 갑판에 굴러다니는 어구와 널브러진 밧줄 가닥과 나무판자, 빗물 고인 밑창의 모습도 을씨년스러웠다.

2번 아담은 고깃배와 닮아 있었다. 힘든 나날을 버텨오느라 수컷으로서 제 역할을 마친 생식기, 그리고 생을 연명하기 위해 인간으로서의 마지막 자존심조차 버리도록 조종한 머리까지 서서히 죽어가고 있었다. 그가 하루에도 몇 번씩 살기 위해 몸부림쳤던 건 가족을 위해서였다. 하지만 동공엔 눈물조차 말라버렸다.

2번 아담이 내 손목을 잡았다. 가슴팍을 쓸어달라는 신호였다. 나는 그의 심장에 손을 얹었다. 벌컥 솟구치는 심장의 박동은 느낄 수 없었다. 그는 물끄러미 먼 바다를 응시하고 있었다.

"가족이 없었다면 미쳐버렸거나 스스로 목숨을 끊어버렸을 거야. 내 삶을 힘들게 만든 가족이었지만 난 가족 때문에 살 수 있었던 거야."

그의 목소리는 마치 병든 물새 같았다. 2번 아담과 나의 차이는 무엇일까? 그는 허물어진 삶과 몸을 섞으면서도 희망을 버리지 않고 있었다. 그에겐 어느 멋진 곳을 갈망하는 희망이 있었고 나에겐 없었다. 그 간단한 차이가 나를 서럽게 했다. 그는 살아 있고 나는 이미 죽어 있는지도 몰랐다. 난 불현듯 자존감이 살아 있음을 증명해 보이고 싶은 충동에 사로잡혔다. 그러나 그럴수록 죄의식으로 인해 괴로워할 것이며 그 괴로움은 결국 나에게로 다시 돌아올 것이 뻔했다. 하지만 2번 아담은 무언가를 위해 마지막 힘을 쏟고 있다는 생각이 들었다. 나는 그의 눈에서 비장함을 읽어냈다. 그가 아랫입술을 비틀어 올렸다.

"난 다시 시작할 거야!"

2번 아담은 희망의 설계도를 그렸고, 설계도대로 계획을 실행시켰다. 조금씩, 아주 조금씩 그물의 얼개를 만들어가던 그는 형량을 다 채우고 나가는 죄수처럼 홀가분한 표정을 지었다. 비록 그의 얼굴엔 초조한 기운이 서려 있었지만 행복해 보였다.

나는 조타실 입구에 앉아 항구의 전경을 휘둘러보았다. 하얗게 물보라를 일으키는 항구엔 컹컹 개 짖는 소리만이 외로웠다. 밤새 달과 지구의 밀고 당김에 지친 파도가 뱃전으로 몰려들 땐 바싹바싹 소리가 났다. 2번 아담은 물보라 속, 그렇게 겨우내 어녹이치며 어느 멋진 곳을 찾아 떠날 준비를 착착 진행시켜 나갔다.

그렇다. 아무 일도 없었던 것처럼 어느 멋진 곳을 찾아 떠나지 않는 한 그 어떤 진실도 나에겐 유효하지 않다. 1번 아담과 나는 가장으로서의 권리를 포기해버렸다. 때로는 대거리하고 때로는 매달렸지만 방법이 없었다. 게다가 결혼과 동시에 자존심과 친구들이 멀어져 갔다. 어쩌면 결혼이란, 아담과 관련된 모든 것을 빼앗아가는 약탈자인지도 모른다. 그도 그럴 것이 내가 3번 이브에게 불만이라도 제기할라치면 갯지렁이를 손바닥으로 내려치듯 말꼬리를 잘라버린다. 더구나 에덴동산 포장마차 여자와의 더러운 스캔들로 피와 진액을 말리고 있다. 성질머리가 일지만 3번 이브가 눈알을 부라릴 때마다 바다로 간다. 물때도 상관없다. 몇 번 대거리를 했다가 실패한 뒤로 생겨난 습관이다. 더욱 놀라운 건, 3번 이브의 수놈 길들이기다. 그녀는 남자를 어떻게 다루어야 하는지, 배 속에 있을 때부터 알고 태어난 사람 같다. 내가 그녀의 비위를 건드리면 뾰족한 송곳니를 드러내곤 내 의지를 제압해버린다.

'내가 당신 때문에 인생이 꼬인 걸 알아? 몰라? 있을 때 잘해! 후회하지 말고!'

내가 뭘 그리 잘못한 것이 있다고 수시로 입에 게거품을 무는 걸까? 3번 이브의 관심은 온통 더 큰 집, 더 큰 자동차, 더 많은 돈에만 쏠려 있다. 내가 번 돈도 그녀가 모두 가져간다. 심지어 텔레비전의 채널 선택권도 그녀에게 있다.

나는 모든 인간이 평등하지 않다는 걸 결혼과 동시에 알았다. 여자란 남자 하기 나름이라는 말도 있지만 그게 쉬운 일은 아니다. 그건 1번 아담도 마찬가지다. 2번 아담만이 처절한 투쟁을 이어가고 있는 중이다. 그가 한마디 덧붙였다.

"내가 왜 그녀들과 꼬였나 몰라. 시간만 되돌릴 수 있다면 절대 결혼하지 않을 텐데. 아무튼 후회는 후회고 내 자존감은 자존감이야. 난 갈 데까지 가볼 거야!"

참, 대단한 2번 아담이다. 사실, 이브들은 만만한 상대가 아니다. 그녀들의 짝들이 무엇을 어떻게 처신해야 할지 스스로 깨달을 때까지 진액을 빼버린다. 그나마 가장의 권위나 아담 중심의 가족 질서는 절대로 용납하지 않는다. 조금이라도 가장의 권위를 유지하는 사람이 있다면 2번 아담이다.

1번 아담도 신혼 초엔 가부장적 질서를 확립하려 무진장 애썼지만 처참하게 무너졌다. 그 배상 책임으로 에덴동산에서 1번 이브의 머슴으로 살고 있다. 지금까지 버티고 투쟁을 벌이는 사람은 2번 아담뿐이다. 나는 '어떡하면 가장의 권위를 회복할까?' 하고 많은 고민을 했다. 어설프게 축조된 계획을 실행에 옮겼고, 된통 당해버렸다. 3번 이브의 심리전에 일주일은 견딜 만했고, 보름째는 억지로 견뎌냈고, 한 달째는 마침내 미칠 지경이 되고 말았다. 결국 무릎을 꿇고 항복을 선언했다. 그녀는 안절부절못하는 나의 어깨를 두드렸다. 아주 현명한 판단이라는 표정이 역력했다.

나는 3번 이브의 덫에 번번이 걸려들어 시시하기 그지없는 패배를 당했고, 그러다가 결국 모든 걸 포기하고 적당히 안락해질 궁리만 찾는다. 아버지의 아버지들처럼 적당히 대충 결혼 생활을 해도 가부장적 질서가 유지되는 게 아니다. 나에게 있어 결혼 생활이란, 언제든지 이브의 편이 되어주고 죽을 때까지 절대복종한다는 의미다. 3번 이브가 옳건 그르건 간에 무조건적인 지지를 보내야 안위를 보장받을 수 있다. 그게 유일한 생존법이다. 그러므로 나는 2번 아담의 동맹 제의를 사양하고 있다. 하지만 그가 문제다. 오래전부터 이어왔던 주도권 싸움을 포기하지 않아서다. 마음속으론 2번 아담을 응원하지만 도무지 이길 확률은 없어 보인다. 게다가 이브들은 대단한 결속력과 가정 경제권을 움켜쥐고 있다. 2번 아담이 주도권 싸움을 포기하지 않는다면 험악한 지경에

이를지도 모른다. 그날처럼 피가 튀기는 일이 벌어질 것이 뻔하다.

나의 아내인 3번 이브도 별반 다르지 않다. 그녀는 나에게 당근과 채찍을 동시에 내민다. 충성과 복종의 태도를 봐서 가게를 마련해줄 수도 있다는 장밋빛 계획을 제시한다. 물론, 내 이름을 내건 상점이다. 하지만 에덴동산 포장마차 여자와의 더러운 스캔들이 터진 이후로 많은 일들이 어그러졌다. 가면마법사와 벌인 흥정을 상기하면 사태는 좀 더 명확해진다. 뭐든 확실히 정리하고 시작하는 그녀들이다. 그러나 뇌 없는 소처럼 일한 것에 비하면 그 처분은 너무 가혹하다. 그러나 불만을 제기했다간 눈 껌뻑할 사이에 사라질지도 모른다. 그 빈자리는 즉각 다른 수컷으로 채워질 것이다. 자리를 원하는 수놈들은 세상에 널려 있다.

그렇다. 난 인생의 황금기에 커다란 실수를 저질렀다. 앞에서도 말했지만 그건 낭만적 사랑에 대한 환상이다. 처음엔 사랑이 영원할 거라 믿었지만 유통기한이 있다는 것까진 생각하지 못했다. 그 사실을 깨달은 순간, 급브레이크를 밟았지만 가로수를 들이박고도 스피드가 줄지 않았다. 내가 머슴으로 살 거라곤 생각지도 않았는데 결국 종신 노역을 선고받고 말았다. 그렇지만 이제 그건 과거의 얘기일 뿐이다. 간덩이가 부었냐고? 그렇다. 적어도 '이브들이 말하는 있을 때 잘해! 후회하지 말고!'라는 협박이라면 더욱 그렇다.

나는 오늘 하루가 지나면 사십 대로 접어든다. 내가 사랑했던 3번 이브는 삐뚤어진 인성도 모자라 자기 멋대로 사는 불량 아줌마가 되었다. 난 그녀의 본심을 잘 알고 있다. 예의라고는 조금도 모르고 잘 물어뜯기만 하는 쌈닭 아줌마다. 그러면서도 끊임없이 날 부려먹는다. 분한 감정이 쌓이고 쌓여 이런 결과가 벌어지고 말았다. 만약 시간을 되돌릴 수만 있다면 절대 그런 실수를 저지르지 않을 텐데 말이다. 그렇지만 과거는 과거다. 이제부턴 절대로 아담의 자존감이 훼손당하도록 놔두지 않을 작정이다. 수컷의 날을 세워보지도 못하고 에덴동산에서 쫓겨날 수는 없다. 일주일도 못 버티고 시체로 발견되거나, 혹은 그 이전에 항복해 산소를 공급받고 처절한 눈물을 쏟을지도 모르지만 대거리를 할 작정이다. 그렇다. 나는 계속해서 기회를 엿보아야 하고, 결정타를 준비해야 한다. 똥개처럼 처연한 눈빛으로 오들오들 떨며 살지 않을 것이다.

난 2번 아담에게 나의 속내를 꺼냈다. 그는 키득댔다. 더럽게 재미없는 농담이라고 했다. 하긴 그는 줄곧 나를 의심해왔다. 사실이 그렇다. 난 그의 동맹 제의를 번번이 거절했다. 그가 한마디 덧붙였다.

"어느 멋진 곳은 그냥 얻어지는 게 아니야. 처절한 성찰을 통해 쟁취하는 거야. 그게 아니면 넌 국물도 없어. 종신 노역에 시달리다가 죽는 거지. 명심해! 무슨 말인지 알겠어?"

나도 안다. 내가 믿는 구석이라곤 별 볼 일 없는 가족 사랑이라는 걸. 그러나 누구도 나의 가족 사랑이 우스꽝스럽다고 함부로 비웃지는 못할 것이다. 다만 자존심 충전을 위한 시간이 좀 필요할 뿐이다. 중요한 건, 나 스스로 수놈의 자존심이 무엇인지 깨달 았다는 사실이다. 난 절대로 무릎 끊지 않을 것이다.

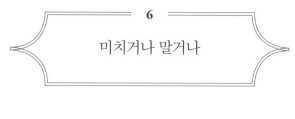

6

미치거나 말거나

에덴동산의 열기는 여전히 뜨겁다. 2번 아담은 콧구멍을 벌렁거리며 허리가 부서져라 출렁거린다. 포도주를 입으로 가져가던 3번 이브가 아랫입술을 비틀어 올린다.

"2번 언니도 참 힘들겠네. 저런 인간이랑 사느라고."

3번 이브가 그런 말을 하는 데엔 이유가 있다. 2번 아담에게 여자가 생겼다고 울고 불던 2번 이브가 긴급회동을 요청했다. 1번 이브와 3번 이브가 나를 앞세우고 2번 아담의 집으로 달려갔다. 그녀들은 세상에 이런 개 같은 일이 어떻게 일어날 수 있느냐고 입에 거품을 물었다. 그래도 화가 풀리지 않았는지 물건을 닥치는 대로 집어 던졌다. 나는 움찔했다. 그녀들은 2번 아담을 찢어 죽여도 시원찮을 놈이라고, 독방에 가두어 구더기 밥이 될 놈이라고 악담을 퍼부었다. 당황한 나는 그녀들을 달랬지만 더는 어쩔 방법이 없었다. 다급해진 2번 아담은 단골 술집의 여주인과는 아무 일도 없었다고 우겼다. 이브들은 어처구니가 없다는 표정으로 그를 노려보았다. 모든 것이 명백했지만 2번 아담은 순순히 시인하지 않았다. 나는 뻔뻔한 그의 행동에 울어야 할지 웃어야 할지 난감했다.

1번 이브는 2번 아담의 멱살을 붙잡고 2번 이브에게 사과의 말을 하고 잘못을 인정하라고 요구했다. 그래도 버텼다. 3번 이브가 그의 머리칼을 붙잡고 늘어졌다. 그녀들은 기다렸다는 듯이 손톱을 세우고 이빨로 물어뜯었다. 순식간에 2번 아담은 상처투성이가 됐다. 난 이브들의 눈치를 살피며 그가 맞을 만한 못된 만행을 저질렀다며 비난했다. 나도 살 방도를 찾아야 했다.

이브들은 칼날처럼 번뜩이는 눈을 부라리며 2번 아담을 달래고 회유하고 때로는 협박해댔다. 더구나 은행에서 잘리기 전까지, 그녀들에게 받았던 모범상은 모두 취소되었다. 모범상은 그냥 백지 위에 칭찬하는 글로만 끝나는 것이 아니었다. 시상식 때엔 에덴동산에서 성찬을 베풀어주었고, 상금과 상패도 전달되었다. 나도 1번 아담과 함께 축하 인사를 해주었다. 그 상은 잘못을 저질렀을 때 면죄부 역할도 하는 훈장 같은 거였다. 그는 믿기지 않는다는 표정으로 모범상을 물끄러미 응시했다.

그랬다. 2번 아담은 은행에서 잘리기 전까진, 집안일을 수시로 거들었고 많은 돈을 벌어 바쳤다. 이브들은 꿋꿋이 제 역할을 해내고 있는 그에게서 눈을 떼지 못했다. 2번 이브의 극성스러운 성질머리 속에서도 가정에 뿌리를 박고 돈을 바치는 그의 강인한 노예 정신이 느껴졌기 때문이다. 하지만 그 누구도 배겨날 재간이 없는 상황은 계속 이어졌고, 그가 은행에서 해고된 뒤부터 대거리가 시작되었다. 해고란 참으로 무서운 거였다. 여유, 돈, 신용, 친구들이 순식간에 멀어져 갔다. 마치 모든 사물에 작용하는 중력처럼, 그와 관련된 모든 것들이 땅으로 떨어졌다. 현실적인 관점에서 본다면, 그는 은퇴한 거나 마찬가지였다. 아니, 나락으로 떨어진 인생이었다. 중년의 나이에 해고된 사람이 할 수 있는 일이란 거의 없었다. 시쳇말로 방구석에 처박혀 장판 디자인을 하거나 집 근처 산을 오르는 일뿐이었다. 때에 따라서는 밥만 축내는 식충이라는 모욕적인 언사도 종종 덧붙여지곤 했다.

2번 아담은 육 개월이 넘도록 집 안에만 박혀 있었다. 그러다 1번 아담 앞에 무릎을 꿇고 처절하게 매달렸다. 그 덕분에 에덴동산의 모퉁이 땅을 빌려 무화과 농장을 시작했다. 2번 이브가 길길이 날뛰며 반대했지만, 그는 뚝심으로 밀어붙였다. 결과는 뻔했다. 그는 한 마디의 변명도 하지 못한 채 얼굴을 붉히고 말았다. 사업이란 그리 만만한 것이 아니었다. 2번 아담은 그녀들 앞에서 무참히 비웃음을 당해야 했다. 게다가 수시로 경멸과 모멸을 받아야 했다. 문제는 그가 이브들의 이러저러한 폭언을 한낱 잔소리 정도로 들어 넘기지 못한다는 거였다. 쌍소리와 함께 주먹을 불끈 쥐고 대거리를 시작했다. 그도 그럴 것이, 무능력자, 실패자라는 식의 모욕적인 말에는 도무지 참아지지 않았다. 분기탱천하여 집 안의 살림살이를 닥치는 대로 집어 던지며 행패를 부렸다. 그런데 그날의 사건은 그냥 넘어갈 수 있는 것이 아니었다. 나는 돈을 못 버는 관계로 이브들에게 무시당하고 살았지만, 아담 형님들과는 사이가 썩 좋은 편이었다. 그럼에도 2번 아담의 편을 들어줄 수 없는 상황이었다. 뭐랄까. 누구에게도 비난받을 만한 만행을 저질렀기 때문이다. 그야말로 변명의 여지가 없었다.

2번 아담의 비행을 열거하던 2번 이브는 울화를 못 견뎌 실신해 버렸다. 1번 이브와 3번 이브가 입에 게거품을 물었다.

"이런, 사탄 새끼! 그러고도 네놈이 사람이야! 당장 죽여버리겠어!"

2번 아담은 그녀들이 마구 휘두른 주먹에 얼굴을 정통으로 얻어맞았다. 금세 왼쪽 눈과 볼이 발갛게 부어 올랐다. 그가 이브들을 매섭게 쏘아봤다. 왠지 그대로 엉겨 붙어 버릴 것 같은 예감이 들어 나는 가슴이 조마조마했다. 다행히 2번 아담이 포도주병을 기울이며 눈물을 짜냈다.

"그래. 난 미친놈이야. 인정해! 딱 돌아버리기 일보 직전이거든. 뭔가 반사회적인, 반윤리적인 충동을 자제할 수가 없어. 다 내 탓인가? 다 내 탓이냐고? 빌어먹을 세상! 확, 불이라도 싸질러 버리고 싶어!"

사실 2번 아담은 매우 보수적인 성향의 사람이었다. 반사회적인, 반윤리적인 사람들을 인간쓰레기, 사회악이라고 단정하는 위인이었다. 하지만 충성을 다 바쳤던 직장에서 쓰레기처럼 버려진 뒤부터 인성마저 변해버렸다. 불만이 무럭무럭 자라 반사회적인, 반윤리적인 인간이 되어버렸다. 생애를 두고 걸었던 언약조차 별 죄의식 없이 깨뜨려지는 세상이라니. 인공지능으로 무장한 컴퓨터에 밀려 직장에서 쓰레기처럼 버려지자마자, 칼바람에 부대끼고, 편견에 시달리고, 서글픈 현실에 고개를 떨궈야 하는 생이 시작된 것이다.

"다 지랄이야! 이 세계에서, 이 현실에서 꿈꿀 수 있는 것은 아무것도 없어. 로봇이 인간을 대체하는 시대라니."

덴바람보다 날카로운 그의 음성이 아직도 내 귓가에 선명하게 남아 있다. 직장에서 해고된 그는 갈 곳이 없었다. 그와 같이 충성을 바쳤던 동료들은 뿔뿔이 흩어져 버렸다. 그들 사이를 맺어주었던 동료라는 끈이 떨어져 버려서인지는 모르지만, 그를 반겨주는 동료는 한 명도 없었다. 외국으로 이민을 떠나버린 동료, 더럽고 힘들고 위험한 현장에 취직한 동료, 이혼당하고 고시원에 틀어박힌 동료, 드물게는 자영업에 도전했다가 노숙자로 전락한 동료도 있었다. 그런 현실은 2번 아담에게 상처가 되었다. 그 상처는 차츰 소외감으로, 그리고 배반감으로 바뀌었다. 죽어라 회사에 충성을 바쳤지만 아무런 대책 없이 막다른 골목으로 내몬 현실에 분노했다. 그런 배반감이 그를 끈질기게 붙들고 늘어졌다. 그때 나는 2번 아담의 어떤 뒤틀림을 예상하곤 했다.

하지만 이브들에겐 2번 아담이 왜 엇나가는지, 왜 엇나갈 수밖에 없는지 그 절박한 이유는 아무런 의미가 없었다. 은행에서 쓰레기처럼 버려져야 했던 이유, 다른 삶을 꿈꾸어야 했던 이유, 그의 생의 쳇바퀴가 엉뚱하게 농장에서 굴러야 하는 이유를 이브들은 알지도 못했고 알고 싶어하지도 않았다. 단지 그녀들은 차례대로 2번 아담의 죄목을 열거하기 시작했다. 은행에서 잘리자마자 무화과 농장을 시작해 부도 직전까지 내몰렸던 일, 그 여파로 온 가족이 보증을 섰던 일, 여자 문제로 속을 썩였던 사건들, 술만 쳐 드시면 개망나니가 된다는 것까지 다 끄집어내어 성토하다가 급기야는 2번 아담을 피범벅으로 만들어버렸다.

하긴, 그가 은행에서 잘린 뒤, 제일 먼저 벌인 일은 무화과 농장이었다. 세 번이나 망할 뻔했다. 애당초 업종을 잘못 선택한 걸까? 1번 아담이었다면 어떻게 했을까? 절대 무화과 농장엔 손대지 않았을 것이다. 그는 철저히 따져보고 또 따지는 성격이다. 그러나 2번 아담은 1번 아담과 다르다. 한번 결정하면 그냥 밀어붙이는 스타일이다. 그게 잘못인가? 이브들은 왜 그렇게 배배 꼬인 삶을 사느냐고 입에 거품을 물었다. 2번 아담의 대답은 한결같았다.

"꼬였다고? 맞아. 꼬인 매듭은 엮은 사람이 풀어야지."

그러나 누가 꼬이게 만들었는지는 알 수 없다. 대개의 아담들은 꼬여 있다. 어떤 아담은 결혼과 동시에 꼬이고, 어떤 아담은 경제력이 줄어드는 순간부터 꼬이기 시작한다. 더 한심한 경우는 자지를 달고 태어난 순간부터 꼬인 아담도 있다. 그것보다 더 나쁜 건 시작이 언제였든 죽을 때까지 꼬인 매듭을 풀지 못하는 아담이다. 나는 내가 그런 부류의 아담이 될까 봐 두렵다. 내가 걸치고 있는 옷은 또 어떤가? 누추하다 못해 가슴과 배 부분이 터질 것 같다. 실밥이 너덜거리는 옷은 반드시 말해야 하는 것을 말하지 못하고 앙다문 입처럼 힘겹게 다물어져 있다. 내가 입고 있는 옷은 족히 10년은 넘었을 것이다.

이브들은 내리지 말아야 할 정류장에서 내린 사람처럼 황당하다는 눈빛으로 2번 아담을 노려보았다. 몇 번의 기회를 주었지만 또 엇나갔다는 표정이 역력했다. 도대체 몇 번째의 말썽인가? 이 따위 수컷에게 부질없는 기대는 접어야 한다는 결론을 내렸다. 그런데 그게 2번 아담만의 잘못인가? 결과엔 원인이 있기 마련이다. 나는 그런 생각이 들자 2번 아담이 안쓰럽다는 생각이 들었다. 수컷들은 모두 다 개새끼들이라고? 그렇다면 모든 수컷들은 태어나자마자 죽어야 하며, 아니 태어나지도 말았어야 했나? 그러므로 난 이브들의 말에 동조할 수 없었다. 우린 선택권도 없이 태어났다는 사실 말이다.

나와 아담 형님들은 아직 젊은 수컷이다. 그러나 여전히 제자리를 맴돌고 있다. '사랑이 아니라면 무엇에 목숨 걸 일이 있는가?'라고 생각했던 우리는 하나같이 사랑의 등가 가치에 실망했다. 나와 아담 형님들은 순수하다 못해 온순한 수컷들이다. 그런 우리가 이브들을 만나 덴바람에 부대끼고, 폭양에 시달리고 있다. 난 그 생각을 하다가 갑자기 목이 메어버린다.

"온몸이 타버릴 것 같아! 내게 남은 건 아무것도 없어! 이 세상을 종잇장처럼 갈기갈기 찢어버리고 싶어."

바닷바람보다 날카로운 2번 아담의 음성이 아직도 내 귓가에 선명하게 남아 있다. 그랬다. 고개를 설레설레 내저으며 넌더리 치던 그의 가느다란 입술 사이로 세상에 대한 멸시가 함께 맞물려 있었다. 그가 과장스럽게 넌더리를 치며 한 가닥 미련 없이 버리고 싶어하는 것들 중엔 혹시 가족도 포함된 건 아닐까? 그런 생각이 나를 꽉 붙들었다.

2번 아담은 목숨과 맞바꿀 위험까지 감내하면서 지켰던 가족을 헌신짝처럼 버릴 수 있다는 듯이 막 나갔다. 하긴, 은행에서 쓰레기처럼 버려진 그는 갈 곳이 없었다. 그의 동료들은 이미 뿔뿔이 흩어져 버린 뒤였다. 그들 사이를 맺어주던 동료라는 끈이 떨어져 버려서인지, 아니면 그들이 꿈꾸었던 더불어 사는 세상은 애초에 이 세상에 존재하지 않았다는 사실을 깨달아서인지 그 이유는 모르겠지만, 확실한 건 그를 기다리고 있는 친구는 한 명도 없었다는 사실이다. 그런데 그 당연한 사실이 2번 아담에겐 차츰 소외감으로, 그리고 배반감으로 바뀌었다. 그 와중에 그는 술집을 들락거렸고 여주인을 만났다. 참을 수 없는 자괴감이 밀려오면 이게 마지막이지 하면서도 여주인에게 전화를 걸었고, 마지못해 만나

주는 듯한 여자와 시간을 보냈다. 결국 그는, 다시는 여자 문제로 속을 썩이지 않겠다는 각서를 썼다. 그럼에도 불구하고 수시로 술집 여주인을 만나고 다녔다. 결과는 뻔했다.

이브들은 나를 앞세우고 바람을 피우는 여주인 가게로 내달렸다. 정말이지 대단한 결속력이었다. 물론, 나는 따라가고 싶지 않았다. 하지만 이브들의 명령인지라 뿌리치지 못했다. 그나마 나의 아내인 3번 이브까지 나서서 여주인에게 본때를 보여주자고 어금니를 갈고 손톱을 세웠다. 나는 그녀들의 등쌀에 못 이겨 술집 문을 부숴야만 했다.

"누군데 가게 문을 부수고 행패세요?"

"누구? 행패? 이년아! 몰라서 물어?"

독이 오른 2번 이브가 막 나갔다. 여주인은 참 가소롭다는 표정을 지었다.

"떼거리로 몰려와서 지랄들을 하시네. 여보세요! 내가 술장사 이십 년 넘게 하면서 육전, 공중전, 해전까지 치러본 베테랑입니다. 이년들이 누굴 김빠진 맥주로 보시나 봐. 잡년들이!"

여주인은 혼자라는 사실이 믿기지 않을 만큼 의기양양했다. 술집 사장이면서 실무 경력 이십 년이 넘는 솜씨 좋은 여주인답게 대거리하는 솜씨가 능수능란했다. 더구나 잡년들, 이라고 강공을 펼치고 나왔다. 기선을 제압하자는 수작이었다. 고결하고 맑은 영혼을 가진 1번 이브가 입에 게거품을 물었다.

"잡년? 잡년 맛 한번 보여줘? 이야, 뭣들 해. 이 저주받은 사악한

년의 영혼을 사정없이 청소해줘!"

나는 놀랐다. 그렇게 위엄 있고 다소곳하던 1번 이브의 입에서 씹어 내뱉는 욕지거리가 터져 나올 줄은 정말 몰랐다. 평상시 모습은 찾아볼 수 없었고 독기가 흐르는 것이, 금방이라도 무슨 일을 낼 것만 같았다. 그녀들이 민첩하게 움직였다. 머리끄덩이를 잡고 늘어지는 1번 이브, 여주인의 옷을 찢고 급기야는 팬티까지 벗기고 거기를 어떻게 하려고 달려드는 2번 이브, 3번 이브는 한 술 더 떴다.

"뱀보다 못한 사악한 년이 형부를 유혹해 헐떡거렸다는 거지. 이년의 알몸을 촬영해 유튜브에 올려 구경시켜버리자. 언니들은 어떻게 생각해?"

3번 이브는 불량기 흐르는 폼으로 눈을 까뒤집었다. 1번 이브는 여주인의 배를 타고 앉아 세상의 지저분한 쌍욕이란 쌍욕은 다 퍼부으면서 풍만한 젖가슴을 쥐어뜯었다. 굳이 말하지 않아도 이브들이 어떻게 결혼 생활을 하고 있는지 알 만했다.

처음엔 거세게 나왔던 여주인은 뭐가 잘못돼도 한참 잘못됐다는 얼굴로 어이없어했다. 산전수전, 공중전까지 치렀던 여주인은 떼로 달려드는 그녀들 앞에서 찍소리도 못 하고 당했다. 이브들은 여주인을 후려치고 정신을 혼미하게 한 다음, 단번에 뇌를 세척하고 진액을 빼냈다. 공포에 질린 여주인은 휘둥그레진 눈으로 그녀들을 응시했다. 느닷없이 심장이 쪼그라들고 머리를 세척 당한 참상에 대해서 항변하고 있는 것처럼 보였다. 이브들은 술집 여주인을 노려보면서 피멍이 들도록 두들겼다. 그 광경에 나의 심장이 여리게 팔딱댔다. 하지만 이브들은 잡년이라는 말에 분이 안 풀렸는지 여주인의 머리끄덩이를 잡아 끌면서 어금니를 갈았다. 이를테면 여주인의 몸뚱어리를 찢어 죽이겠다는 서슬이었다.

이브들은 떼로 달려들어 닥치는 대로 할퀴었다. 여주인은 서늘한 기세에 놀라 눈을 뒤집어 까고 바들바들 떨었다. 그대로 방치했다간 고통스럽게 피를 토하고 죽을 것만 같았다. 온몸에 피멍이 든 여주인의 몸이 서서히 늘어지기 시작했다. 나는 그녀들의 그악스러운 독기에 심장의 피까지 다 얼어붙을 지경이었다. 정말이지 섬뜩했다. 더구나 2번 이브는 거의 실신 직전까지 간 여주인을 두들겨 패면서 날뛰었다. 잠시 뒤, 돼지 먹따는 소리가 들렸다. 분명 그 소리엔 듣기 끔찍한 다른 소리가 섞여 있었다. 나는 마른침을 꿀꺽 삼켰다. 이브들이 아담에게 보내는 경고였다. 만약에 누군가 말썽을 피운다면 알아서 하라는 협박이기도 했다.

1번 이브는 그렇게 동생들을 독려했다. 결국, 여주인은 술집을 접고 에덴동산에서 포장마차를 열었다. 정확히 말하자면 포장마차협회의 연합군이 되어 안위를 보장받으려는 의도였다. 그도 그럴 것이 심심하면 떼로 달려들어 술집을 박살 냈고, 여주인을 피투성이로 만들어버렸다. 타고난 재수가 더러워 술 팔고 가끔 화냥기를 부려봤지만, 그런 독종들은 처음이라고 몸서리를 쳤다. 다른 곳으로 줄행랑을 놓고 싶어도 나고 자란 곳을 떠나 살 자신이 없었다. 그녀가 바로 나와 더러운 스캔들을 일으킨 에덴동산 포장마차의 여주인이다.

그 사건 이후, 2번 아담은 일요일마다 여섯 시간씩 정신교육을 받아야 했다. 교육 전에 명상을 통하여 표정과 마음을 관리해야 한다는 전제조건이 붙었다. 그래야 정신교육 시간이 단축되었다. 2번 아담은 자신의 어정쩡한 처지가 마음에 걸려서인지 자주 입술 꼬리를 올리고 억지웃음을 지었다. 반성하고 받아들이고 갈등을 해결하기 위한 무수한 언어와 행동이 뒤따랐다. 이브들은 주치의나 보호자를 자청하며 정신교육에 열을 올렸다.

'넘버 투. 표정이 음흉하고 반성의 기미가 없음!'

그에게 내려진 첫 평가였다. 장기간의 정신교육으로 2번 아담은 눈썹과 입꼬리만 올라가는 묘한 표정을 갖게 됐다. 그는 얼굴 근육을 의식적으로 펴보려고 했지만 그럴수록 입꼬리와 눈썹이 어색하게 올라갔다.

나와 1번 아담은 민원을 제기했다. 계속 정신교육을 했다간 상황이 더 악화될 수 있다는 의견이었다. 그는 수면제를 다량 복용하여 자살을 시도했고, 혼수상태까지 갔다. 그 덕에 형 집행 정지를 받았다. 그럼에도 이브들은 끈덕지게 괴롭히고 감시했다. 그의 평가서에서 모범상은 모두 취소되었고, 전과 기록만 남았다. 이브들은 월별로 순위를 매겨 매달 발표하였고, 교육대상자를 선정하여 독방으로 처넣었다.

나와 아담 형님들은 밀약을 맺었다. 비슷한 벌이와 일률적인 충성을 하는 것이 중요한데 그때마다 2번 아담의 실수로 인해 독방으로 직행했다. 나는 뜰채에 잡혀 도마 위에 오르는 수족관 안의 생선이 된 기분이었다. 난 이브들이 원하는 것을 해주고 싶었다. 매달 지급되는 용돈을 아까워하는 기색을 보이면 알아서 상납했다. 맥주 대신 소주를 마시거나 안주 없이 빈속을 달랬다. 그때마다 비겁하고 나약한 나 자신이 부끄러웠다. 하지만 섬김의 맛을 아는 인간들이 그렇듯이 이브들은 절대로 자신의 권력을 포기하려 들지 않았다. 난 마음을 다잡았다.

"아저씨들의 삶이 다 그렇지 뭐. 벌이도 시원찮은 주제에. 이런 벌이로도 용돈은 받잖아? 그래도 불평을 쏟으면 전남편으로 버려지는 거지 뭐."

나의 속내를 알아챈 3번 이브가 잇몸이 드러나게 웃었다. 보조개가 들어가고 눈가에 자잘한 주름이 잡히도록 만족한 표정을 지었다. 2번 아담이 호통을 쳤다. 나는 이브들의 의심을 피하려고 그랬을 뿐이라고 해명했지만 그는 고개를 내저었다. 자칫 어설프게 행동했다간 오히려 화를 부를 수 있다고 충고했다. 난 무조건 사과했다. 거리를 두고 다가가지 않으면 한 방에 훅 갈 수 있다는 것이 그의 지론이었다.

어쨌거나 2번 아담의 부부간엔 화해랄 것도 없이 그럭저럭 사는데, 3번 이브와 1번 이브는 그를 늘 감시하는 눈치다. 내가 알고 있는 한, 이 세상에서 가장 우애가 좋은 자매들이다. 무슨 일이 있어도 서로 헐뜯거나 비난하지 않는다. 언제나 하나로 똘똘 뭉친다. 그렇다고 그녀들이 싸움하지 않느냐, 그건 또 아니다. 다른 사람들과 싸움이 벌어지면 일사불란하게 전투에 임한다. 오히려 다른 사람들보다 더 독하게 싸웠으면 싸웠지 덜하진 않다. 그렇기 때문에 더더욱 그녀들이 무섭다. 자매애가 곧 종교요, 삶의 목표다. 오직 그 이유 하나만으로, 그녀들은 가장 두려운 존재다. 그 어떤 무사 집단도 그녀들을 당해낼 수 없을 것이다. 더구나 이브들의 우두머리인 1번 이브는 가끔씩 날 놀라게 한다. 그녀의 아담들이 어디서 무얼 하는지, 어떤 사람과 어울리는지, 아담들의 행동 반경을 귀신같이 알아내는 능력은 참으로 탁월하다. 더러는 예언자처럼 허허롭게 말을 내뱉는 그녀를 대할 때마다 어떤 경외감마저도 든다. 그리하여 나는 지푸라기라도 잡는 심정으로 여쭤보고 싶다.

'저는 언제쯤 마음껏 숨 쉬며 살 수 있나요? 언제쯤 돈다운 돈을 벌 수 있을까요? 언제쯤 아담의 권위를 회복할 수 있을까요?'

나의 아내인 3번 이브에게 무참히 짓밟히고 사는 것도 그렇지만, 매일같이 바구니를 들고 1번 아담의 에덴동산이나 들락거리는 내 처지가 한심스럽기도 하다. 3번 이브는 칼날처럼 번뜩이는 눈을 교묘히 감추고 날 달래고 회유하고 때로는 벼랑 끝으로 내몰아 천천히 진을 뺀다. 내가 잠시라도 긴장을 풀면 절대 용서하지 않는다. 내 탓이기도 하다. 돈을 많이 벌어다 주는 것도 아니고 뱃일을 접고 새로운 일을 시작할 만한 자금이나 능력도 없다.

◇ ◇ ◇

에덴동산엔 뿌연 안개가 흩어지고 있다. 이브들은 재밌어 죽겠다는 표정으로 손을 맞잡고 엉덩이를 흔들어댄다. 2번 아담은 엉덩이를 반쯤 드러내곤 씰룩거린다. 통속적인 관점에서 본다면 그는 퇴폐적인 위인이 틀림없다. 1번 아담이 그를 내려다보곤 끔찍한 가래 소리를 내며 침을 뱉는다. 분위기가 심상찮다. 어이없을 정도로 자신감에 넘쳐 오만하기 이를 데 없는 2번 아담은 사고를 칠 기세다. 굳이 말하자면 그는 대거리를 즐기는 편이다. 일단 마음이 정해지면 복잡하게 따지지 않는다. 2번 아담은 이브들의 모임 때마다 대범하게 수작을 부린다. 하지만 아무나 할 수 있는 행동은 아니다. 그녀들을 겪어보지 못한 사람은 절대로 이해하지 못한다.

나도 할 말은 있다. 해볼 수 있는 시도는 다 해봤다. 심지어 가출도 해봤고, 내 삶에서 떨어져 나간 옛 여자 친구에게 전화를 걸어 만남도 가졌다. 놀랍게도 이브들은 날 쉽게 찾아냈고, 나와 관련된 여자들을 내 기억에서 삭제시켜버렸다. 언젠가 2번 아담이 말했다.

"이브들이 너무 무서워. 사는 것도 힘들고. 그래서 사라지기로 했어."

그는 지구 어딘가에서 빨갛게 물들어 가는 놀을 바라보며 달콤한 포도주를 홀짝이는 상상을 하곤 했다. 난 2번 이브에게 질문을 던졌다.

"왜 그렇게 돈에 집착해요? 돈이 그렇게 좋아요?"

"그럼, 좋지. 싫어?"

"마음 접고 적당히 사세요."

"그딴 말이 어디 있어. 자본주의 체제에서 돈을 못 번다는 건 죄악이야. 능력 없는 것들은 무조건 무뇌야!"

무뇌, 나는 울고 싶었다. 이 말도 안 되는 무뇌, 라는 단어를 한동안 곱씹어보았다. 그때 난 무뇌주를 마시지 말았어야 했다. 아담 형님들도 무뇌주를 마신 일을 두고두고 후회했다. 그들이 어느 멋진 곳을 찾아 떠날 것을 결심했을 때, 나는 왜 그런 생각을 하지 못했을까? 다만 남들도 그냥저냥 하루하루를 살아간다고 생각했다. 하지만 중요한 건 누구도 모르는 불운이 우리에게 있다는 사실이고, 2번 아담은 불운을 떨치고 행운을 좇는다는 사실이다.

나에겐 더 이상 물러설 곳이 없다. 그러므로 2번 아담은 조금 더 놀라운 능력을 보여주어야 한다. 그런 뒤에, 나도 나름의 계획을 추진할 수 있을 것이다. 난 점점 나이 들어가고, 의지가 약해지고 있다. 왜 이렇게 인생이 꼬인 거냐고 누군가가 내게 묻는다면 그 질문에 대한 답은 늘 준비해두고 있다.

'당신은 무뇌주를 아시나요? 일단 마셔보세요.'

내가 아는 한, 무뇌주보다 더 나쁜 건 시작이 언제였든 죽을 때까지 무뇌주의 저주에서 벗어나지 못한다는 사실이다.

나는 이브들을 응시한다. 파티는 끝날 기미가 보이지 않는다. 무화과 이파리가 바람에 흔들릴 때마다 박자를 맞춰가며 엉덩이를 흔들 뿐이다. 나는 그것이 일종의 퍼포먼스라는 것을 간파한다. 난 한마디 하지 않을 수 없다.

'가관이군, 즐길 수 있을 때 즐기라고. 언젠간 처절하게 당할 테니까.'

나는 마음이 여리다. 아니, 비겁하다. 난 하고 싶은 말을 내뱉지 못하고 어금니만 힘겹게 앙다문다. 끝을 알 수 없는 허탈감이 나의 가슴을 꾸덕꾸덕 메운다. 하지만 이브들의 결속력은 더욱 단단해진 것 같다. 심지어 헤어스타일도, 옷차림도, 웃는 모습까지도 닮았다. 일말의 악의도, 가식도 서려 있지 않은 순수한 미소를 대할 때마다 당황스럽다. 아담 형님들도 나와 같은 생각일 것이다.

이브들은 약속이라도 한 듯 배시시 웃음을 흘린다. 나는 곰곰이 생각해본다. 그녀들이 마녀는 아닐까? 그건 말도 안 되는 일이라고 생각할 수도 있겠지만, 때로는 말도 안 되는 일이 벌어지는 게 현실이다. 언젠가 2번 아담이 울먹이며 내게 이런 말을 한 적이 있다.

"그녀들은 마녀가 틀림없어. 그것도 아주 센 마녀들!"

나는 그의 선견지명에 놀랐다. 적어도 낌새를 알아차리는 데에 있어 그는 나보다 한 수 위다. 난 한참 뒤에서야 그런 의문을 품었다. 2번 아담은 내가 순수하기 때문이라고 했다. 나는 무릎을 끌어안고 어린아이처럼 엉엉 울어버렸다.

난 2번 이브와 눈이 마주친다. 알다가도 모를 일은 그들 부부의 언행이다. 오로지 그들 부부에게만 통하는 이상한 논리를 펴, 결국 제 부부가 하고 싶은 바를 이뤄내기 일쑤다. 그것도 이브들의 묵인과 단합 없이는 불가능한 일이다. 어쨌든 그녀들은 2번 부부의 이러저러한 편법을 용인하는 편이다. 하지만 아담들이 저지르는 부정은 절대 용서하지 않는다. 쌍소리와 함께 손톱을 세운다. 게다가 가슴팍에 비수를 꽂는 말도 스스럼없이 내뱉는다.

"이런, 빌어먹을 수컷들! 잘해줄 때 잘들 하세요. 질질 짜지 마시고, 알아들었어요?"

나는 그런 협박을 들을 때마다 열불이 끓어올라 닥치는 대로 물건을 집어 던지고 싶다.

'이번만큼은 너희들의 콧대를 납작하게 만들어주마! 내 갈비뼈 하나로 생명을 얻은 너희들에게 아담의 강력한 카리스마를 보여주고 말리라. 난 엄연히 생명의 근원이다!'

정말이지 그렇게 만들어주고 싶다. 그러나 아담 형님들의 체면이 마음에 걸린다. 권위에도 서열이 있는 법이다. 하지만 1번 이브는 눈알을 부라리곤 쐐기를 박는 말을 잊지 않는다.

"불만이 있는 사람은 지금 말하세요. 호박씨 까는 사람은 남자로 인정하지 않을 겁니다. 우리 아담들 중엔 불알 값 못 하는 사람이 없겠지요?"

이쯤 되면, 전 지구상의 아담들에게 쪽팔려서라도 한 며칠씩은 집을 나가 있어야 한다. 하지만 그 누구도 불만을 제기한다든가, 호기롭게 대거리를 하지 못한다. 다만, 헛기침을 하며 눈치를 살필 뿐이다. 이브들을 제압하기 위해선 얼마만큼의 높은 경지에 올라야 한단 말인가?

난 그녀들에 대한 상념으로 한껏 우울해진다. 이브들에 대한 두려움도 두려움이거니와, 새벽같이 일어나 집안일을 도맡아야 하는 내 처지가 한심스럽기도 하다. 2번 이브가 숨이 넘어갈 듯 깔깔거리며 내 볼을 사정없이 꼬집는다.

"제부? 기분이 꿀꿀해?"

"아닙니다. 좋아요."

"그럼, 얼굴 펴!"

나는 그녀들에게 꼬집힐 때가 차라리 마음이 편하다. 아직까진 미운털이 박히지 않았다는 위안 때문이다. 이브들은 뭐가 그리 재밌는지 초원 위를 데굴데굴 굴러다니며 깔깔거린다. 이브들의 반응에 탄력을 받은 2번 아담은 얼토당토않은 행동을 이어간다. 왠지 그대로 팬티마저 벗어버릴 것만 같은 예감이 든다. 아니나 다를까, 독사처럼 대가리를 쳐들곤 허리를 구부렸다 펴기를 반복한다. 갯벌에 말뚝을 박듯 허리가 부러져라 출렁거린다. 더러는 고개를 쳐들고 하늘을 향해 수말 울음소리를 낸다. 2번 이브가 그를 앙칼지게 쏘아본다. 긴장감이 감도는 눈빛이 간당간당하다.

"아무리 생각해봐도 변태야. 그것도 아주 센 변태야!"

나의 아내인 3번 이브가 술잔을 입으로 가져가며 비아냥거린다. 그때까지 바닥에 배를 깔고 혓바닥을 내밀던 2번 아담은 술기운이 올라 혈색이 도드라지게 좋아 보인다.

"그만하면 되었다. 빤스 올려."

이따금 고래고래 언성을 높이지만 누구 하나 휘어잡지 못하는 1번 아담은 어떻게든 위엄을 세우려고 든다. 하지만 매일 술에 절어 변변한 돈도 못 버는 위인이라는 걸 각인시키기 위해선 2번 아담은 그런 쇼맨십이 필요하다. 그는 아쉽다는 표정을 지으며 1번 아담을 쏘아본다.

"아직 시작도 안 했는데. 빤스를 올리라고 그래요."

"너는 술만 마시면 인생이 참 힘들어진다. 술 끊어라."

"형님, 그런 말 하지 마세요. 장모님이 에덴동산을 나한테 차려주었으면, 형제들한테 한턱 쏘아도 단단히 쏘았을 거요. 1번이라고 한 놈만 찍어 에덴동산 챙겨주고. 너무 불공평하잖아요. 3번 너는 어떻게 생각해? 한 놈만 콕 찍어서 한 놈에게만 몰아줘도 되는거야?"

"뭐? 한 놈?"

"내 말이 틀렸어요?"

"이 자식이 찢어진 입이라고 함부로 나불거려!"

1번 아담이 오만 인상을 쓰며 잡아먹을 듯이 악을 쓴다. 이브들의 모임 때마다 의젓함을 피우려는 그가 조금 얄밉기는 하지만 그래도 넘버 원이다. 그런 1번의 약점을 건드렸다. 사고뭉치인 2번

아담이 돌연 에덴동산을 만들 때 장모님이 뒷돈 대준 이야기를 꺼
낸 것이다. 그가 너무 위태롭게 나간다 싶어 긴장했는데, 3번 이브
가 한마디 거든다.

"아이구! 빤스 더 내리고 한 곡 불러요. 어서."

크고 작은 말썽에 이력이 붙은 3번 이브가 순발력을 발휘한다.
1번 아담은 여전히 눈을 부릅뜨고 씩씩거린다. 통통한 얼굴에 경
련이라도 일으킬 것 같다. 술에 절어 있던 2번 아담이 개그맨 흉
내를 내며 코믹하게 분위기를 띄운다.

"팬들의 열화와 같은 성원으로 메들리를 부르겠습니다. 자, 출
발. 앗싸아!"

또 시작이다 싶다. 나는 멀찌감치 물러나 무화과를 씹어 삼킨다.
메들리라는 말이 그의 입에서 나오면 지루한 아귀다툼이 생긴다.
그는 무화과 농장이 시원찮다는 이유로 메들리 한 곡이 끝날 때마
다 만 원씩 받아낸다. 따져 생각하면 기막히게 비열한 행동이
지만, 별 무리 없이 그 관행을 지속해왔다. 그런데 심사가 틀어진
1번 아담의 눈꼬리가 치켜 올라간다. 결국 하지 말아야 할 말이 터
져 나오고 만다.

"니놈이 앵벌이냐? 치사한 놈아!"

"앵벌이? 그래, 나는 앵벌이다. 니놈이 돈 줘봤어?"

"니놈? 에라이, 위아래도 모르는 새끼야!"

3번 이브가 손사래를 치며 나선다.

"1번 형부가 참으세요. 하루 이틀도 아니고."

2번 아담이 쩌렁쩌렁 과장된 소리를 내지르며 지갑에서 로또복권을 꺼내 이마에 붙인다. 그리고 비장하게 주문을 외운다.

"하늘에 계신 아버지이시여! 나에게 돈벼락을 사정없이 쳐주세요."

나도 모르게 웃음이 터져 나온다. 문득, 그의 매력은 매사에 오버하는 것이라고 두둔하던 2번 이브의 말이 떠오른 탓이다. 그 특유의 매력은 여전히 진행형이지만, 어쨌거나 그녀는 그 매력 때문에 마음을 졸이고 산다. 2번 아담은 이틀에 한 번꼴로 술에 취해 집으로 돌아온다. 그때마다 2번 이브는 술잔을 기울이며 눈물을 짜낸다.

"내가 죽일 년이야. 남편 탓할 것 없어. 인물 좋지, 가방끈 길지, 똑똑하지, 뭘 흠잡을 곳이 없긴 하지. 한 가지만 빼고, 오버하는 것! 두고 봐. 이담엔 오버하지 않는 아담을 만나 살 거야."

아무리 생각해봐도 아리송한 2번 형님네다. 어쨌거나 매사에 오버하고 무모한 그의 유일한 매력은 또 다른 꿈을 꾸고 있다. 그걸 모르는 2번 이브가 땅이 꺼져라 한숨을 내쉰다.

"이번 모임은 무사히 넘기나 싶더니, 또 염병을 떠네. 내가 못 살아!"

매번 반복되는 메들리 타령은 결코 유쾌한 일이 아니다. 괜스레 허둥거려지는 듯한 불안감을 가져다준다. 그것은 짜증스러운 일이다.

1번 아담은 그것을 기회로 위엄을 내보이고 싶어 목청껏 소리를 내지른다. 나도 이브들의 모임 때마다 술주정하는 2번 아담에게 불만이 많다. 마침내 1번 아담의 고함 소리가 위력을 발휘한다. 2번 아담은 혀 꼬부라진 목소리로 머리를 조아리며 용서를 구한다. 1번 아담은 그의 사과를 받아들여야 할지 말지 잠시 망설인다. 결국 그를 달래 잠을 재운다. 2번 이브가 그를 향해 상스러운 욕질을 모질게 퍼붓는다.

내가 결혼할 때만 해도 2번 이브는 균형 잡힌 몸매에 얼굴이 갸름한 것이 미인 축에 들었다. 그런 그녀의 눈가에도 세월의 흔적이 쌓여 잔주름이 하나둘 잡혀 있다. 나는 눈을 동그랗게 뜨고 2번 이브를 바라본다. 그녀가 멋쩍게 웃는다. 이브들 중 예쁘기로 따지자면 2번 이브의 미모가 제일이다. 잠시 후, 어디서 많이 들어본 노래가 자박자박 흘러나온다.

"있을 때 잘해. 후회하지 말고……."

나의 아내인 3번 이브가 마이크를 잡고 빽빽거린다. 예상대로 그녀는 노래를 부르는 도중에 눈알을 부라리고 주먹을 쥐어 보인다. 쌈닭 아줌마들이 부르는 노랫말은 무슨 이유로 직설적이고, 무엇 때문에 한 서린 가사가 많을까? 그녀는 에덴동산에만 오면 끈질기게 '있을 때 잘해, 후회하지 말고……'라는 협박가를 부른다. 나는 3번 이브의 노랫말에 울컥 목이 메여온다.

'아! 고작 이렇게 살려고 갈비뼈를 떼어주고 생명을 준 건 아닌데. 이 열악한 환경에서 어떻게 버티겠어? 나도 아담 형님들처럼 어느 멋진 곳을 찾아야 하는 건 아닐까?'

난 중얼거리며 무화과 열매를 입으로 가져간다. 3번 이브가 신경질적으로 날 쏘아보며 마이크를 내민다.

"왜, 노래 안 불러?"

"목이 아파서."

"목 아프기는 다 마찬가지야. 의무적으로 불러."

나는 고개를 끄덕이며 무화과를 꿀꺽 삼킨다. 1번 아담이 내 머리칼을 박박 쓰다듬는다. 난 이브들을 휘휘 둘러본다. 그녀들은 무화과를 나눠 먹기도 하고, 콧노래를 흥얼거리기도 하고, 어깨를 들썩이며 춤을 춘다. 나는 이브들에 대한 애증 때문에 얼굴이 붉어진다.

"분위기 망칠 거야? 빨리 불러!"

3번 이브의 말투가 거칠어지기 일보 직전이다. 나는 1번 아담의 얼굴을 살펴본다. 입꼬리가 어색하게 올라가 있다. 3번 이브는 내게 죽고 싶어 환장했어, 라는 입 모양으로 위협한다. 그나마 1번 이브까지 눈알을 부라리며 소리친다.

"뭐해! 남자가 너무 빼도 못 써. 빨리 불러요. 좋은 말 할 때!"

나는 화장지를 이마에 터번처럼 두르고 목청을 가다듬는다. 2번 이브가 지퍼를 내리고 거기에 마이크를 매달곤 2번 아담을 흉내 낸다. 그녀들이 환호성을 지른다. 난 애창곡의 번호를 입력하고 분위기를 띄운다. 이브들이 노랫소리에 맞춰 신나게 엉덩이를 흔든다. 그 여파로 더운 기운이 에덴동산을 떠돈다. 난 배를 움켜쥐고 웃는 이브들을 위해 큰 소리로 노래를 부르고, 앙증맞게 엉덩이를 씰룩거린다. 그녀들이 오빠를 외쳐댄다. 내 노래 실력은 형편없지만, 사람들의 마음을 뒤흔드는 힘이 있다고 자부한다.

난 만족한 표정으로 3번 이브의 얼굴을 바라본다. 입술을 삐쭉 거린다. 그녀도 나이를 먹었는지 공연한 트집을 잡고 맞대들기 일 쑤다. 식구라고 해봐야 나와 3번 이브, 그리고 악조건 속에서 어렵 게 얻는 아들 하나뿐이다. 더구나 아들은 신앙과도 같다. 어려서 부터 말썽 한 번 부린 적 없는 아들이기에 주낙 바늘로 고래를 잡 는다고 해도 곧이곧대로 믿는다. 아들과 그녀를 위해서라면 목숨 이라도 주고 싶다. 그렇다. 가족만 생각해도 눈시울이 먼저 뜨거 워진다. 어떻게 보면 서로 건사하며 살아가기엔 딱 좋은 구성원이 지만 그것이 그리 간단하지가 않다. 게다가 에덴동산 포장마차 여 자와의 더러운 스캔들이 터진 직후부터 더더욱 힘들게 살아가고 있다.

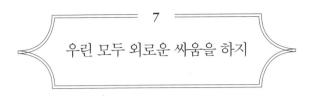

7

우린 모두 외로운 싸움을 하지

난 물때에 맞춰 3번 이브와 함께 바다로 갔다. 밀물로 말미암아 갯바위까지 물속에 잠겨 있었다. 바다는 거대한 자궁이 되어 있었고, 그 가장자리에 돋은 해조류가 털처럼 살랑살랑 흔들거렸다. 난 바다의 출렁임을 응시하며 뱃머리에 발을 디디고 서 있었다. 3번 이브가 갑자기 핸들을 잡아 틀었다. 하마터면 바다로 떨어질 뻔했다.

"뭣 한다고 핸들을 잡아 틀어."

나는 그녀를 노려보며 눈알을 부라렸다. 3번 이브는 콧방귀를 뀌었다. 에덴동산 포장마차 여자와의 더러운 스캔들로 심사가 잔뜩 뒤틀려 있었다. 나 역시 신경이 날카로워질 대로 날카로워졌고, 성질머리가 일었다. 나는 그녀를 향해 사납게 소리쳤다.

"엔진 마력 줄여."

"보면 몰라. 속도 줄인 지가 언젠데. 부표나 걷어 올려."

3번 이브의 목소리는 여전히 날이 서 있었고, 눈초리 또한 발끈한 기운이 서려 있었다. 난 치밀어 오르는 성질머리를 꾹 억누르곤 그 일을 떠올렸다.

나는 2번 아담의 부탁으로 일주일 동안 무화과 농장에서 경비 노릇을 했다. 마지막 날이었다. 도둑으로 보이는 사람이 불빛을 피해 무화과 농장 쪽으로 걸어가고 있었다. 몸놀림이 민첩했다. 게다가 무화과 농장 주변으로 이중, 삼중 울타리가 설치되어 있었고, 울타리 중간중간에 도둑이 기어드는 모습이 잘 보이도록 전등을 달아놓았다. 그런 서슬에도 도둑들은 불빛을 피해 다니며 무화과를 따곤 했다. 나는 무화과 농장으로 숨어들려는 도둑을 점찍고 뒤를 따랐다. 도둑은 뒤쫓는 것을 눈치챘는지 걸음을 빨리했다. 급기야는 뛰었다. 하지만 얼마 못 가 발목을 접질렸는지 쩔뚝거리며 넘어졌다. 난 도둑의 팔을 잡아 일으켰다. 도둑한테서 아릿한 향수 냄새가 날아들었다.

"무화과를 쓸어가면 우리는 뭘 먹고삽니까? 경찰서로 갑시다. 절대 용서 못 해요."

하지만 도둑은 잘못했다느니, 한 번만 용서하고 놓아달라느니, 하고 빌지도 않았다. 여자는 흐트러진 머리카락을 쓸어 올리기만 했다. 그나마 향긋한 향수 냄새가 내 코로 밀려들었고 무엇보다 호리호리한 몸매에 얼굴이 갸름했다. 여자는 고른 치아를 환하게 드러내며 입술을 달싹였다.

"무화과나무에서 떨어진 것만 주워요. 사장님에게 허락받았어요. 어머! 저 몰라요? 에덴동산 포장마차!"

그녀는 살빛이 조금 가무잡잡했지만, 속눈썹이 기다란 데다 엉덩이가 실팍해 음탕한 사람들이 어떻게 해보려고 수작을 부리곤 했다. 더구나 나도 잘 알고 있는 여자였다. 이브들의 등쌀에 못 이겨 술집 문을 부쉈고, 잡년들, 이라고 강공을 펼쳤던 여주인이기도 했다. 산전수전, 공중전까지 치렀던 여주인은 떼로 달려드는 그녀들 앞에서 찍소리도 못 하고 당한 전력이 있다. 결국 여주인은 술집을 접고 에덴동산에서 포장마차를 열었다.

난 2번 아담에게 확인해보겠다고 말하곤 엉거주춤 서 있는 여자의 등을 떠밀었다. 너무 힘주어 밀쳤는지 여자가 앞으로 넘어져버렸다. 그런데 그 자세가 참 묘했다. 실팍한 엉덩이가 하늘을 받치는 자태인 데다가 눈을 가늘게 뜨고 이상야릇한 표정을 지어 보였다. 그때 여자의 행동과 눈빛은 매우 모호했다. 그 순간, 2번 아담이 들이닥쳤다. 여자는 기다렸다는 듯이 울고불고 난리를 피웠다. 난 당황스러웠다.

"이 여자가 갑자기 왜 이래?"

"몰라서 그래요? 아무리 그래도 그렇지, 어떻게 날 욕보일 생각을 해요. 차라리 홀딱 벗고 춤추라고 그러세요."

2번 아담은 난감하다는 표정으로 날 노려보곤 한마디 했다.

"어허! 고것 참, 무조건 잘못했다고 빌어라. 그리고 사죄하는 마음으로 무화과 한 바구니 드리고. 어서."

그는 눈을 깜빡이며 내 옆구리를 쿡쿡 찔렀다. 환장할 노릇이었다. 그런데 여자가 한 수 더 떴다.

"무화과 한 바구니라고? 어림없는 소리! 경찰서로 가요! 아이고, 치욕스러워!"

정말이지 황당하고 흉악한 여자였다. 눈에서 시퍼런 불똥까지 흘렀다. 나는 분하고 억울했지만, 무슨 오해가 생긴 것 같다고 사과했다. 물론, 무화과 한 바구니론 턱없이 모자랐다. 여자는 바락바락 악을 쓰며 무화과 두 바구니를 담아갔다. 난 2번 아담의 눈치를 살피며 힘주어 말했다.

"살다 보니, 황당한 일을 당하고 사네요."

"그렇지. 수놈들은 상황이 모호하면 황당하다고 둘러대곤 하지."

"무슨 말이 그래요? 정말 억울합니다."

난 눈물이 찔끔거릴 정도로 화가 치밀어 올랐지만, 2번 아담은 고개를 쳐들고선 별빛이 초롱초롱한 하늘을 향해 헛기침을 해댔다. 아무리 생각해봐도 기가 막혔다. 문제는 2번 아담이 그 여자의 말을 진실이라 믿는 눈치였다. 게다가 음흉하게 아랫입술을 비틀어 올리곤 내 어깨를 두드렸다.

"3번아. 세상을 살다 보면 이런 일도 있고, 저런 일도 있는 거 잘 안다. 그렇다고 아무 여자 앞에서 흥분하면 못써. 더구나 에덴동산 포장마차 여자하고 나하곤 각별한 사이야. 생각해봐. 여자가 독한 마음 먹고 고소라도 하면, 네가 변호사를 선임하기도 전에 죽어. 이브들이 가만히 있겠어. 까딱하면 우리 모두 망하는 수가 있다. 너도 잘 알잖아. 그녀들 앞에선 이성이나 논리가 무슨 소용이야? 무서운 집단이야. 너도 알다시피 난 의리 있는 사람이다. 그녀들의 짝으로 엮인 게 죄라면 죄다. 네 체면을 봐서라도 내가 비밀은 지킬게. 시원하게 한잔 사버려! 3번아! 나는 이해한다. 남자가 배꼽 밑으로 자유로운 사람이 어디 있겠냐. 죽을 때까지 무덤으로 가지고 가자."

난 2번 아담의 위로에 도리어 열불이 끓어올랐다. 내가 바라는 말은 딱 한 마디였다. '저 여자는 육박전, 공중전, 해전까지 치른 아주 흉악한 여자다. 난 너를 믿는다. 어디서 수작질이야!' 그런 위로의 말만 했어도 한 잔이 아니라 열 잔이라도 살 생각이었다. 그런데 얼토당토않은 망발을 늘어놓을 줄은 상상도 못 했다. 에덴동산 포장마차 여자의 머릿속에 특수한 형태로 내재해 있는 문제를 포착해내고 올바른 전망을 제시할 줄 알았다. 그런데 2번 아담은 에덴동산 포장마차 여자가 나에게 가했던 폭력을 두둔하고 나섰다. 남자들에 대한 그릇된 편견을 문제 삼거나 비난하기는커녕 황당한 말만 늘어놓는 그에게 실망한 순간이기도 했다.

문제는 다음 날이었다. 2번 아담에게서 전화가 걸려왔다. 떨떠름한 마음에 무슨 일이냐고 물었다. 그는 좀 곤란한 상황이 벌어질지도 모르겠다고 얼버무렸다. 어쩌면 지금 당장일지도 모르고, 몇 시간 뒤일지도 모른다고 했다. 2번 아담은 그렇게 애매모호한 말을 늘어놓곤 전화를 끊어버렸다. 난 무서웠다. 3번 이브가 그 사건을 알아버린다면 뭐라고 말할까. 신경 쓰지 마, 오해야, 라고 말할 수 있을까. 내가 그렇게 말한다 해도 그녀는 내 말을 믿지 않을 것이 뻔했다. 그런데 2번 아담이 무엇 때문에 그런 말을 꺼낸 걸까?

그랬다. 2번 아담은 나에게 충고하는 듯이 보였지만 실상은 그의 애인을 변호하는 말투였다. 불륜에 관한 한 그것이 다른 사람의 이야기인 듯 포장되었을지라도 입 밖으로 내어서는 안 되는 거였다. 특히 가족이 연관되었을 땐 더욱 그랬다. 2번 아담은, 내 삶을 내 식대로 살겠다는데 뭐가 문제냐고 되물었지만 그건 분명 불륜이었다. 그러나 2번 아담은 가슴팍에서 솟아오르는 뜨거운 치받침과도 같은 것이기에 쉬이 가라앉지 않는다고 말했다. 가까이 가선 안 되기에 또 너무나도 애가 타는 것이기에 절대 포기할 수 없다고 울먹였다.

난 밤새 베개를 보듬고 뒹굴었지만 묘안이 떠오르지 않았다. 에덴동산 포장마차 여자가 의도적으로 그런 행동을 했다는 생각이 들었다. 난 눈을 부릅뜨고 주먹을 그러쥐었다. 아무에게나 알랑거리며 기회를 엿보는 교활한 여자가 분명했다. 생각이 거기까지 미치자 몸이 부르르 떨렸다. 에덴동산 포장마차 여자는 그렇게 날 농락한 다음 썰물처럼 무화과를 쓸어갔다. 게다가 이브들이 나를 안주 삼아 씹어대는 모습이 눈에 선하게 떠올랐다. 어쩌면 난, 거머리처럼 피를 토하며 죽어갈지도 몰랐다. 나는 그녀들을 떠올릴 때마다 포살된 짐승처럼 가슴이 떨렸다. 어쨌거나 애매한 상황에서 여자가 서럽게 울음으로써 나만 음흉한 놈이 되어버렸다. 그것도 기막히고 억울한데 2번 아담은 한 수 더 떴다.

그 일은 다음 날 3번 이브의 귀에 들어가고 말았다. 그녀는 가슴을 치며 시디신 전율을 일으켰고, 오줌을 질금거리며 고래고래 악담을 퍼부었다. 미치고 환장할 노릇이었다. 그날부터 3번 이브는 내 피와 진액이 마르도록 바가지를 긁었다. 2번 아담이 원망스럽기도 했다. 나는 남들처럼 가정경제도 책임지지 못하고, 쥐꼬리보다 적은 돈벌이에 그런 오해까지 생겼으니 죽일 놈이 되어버렸다. 3번 이브는 마치 도미노 게임을 하듯이 연달아 악다구니를 퍼부었다. 그 씹어뱉는 말들이 복어 가시처럼 내 가슴팍을 후벼 팠다.

"흥, 꼴에 수놈이라고. 차라리 바닷물에 빠져 죽어. 더러운 인간아! 꼴도 보기 싫으니까! 세상에서 여자 성추행하는 놈이 제일 지저분한 놈인데. 내 남편이 그런 부류였다니. 접싯물에 코 박고 뒈질 놈!"

그녀는 어이없게도 내가 에덴동산 포장마차 여자를 어떻게 하려고 한 것이라고 단단히 오해하고 있었다. 나는 실어증이라도 걸린 사람처럼 말이 나오지 않았다. 그 일로 3번 이브는 수시로 눈알을 부라렸다. 난 너무 분해 입이 돌아갈 지경이었다. 그것도 억울한데 3번 이브는 어금니를 빠드득 갈며 노려보기까지 했다. 부릅뜬 눈이 표독스러웠다. 더러는 날 상종조차 하려 들지 않았다. 그렇게 시작된 신경전은 들불처럼 번져나갔다.

"확, 잘라버려야 해. 음란마왕 같으니라고."

그녀는 쌍욕을 퍼부으며 길길이 날뛰었다. 성난 백상아리 같았다. 나도 더 이상 참을 수 없어 핏대를 올렸다.

"그만하지 못해! 남들이 아무리 그래도 너는 날 믿어야지. 어디서 막말이야. 빌어먹을!"

나는 시뻘건 불덩어리마냥 달아오른 3번 이브를 노려보며 성질머리를 눌렀다. 그녀는 아랫입술을 비틀어 올리며 날 비웃었다. 구역질 난다는 표정이 역력했다. 환장할 노릇이었다. 이브들은 더러운 스캔들이라고 속닥였다. 나는 그녀들의 머슴이 된 이후, 최대의 위기를 맞았다.

난 거울 앞에 섰다. 30대 후반의 남자가 나를 마주 보고 있었다. 종신 노역을 선고받기 전까지는 탄력 넘치는 피부를 가진 꽃미남이었는데 후회와 자책감으로 시들고 있었다. 윤기 넘치던 머리칼도 푸석푸석해 보였다. 게다가 눈 주위엔 잔주름이 잡혀 있었다. 그날 난 내 노년의 삶을 보고 말았다. 오싹했다. 누구라도 이렇게 나이를 먹고 싶지 않을 터였다. 이브들은 수시로 찾아와 여죄를 캐려 들었고, 사실무근의 억울함을 들추며 종신 노역을 확인시켰다. 그 기분은 당해보지 않은 사람은 모른다. 난 1번 아담에게 질문을 던졌다.

"자유로운 삶이란 어떤 것입니까?"

그는 담담한 표정으로 아랫입술을 비틀어 올렸다.

"대개의 아담들이 느끼는 것과 별 차이가 없다고 생각해. 내가 떠나고 싶을 때 훌쩍 떠나고, 그곳이 어디든 내가 머물고 싶으면 머물 수 있는 것이 자유로운 삶이 아닐까? 난 어느 멋진 곳이 낙원이라고 믿어. 3번아, 너도 알지? 어느 멋진 곳! 언젠가 내가 말하는 의미를 알 거야."

그가 말한 그대로였다. 그로부터 얼마 후에 나는 1번 아담이 말한 의미를 알아차렸다. 그리고 그것을 깨달았을 때, 맨 먼저 든 생각은 내가 던진 질문이었다. 자유로운 삶이란 무엇인가? 그것은 운명에 대한 감수라고 해도 좋고, 마음의 평화라고 해도 좋으며, 세상 풍파에 흔들리지 않는 확신이라고 해도 좋았다. 자유로운 삶에 대해 어떤 의미를 부여하든 1번 아담은 어느 멋진 곳을 동경하는 것 같았다. 그러니까 종신 노역을 선고받은 아담들이 얼마 지나지 않아 걸리게 되는 일종의 체념 병. 인생이 별거더냐. 그냥저냥 살다 가는 거지. 그래도 자식들 보고 사는 거지. 하지만 1번 아담은 그런 무력감을 잘 극복해 나가고 있었다.

나는 에덴동산 포장마차 여자와의 더러운 스캔들 사건 이후로 이브들의 심사가 틀어지지 않도록 최대한 배려했다. 에덴동산 포장마차 여자가 상습범이기도 했지만 내 생각으론 큰물에서 놀았다면 업계의 전설이 되었을 것이다. 난 그녀가 어떻게 살아왔는지에 대해 알고 싶지 않았다. 더구나 나는 결혼과 동시에 종신 노역을 선고받은 수컷이고, 어쩌면 사형선고를 받을지도 몰랐다. 아담 형님들은 초조한 눈빛으로 이브들의 눈치를 살필 뿐이었다.

나는 물때에 맞추어 그물을 던졌고, 바다에 나가지 않는 날이면 집안일을 도맡았다. 집 안엔 주름진 옷가지가 나뒹굴었고 방구석은 매우 더러웠다. 3번 이브가 큰 소리로 명령했다.

"세탁기는 고장이야. 손으로 빨아!"

나는 하얗게 질려버렸다. 빨래뿐만이 아니었다. 성질 더럽기로 소문난 그녀는 갖은 악다구니와 입심으로 내 진액을 빨았다. 난 더 이상 참을 수 없어 기세 좋게 대거리를 시작했고, 곧이어 바닥에 널브러졌다. 다시 눈을 떴을 때엔 독방이었고 일주일간 처박혀서 노역을 해야 했다. 벌칙으로 용돈도 대폭 삭감되었다. 난 울부짖었다.

"나도 사람답게 살고 싶다! 빌어먹을 년들아!"

3번 이브는 어처구니가 없다는 표정으로 날 노려봤다. 난 침착함을 잃어버렸다. 아마도 종신 노역을 선고받은 뒤로 처음일 것이다. 그녀는 명치를 세게 얻어맞은 사람처럼 몸을 부들부들 떨었다. 그렇다. 우리에게 있어 종신 노역이란, 언제든지 이브들에게 모든 돈을 바쳐야 하고, 언제나 이브들의 편이 되어줄 뇌 없는 소가 되어야 한다. 일명 무뇌의 삶이다. 그녀들의 행동이 옳건 그르건 간에 언제든 복종해야 하는 것은 두말할 것도 없다. 게다가 불평을 제기하면 불경죄에 해당한다. 무조건 복종하는 것이 유일한 생존방법이고 전남편이 되지 않는 길이다.

8
아담은 왜 방심하는 걸까?

나는 수컷으로서의 자존심을 지키고 살기엔 애초에 상대를 잘못 만난 것이 확실하다. 혼자서 겪어내야 하는 수많은 외로운 밤이 싫어서, 사람의 훈기가 그리워서, 길가에 떨어진 장미꽃을 줍듯 주었지만 그 꽃은 독을 품은 선악과였던 것이다. 선악과는 한 줄기 햇살만 받아도 만개하고, 그런 다음 독성을 드러낸다. 한번 피워 올린 독기는 절대 거두지 않는다. 더구나 독성이 아주 모호하다.

나는 호기심에 선악과인지 모르고 가만히 건드려보았다. 처음엔 두렵기만 하던 그 선악과. 어쩌면 그 속에 나의 젊음이 있고, 이상이 있고, 행복이 있다고 힘주어 고개를 끄덕였다. 하지만 그 선악과가 깡그리 모든 것을 빼앗아갔다. 만약 내가 다시 그 선악과를 본다면 절대 만지지 않을 것이다. 오직 뇌 없는 소 같은 수놈만이 만질 수 있다고 비웃어줄 것이다. 그렇다. 많은 아담들은 그런 실수를 후회하고 산다.

'저는 아무것도 몰라요. 오빠 뜻대로 하세요. 오빠가 잘못되면 저는 못 살아요. 저는 오빠만 믿어요!'

그 말이 환청인 듯싶다. 아니면 무뇌주를 마셔 필름이 끊긴 것이 분명하다. 그 독주만 아니었다면 나의 인생은 잘 풀리지 않았을까? 하지만 그 독주의 저주에 걸려든 나와 아담 형님들은 많은 노역과 대가를 치르고 있다. 그것도 모자라 있을 때 잘해, 후회하지 말고, 라는 뻔뻔스러운 말까지 듣고 산다. 이젠 외치고 싶다. 그건 모두 다 옛날 옛적의 철없던 얘기라고! 하지만 이브들은 세상의 중심은 자신들이라고 믿고 있다. 나는 안다. 세상의 중심은 언제나 바뀐다는 사실을. 세상의 중심이 될 수 있는지 없는지조차 따져보지 않고 자기들 마음대로 정한 거다. 나는 절대로 간과하지 않을 것이다. 그냥 이대로 인생을 소모하며 허무하게 살다 갈 수는 없다. 만약 그녀들에게 패배를 반복한다면 전략이 잘못된 거다. 더구나 우리 아담들은 특별한 범죄를 저지르지 않았는데도 종신 노역을 선고받았다. 왜 그랬을까?

나는 다른 아담들처럼 가족의 미래를 가늠해보면서 우왕좌왕했고, 대신 실현 가능성이 희박한 쪽에 베팅하는 과오를 범했다. 그 여파로 일찌감치 현실적인 삶으로부터 이탈해버렸다. 많은 아담들이 설마, 하는 의문에 농락당한 것이다. 이제라도 더 늦기 전에 이룰 수 있는 꿈이 뭔지 생각해봐야 한다. 미치도록 하고 싶은 것은 아니더라도 저러고 살면 정말 재밌겠어, 라든지 저런 건 정말 부러워, 하는 인생 말이다. 한때는 나도 별 시답지 않은 말이라고 생각했다.

이젠 아니다. 더 이상 비관적인 삶을 살 수는 없다. 그러니 죽더라도 끝까지 달려보자. 물론, 실현 가능성은 매우 낮다. 왜냐하면 1번 아담은 충직한 머슴으로 20년이 넘도록 종신 노역을 해왔다. 더러는 큰 벌점을 받아 용돈마저 끊겨버렸다. 말이 나왔으니까 하는 말이지만, 이브들에게 있어 유죄냐 무죄냐는 중요하지 않다. 그러니까 이브들이 세워둔 원칙을 어기면 가차 없이 레드카드를 꺼내 든다. 밥상엔 월드컵 잔디 구장이 차려지고, 하루 종일 노역에 시달린다. 무슨 말인가 하면, 극도의 스트레스에 시달리게 하여 스스로 포기하도록 만들려는 수작이다.

내가 아는 한, 그 스트레스와 대거리를 한 사람은 2번 아담이 유일하다. 나와 1번 아담은 스트레스로 머릿골이 아프고 이빨이 흔들거릴 지경이다. 덧붙이자면 결혼 생활이란 세 가지인 것 같다. 잠깐의 유쾌함과 긴 불쾌, 그리고 아뜩한 비참함이다. 이런 상황이 되면 누구나 종신 노역의 파기를 요구할 것이다. 2번 아담은 끈기 있게 자신의 요구를 되풀이하고 있다. 그때마다 1번 이브는 단호하게 외친다.

"잘 들어요. 남자들의 주장에 일리가 있다는 생각이 든다면 우린 다시 아담의 권위를 인정해야 해요. 그럼 우린 또다시 남자들의 이유 없는 행패에 당하고 살 수밖에 없어요. 만일 그 허풍을 계속 떨고 싶다면 그건 자유예요. 좋은 말 할 때 여기서 멈추세요. 알아들었어요?"

나는 3번 이브와 함께 생활할 수만 있다면 심장이라도 떼어주고 싶을 만큼 사랑했지만, 나의 사랑은 지상에 등재될 수 없는 버려진 휴짓조각일 뿐이다. 난 그녀에게 내가 보여주는 세상만 보면서 함께 가자고 속삭였지만, 그녀는 있을 때 잘해, 후회하지 말고, 라는 눈 부라림으로 나를 외면했다. 이젠 목숨과도 맞바꿀 수 있는 운명적인 사랑의 존재를 믿지 않는다.

이브들에게 있어 사랑이란, 아름답게 자리매김되는 인연이 아니라 위선과 배신으로 가득 찬 세계일 뿐이다. 그런데 왜? 무엇 때문에 결혼한 걸까? 앞에서도 말했지만 아담들을 종신 노예로 부려먹으려고? 아니면 사랑의 감정이란 변하고 사그라지는 것이니까 변하지 않는 것을 기준으로? 그러니까 돈을 벌어줄 머슴과 결혼한 걸까? 사랑이 없는 결혼을 선택함으로써 행복해지겠다는 이브들의 발상은 결혼을 통해 완전한 사랑을 꿈꾸는 아담들의 환상에 하이킥을 날렸다고 할 수 있다. 그러므로 이브들의 결혼은 낭만적 사랑의 베일을 벗겨내는 행위라기보다는 자학을 통한 현실도피라는 혐의에서 벗어나기 힘들다. 그렇다. 나와 아담 형님들은 바보 멍청이가 아니다. 진정한 행복이란 이브에게 기대는 것이 아니라 홀로 일어서는 것임을 깨달았다.

이브들의 가치체계에 따르면, 정자는 항상 난자의 사랑을 먹고 사는 존재다. 그러므로 정자는 온몸을 내던져서 난자에게 절대 충성을 해야 한다. 정자의 진정한 행복은 독립된 주체로서 홀로 서는 것이 아니라 항상 난자의 사랑과 보호를 받아야 한다고 주장한다. 그것이 정자란 존재를 지키는 일이고 자신의 삶을 살아가는 지름길이다. 결코 다양한 선택은 있을 수 없다. 나는 용기 내어 3번 이브에게 물었다.

　"너도 그렇게 생각하니?"

　"그럼. 너는 그렇게 생각 안 해?"

　나는 그녀의 말을 듣고 흥분하고 말았다.

　"난 심장의 피돌기라는⋯⋯. 그러니까 사랑이라는 감정을 말하는 거야."

　"피! 그런 것은 순정만화나 드라마에서 찾아."

　난 3번 이브의 말에 심각한 고민을 하게 되었고, 급기야 그녀 앞에서 술을 마시고 눈물을 보였다. 하지만 3번 이브는 어떠한 위로의 말도 해주지 않았다.

　물론 인정한다. 한때는 여자를 자신의 소유물로 여기는 아담 중심의 문화가 있었다. 정말 미안하다. 그러므로 이러한 문화를 비웃듯이 아담에게 이브 중심의 권력을 행사하려 드는 행동은 어느 정도 이해한다. 아담 중심의 질서 속에서 살다 간 많은 이브들도 같은 삶을 꿈꾸었을 것이다. 그것은 자유로움이거나 평등이다. 나는 이렇게 생각한다. 평등이나 자유로움이 중요한 것이 아니라 얼마나 진실 된 마음으로 감정의 교류를 하느냐가 중요하다. 이브들에게 있어 돈의 소유와 집착은 권력을 가진다는 것을 의미하겠지만, 그것은 저항의 몸짓에 불과한 건 아닐까? 본래 사람에게 있어 물질에 대한 소유욕은 본능에 가깝기 때문이다.

더구나 인간은 기본적으로 자유로운 영혼의 소유자들이다. 그렇기에 관습이나 인습의 틀에서도 다양한 사고로 삶을 바라볼 수 있어야 한다. 그렇지 않다면 수컷들이 부렸던 횡포와 다를 바 없다. 인간의 삶이란 바람의 반대 방향으로 거슬러 올라가는 애틋한 나비가 아니라 자신이 가고자 하는 제 방향으로 날아가는 자유의지를 가진 나비다. 더러는 실연의 상처를 달래기 위해 눈높이를 낮추어 짝에게 마음의 문을 열 줄 알아야 한다. 어느 시대든, 어떤 방식으로든 그렇게 살아왔다. 그러면 편치 않은 뭔가가 자꾸 걸리는 거리낌도 떨칠 수 있을 것이다.

나는 이브들을 대할 때마다 서걱거리는 느낌을 지울 수가 없다. 이상과 현실 사이에서 괴리감을 느끼고 갈등하고 있다는 건 그만큼 이브들의 억압적 가치체계에 지배당하고 있음을 의미하는 것이다. 아담 형님들도 그녀들이 다른 여느 이브들과 다르지 않다는 점에 실망하고 어느 멋진 곳을 찾기로 공모했다. 자존감을 잃은 상실감에 미친 듯이 괴로워했고 급기야 멋진 곳을 갈망하게 되었다.

3번 이브도 별반 다르지 않다. 내가 '이게 뭐지?' 하는 의문을 품는 순간 날 독방으로 보냈고, 그 죗값으로 노동에 시달렸다. 힘든 노동이었지만 노동에 대한 보수는 많지 않았다. 더구나 그녀는 조건을 달았다. 즉, 아담의 권리에 대해서는 한 마디도 해서는 안 된다고 선언했다. 그리고 협박을 덧붙였다.

"아담 어쩌고저쩌고하는 인간들을 보고 있노라면 분노가 치밀어 올라. 그 어떤 수컷도 권리라는 말을 입 밖에 내서는 안 돼. 잘 들어, 당신들은 누구보다도 남자로 태어난 것에 대해 자부심을 갖고 있을 거야. 당신들의 얼굴을 처음 보았을 때 바로 알아볼 수 있었지. 지금 그 표정이 없어진 건 아주 좋은 현상이야. 아무런 이유 없이 남자로 태어난 것에 대해 자부심을 가진다면 그건 아주 터무니없는 생각이야. 그런 생각은 버리는 게 좋을 거야. 세상의 모든 남자들은 겸손이라는 것을 배울 필요가 있으니까. 잘 들어! 헛된 망상을 했다간 모든 것을 잃게 될 거야. 알아들었어?"

난 새파랗게 질려버렸다. 아니, 핏기마저 싹 가셨다. 그것으로 분명해졌다. 이브들은 우리 아담들과 눈길이 마주칠 때마다 저승사자처럼 눈알을 부라렸다. 난 가슴속에서 천둥 번개가 일었지만 꾹 참고 그물을 끌어올렸다. 자잘한 물고기가 전부였다. 출어 경비도 못 건졌다. 열불이 끓어올랐지만 어금니를 앙다물 뿐이었다.

하지만 1번 아담은 눈을 부릅떴다. 나로서는 전혀 뜻밖의 일이었다. 반항은커녕, 가출 한 번 하지 않았던 그였기에 더욱 그랬다. 우린 1번 아담의 생존방법에 나름대로 익숙해져 있었다. 그런 일이 있을 때마다 일일이 반항한다는 것도 새삼스러운 거였다. 또 그렇게 할 수 있다 해도 달라질 건 아무것도 없다는 것이 내 생각이기도 했다. 이브들이 행패를 부리면 응당 고개를 조아리고 일을 수습하거나 그냥 무조건 잘못했다고 빌고 그 순간을 넘어가는 것이, 언제나 우리가 할 수 있는 최선의 선택이었다. 그러나 1번 아담의 태도는 여느 때와 많이 달랐다.

"이런 염병할! 갈비뼈 주인 알기를 우습게 알아. 빌어먹을 년들!"

1번 아담의 입에서 터져 나온 것은 욕이었다. 그의 표정이 너무 차가워서 무서울 정도였다. 1번 이브는 날치기라도 당한 사람처럼 경직되었다. 나는 사람의 표정이 그렇게 순식간에 바뀌는 걸 처음 보았다. 나는 1번 아담이 곧 고개를 숙이고 울먹일 거라 추측했다. 그러나 그는 더 이상의 말도 없이 발길을 돌려버렸다. 이혼을 작정하고 덤비는 것 같았다. 나는 별로 유쾌한 일이라고 생각하진 않았지만 그에게 공손히 고개를 숙였다. 그가 성경 속에 등장하는 다윗이 되길 소망했다.

이브들은 기회가 있을 때마다 넌지시 항복을 권유했다. 그럴 때마다 나는 우물쭈물 아담 형님들의 눈치만 봤고, 그들은 이브들을 빤히 노려보며 가타부타 대꾸를 하지 않았다. 난 아담 형님들에 대한 믿음이 커져갔다. 그뿐이 아니었다. 이브들이 특별 보너스를 주던 날에도, 또 내가 출어 경비만 날리고 항구로 귀항하는 날에도, 어김없이 모른 체했다. 그런 일들이 벌어지건 말건 술에 취해 있거나, 집에서 빈둥거리는 것이 고작이었다. 솔직히 그런 단체 행동을 해주는 아담 형님들이 그저 고마울 따름이었다. 어쩌면 그런 무관심으로 나를 응원하는 건지도 몰랐다. 그 때문인지 나는 이브들에게 에덴동산 포장마차 여자와의 더러운 스캔들에 대한 처벌을 받지 않았다. 다만, 3번 이브만 씩씩거렸다.

1번 아담의 말에 의하면, 3번 이브가 에덴동산으로 나를 불러들여 더러운 스캔들에 대해 처벌해줄 것을 요구했다는 것이다. 하지만 이브들은 일단 지켜보자는 쪽으로 결론을 내렸다. 3번 이브는 갑작스레 벌어진 상황에 어찌해야 할 바를 몰라 입에 거품을 물고 부들부들 떨었다. 그녀의 얼굴엔 황당하다는 기색이 역력했다며 1번 아담이 아랫입술을 들어 올렸다.

나는 용기를 얻었다. 정말이다. 눈알에 힘을 잔뜩 넣고 밥을 달라고 명령했다. 3번 이브의 두 눈이 크게 떠졌다. 뭔가 울컥 치민 표정이었다. 난 무엇보다 배가 출출했다. 다른 날 같으면 3번 이브가 해주는 밥이 제일 맛있어, 하고 아부라도 떨었겠지만 상황이 상황인 만큼 헛기침으로 마무리했다. 그녀가 어금니를 앙다물고 식탁 위로 밥상을 차렸다. 시어빠진 김치 조각과 콩나물이 전부였다. 난 한마디 하지 않을 수가 없었다.

"이게 뭐야? 지금 월드컵 하는 줄 알아? 뭔 놈에 풀만 있어."

"이것도 감지덕지해. 고기 쪼가리 먹여놓으면 어느 여자를 성추행하려고."

그녀는 뺨 맞은 사람처럼 눈알을 부라렸다. 순간 화가 치밀었다.

"이런 빌어먹을. 안 먹어. 여기가 축구 경기장이냐? 사람이 맨날 풀만 먹고 살 수 있겠어? 오죽하면 따먹지 말라는 선악과를 따서 먹었겠냐? 그리고 누구 때문에 금단의 열매를 따 먹었냐? 엉?"

"개 풀 뜯는 소리 하고 있네! 먹지 마! 누구는 죽어라 장사하고, 생선 내장 따고, 일수까지 하고 사는데. 남편이라는 작자는 성추행이나 하고 다니고. 음란마왕이 우리 집에 살다니. 난 부끄럽고 창피해서 못 살겠어!"

"뭐? 음란마왕! 남편한테 할 소리야? 에라이 씨부랄!"

난 음란마왕이라는 소리에 열불이 치밀었다. 아니, 꾹꾹 눌러둔 울화가 한꺼번에 터져 나왔다. 도무지 참아지지 않아 숟가락을 던져버렸다. 그녀는 기가 차다는 표정으로 빤히 노려보았다.

나는 3번 이브에게 눈알을 부라리곤 바다로 눈길을 옮겼다. 수면엔 거무튀튀한 이랑들이 뒤룩거리고, 파래며 청각이 파도 사이로 몸을 감추며 약을 올렸다. 그나마 이랑 꼭지가 세차게 치솟아오르는 것이 3번 이브의 성질머리 같기도 했다. 순간, 가슴 저리는 울화가 끓어올랐다. 그것은 참 묘한 것이었다. 이를테면 이브들을 두들겨 패주고 싶은 욕망이기도 했다.

난 어금니를 서너 차례 앙다물었다. 사실 이브들의 집단행동이 마음에 걸렸다. 왜냐하면 3번 이브가 고함을 내지른 탓이다. 그녀가 고함을 지른 것이 중요한가? 당연히 중요하다. 그녀의 입에서 고함이 터져 나오면 그날부터 겨울이 시작되기 때문이다. 내가 기억하는 한, 고깃배의 깃발도 찢어버릴 정도로 후폭풍이 세차다. 내 예감은 맞았다. 겨울이 막 시작되고 있었다. 나는 마른 침을 꿀꺽 삼켜야만 했다. 잘못했다간 머리카락 한 올 남아 있지 않을 수도 있었다. 난 에덴동산 포장마차 여자와의 더러운 스캔들이 음모라는 사실을 증명해줄 결정적인 증거를 내밀지 못했지만 그것을 부인할 만한 증인도 없었다.

3번 이브는 아담의 바람기를 끔찍하게 증오하는 여자다. 나에게 2번 아담만큼의 대범함이 있었다면 그냥 밀어붙였을 것이다. 그러나 난 세상에서 제일 한심한 아담이다. 노력? 나라고 해보지 않은 게 아니다. 나는 이브들이 모르는 아담 형님들의 은밀한 계획을 알고 있고, 벤치마킹을 하려고 노력하는 중이다. 그러므로 나는 누구보다 끈질기게 이브들의 올가미에서 벗어나려 몸부림치고 있다. 하지만 내 고백은 이렇다. 그동안의 모든 노력에도 불구하고 이 현실에서 한 발짝도 더 나아갈 수 없다. 아무 일도 없었던 것처럼 아담의 권위가 확립되지 않는 한 그 어떤 현실도 나에겐 유효하지 않다. 어쨌든 내가 말할 수 있는 건 남자의 날을 세우는 것뿐이다. 그리고 무엇보다 아담 형님들이 종신 노역을 벗어날 궁리를 하고 있다는 사실이다. 지긋지긋한 이브들. 할 수만 있다면 과거를 되돌리고 싶다. 그건 나와 아담 형님들의 소망이고, 지구 상의 모든 아담의 이상일 것이다. 이브들은 그걸 모른다.

나의 무모한 상상에 힘을 실어준 사람은 바로 2번 아담이다. 내가 아는 한, 그는 남자의 날을 세우는 방법을 알고 있는 유일한 사람이다. 결혼 서약서에 서명하고 종신 노역을 선고받은 순간부터 모든 권리와 재산은 이브들의 소유가 되었다. 그렇다. 우리 아담들은 하나둘씩, 모든 권리를 빼앗겨버렸다. 내 청춘의 아픈 조각, 죽을 때까지 이브들에게 종신 노역을 하다 쓸쓸하게 죽어갈 아담들. 셀 수 없이 많은 희생자들 중 한 명이다. 이브들은 그걸 모른다. 난 한동안 밤마다 아무도 모르게 숨죽여 울었다. 아담 형님들도 그랬다.

나는 모든 걸 지켜봤다. 아담 형님들은 결혼과 동시에 모든 권리와 능력을 상실했다. 그들은 어깨를 들썩이며 콧물을 흘렸다. 하지만 아무것도 달라지지 않았다. 우리들이 바랐던 기적은 아무리 기다려도 올 줄 몰랐다. 때로는 이겼고 때로는 졌지만, 결국 무조건 항복하고 말았다. 게다가 해를 거듭할수록 마음이 약해지기 일쑤다. 아담의 세포 개체 수가 줄어들고 늙어가는 탓이다. 그토록 강했던 아담의 아버지의 아버지들은 어디로 간 걸까?

나는 그렇게 냉기 가득한 이브들을 본 적이 없다. 이 세상의 냉기는 누구의 잘못일까? 아담의 방심? 아니면 이브들이 치열하게 싸워 쟁취한 결과물? 그것도 아니면 환경오염으로 인한 남성호르몬의 혼란? 내 생각이 맞는다면 산업혁명 이후 아담의 근력이 큰 힘을 발휘하지 못한 탓이다. 자동화, 기계화, 대량생산으로 인한 풍요와 금융시스템의 교묘한 술책 때문이다.

특히, 월급봉투 대신 계좌번호로 돈이 입금되고 신용카드의 등장으로 아담의 권위는 땅에 떨어졌다. 그날 이후 아담은 모든 권력을 잃어버렸다. 이브들에겐 믿기 어려운 헛소리인지도 모르겠다. 하지만 남자라면, 수긍할 것이다. 그렇다. 남자들, 그러니까 아담의 분노는 종잇장처럼 납작하지도 않고 비겁하지도 않다. 이브들은 알아야 한다. 아무 말이나 멋대로 내뱉고도 사과조차 하지 않는 언행들. 이브, 여자, 처녀, 아가씨, 주부, 아내, 아줌마라는 호칭이 무슨 특권이라도 되는 양, 깐죽대고 거들먹거리는 행위들. 언젠간 후회하게 해줄 것이다.

그렇다. 아담은 이브에게 갈비뼈를 내어준 생명의 시원이다. 그러니까 원조의 성이다. 그런 공력으로 항상 의심의 눈초리로 고개를 갸웃거렸고 뭔가 잘못됐다는 것을 알아냈다. 하지만 이브들에겐 아무 말도 하고 싶지 않다. 어쩌면 그녀들도 알고 있지 않을까? 나와 아담 형님들이 원하는 건 정당한 분배와 자유다. 아무 일도 없었던 듯 남자의 말을 경청해주고, 아무 일도 없었던 듯 훼손된 권위가 복원되기를 바란다. 그러나 그런 기적이 일어날 가능성은 희박하다.

이브들은 아담 길들이기에 도가 튼 위인들이다. 아마도 지금쯤 대책반을 가동해 우릴 제압할 실마리를 찾아냈을 것이다. 시대를 거슬러 올라가 남자의 힘과 권력이 어떻게 생겨났는지 역추적했을 것이고, 남녀 간의 힘의 균형이 깨어진 원인을 정확히 짚어냈을 것이며, 바로 그 지점에 쐐기를 박아두었을 것이다. 내가 아무리 멍청한 수놈이라도 그쯤은 미루어 짐작할 수 있다. 물론 기준을 어디에 두느냐에 따라 얘기는 달라진다. 일반적인 기대치를 기준으로 한다면 공존이 가능하겠지만 나와 아담 형님들은 더 큰 그림을 그리고 있다. 그게 가능하냐고? 물론이다. 우리의 심장에서 품어져 나오는 피는 아직도 뜨겁다. 살아온 정? 부부간의 의리? 가정 파괴? 그런 건 아침에 아줌마들을 대상으로 하는 드라마 속에서나 찾을 일이다.

지금 이 순간에도 지구상엔 수많은 아담들이 울고 있다. 그렇다면 아담들은 어디로 가야 하지? 나는 소망한다. 오늘 이 시간부로 아담들의 치밀한 계획이 이루어지길! 그리고 놀라운 반전이 일어나 이브들이 무릎 꿇고 용서를 구하길! 그렇다. 우리의 행동은 인류를 구원할 거대한 계획의 일부이며, 진짜 삶다운 삶을 누리기 위한 치유의 선물이길 소망한다. 하지만 이브들은 아담들의 원대한 대서사시를 인정할 줄 모른다. 아담이 갈비뼈를 떼어주어 이브를 만들었으며, 피를 흘리며 가족과 나라를 지켜냈다는 진실을 결코 인정하려 들지 않으며, 알려고도 하지 않는다. 이것은 나와 아담 형님들이 종신 노역을 선고받으면서 깨달은 진실이다. 그래서 나는 이성적인 선택이 아닌 줄 알면서도 2번 아담의 계획에 동참하게 되었다.

왜냐하면 삶이란 공갈빵 같다는 결론을 내린 탓이다. 통속적인 이브들의 등쌀에서 살아남으려면 나 또한 통속적인 아담이 되지 않고서는 배겨날 재간이 없다. 더 멀리, 더 높은 곳을 향해. 그리하여 마침내, 그 어디쯤에 있는 어느 멋진 곳을 찾아 떠날 것이다.

현실적인 관점에서 본다면 나와 아담 형님들은 추락한 인생이다. 하지만 우리도 한때는 호기롭게 살던 시절이 있었다. 그렇다. 지구엔 수많은 아담들이 또 다른 삶을 위해 커다란 날개를 퍼덕이며 비상을 준비하고 있다. 하는 일 없이 괜히 밥만 축내는 식충이라는 모욕적인 언사는 듣고 싶지 않다. 맹세코 아담은 식충이가 아니다. 빠듯한 일상을 살았고 종신 노역에 시달려왔다. 그럼에도 불구하고 이브의 이러저러한 폭언을 잘 들어주었다. 하지만 복종하고 사는 우리, 그러니까 아담으로 하여금 쌍소리와 함께 주먹을 불끈 쥐게 한다.

일주일 전이다. 난 3번 이브와 함께 어장을 마치고 집으로 돌아왔다. 그녀는 집으로 돌아오기 무섭게 비린내를 씻어냈다. 서른 중반을 넘긴 3번 이브의 몸은 실팍하다. 살결이 조금 가무잡잡할 뿐, 이목구비가 또렷해서 예쁘고 곱다. 에덴동산 포장마차 여자와의 더러운 스캔들 이후, 사랑 한 번 나눠보지 못했다. 나는 사랑 한 번 나눠보겠다고 여러 날 기회를 노렸지만 그때마다 냉정하게 거절당했다.

3번 이브가 샤워를 마치고 방으로 들어왔다. 난 몸이 금방 달아올랐다. 수작 부릴 말을 생각해봤지만 마땅한 문구가 떠오르지 않았다. 그래도 이브를 보듬어줘야 하지 않겠느냐고 마음을 다잡았다. 애틋하기도 했고 자꾸만 남성호르몬이 솟구쳐 올랐다.

"구석구석 깨끗이 씻었어? 냄새가 좋네. 오해 풀어!"

그녀는 그렇게 하겠다든지 그렇게 하지 않겠다든지 하는 대답도 않고 몸을 눕혔다. 나의 달아오른 남성호르몬이 자글자글 끓어올랐다. 더러는 뜨거운 김이 콧구멍으로 뿜어져 나왔다. 난 입술에 헛바닥을 내두르곤 그녀의 실팍한 엉덩이로 손을 뻗쳤다. 단단하게 뭉쳐진 정자가 뚫고 나갈 곳을 찾으려 계속 꿈틀거렸다. 나는 그 꿈틀거림을 어떻게 주체하지 못한 채 필요 이상으로 콧구멍 평수를 넓혔다. 그런 노력에도 불구하고 3번 이브는 아무런 반응이 없었다. 해도 너무한다 싶었다.

"이런, 이런! 아무리 그래도 그렇지. 에덴동산 포차 여자와의 일은 오해라니까!"

나는 헤실헤실 웃으며 그녀의 손을 잡았다. 손바닥에서 후끈한 열기가 전해졌다.

"힘 빼!"

난 무릎을 조금 굽히고 왼발과 오른발의 뒤꿈치를 번갈아 밀어댔다. 그럴 때마다 조금씩 몸이 밀착되었다.

"힘 빼라니까!"

나는 자꾸 씰룩거리는 것을 참지 못하고 3번 이브의 몸을 더듬었다. 그녀가 두 눈에 쌍불을 켰다. 한참이나 노려보던 그녀는 차오르는 울화를 못 이겨냈는지 어금니를 빠드득 갈며 일어났다.

"생선 기름에 튀겨도 시원찮을 놈아! 내가 네놈을 그냥 놔둘 성싶어. 죽었다고 복창해야 할 거야! 음란마왕 새끼야!"

3번 이브가 내 가슴팍에 비수를 꽂는 말을 내뱉었다. 도무지 참아지지가 않았다. 나는 방 안에 있던 물건을 닥치는 대로 집어 던졌다. 아담의 힘, 그러니까 세대주의 무서움을 보여주고 싶었다. 하지만 여우 같은 3번 이브가 날 노려보곤 쐐기를 박았다.

"야! 던지려면 값나가는 걸 던져! 소심한 새끼야!"

"뭐? 소심한 새끼? 이런 불……."

불량 아줌마가 다 있어, 하려는 찰나에 그녀가 집어 던진 스마트폰 모서리에 얼굴을 정통으로 맞았다. 금세 왼쪽 눈과 볼이 발갛게 부풀어 올랐다. 얼얼하고 아프기도 했지만 너무나 화가 치밀어 눈물이 날 지경이었다. 나는 보란 듯이 3번 이브가 아끼는 셔츠를 갈기갈기 찢어버렸다. 화장품도 집어 던졌다. 그래도 화가 풀리지 않았다. 난 내가 아는 모든 욕설을 퍼부었다. 얼마나 울화가 치미는지 좀 더 험악한 욕설을 배워두지 못한 걸 후회하면서 내 머리를 세차게 때렸다. 그녀가 아랫입술을 비틀어 올리며 비아냥댔다.

"병신. 쪼다. 그래 가지고 네놈 머리가 깨지겠어? 더 세게 쳐! 붉은 국물 나오게. 내가 패줘? 이리 와봐. 요걸로 패줄게."

나는 깜짝 놀라 3번 이브의 손에 들린 시퍼런 가위를 낚아챘다.

"왜? 겁나냐? 쪼다 새끼. 꼴에 수놈이라고 발정은. 니 뿡이다! 음란마왕 새끼야!"

그때서야 뭔가가 내 머릿속을 스쳤다. 아, 이브들의 특징! 잔인한 응징! 그런데 왜 이제야 생각난 거지? 내가 너무 방심했나? 결국 또 패배했다. 심하게 싸운 건 아니지만 에덴동산 포장마차 여자와의 더러운 스캔들 때문에 세차게 밀어붙일 명분이 약했다. 아예 3번 이브의 근처엔 얼씬도 하지 말았어야 했는데. 너무 안이하게 대처했다는 자책이 들었다. '내가 뭘 잘못했다고 눈치를 봐야 하지?' 하고 깐죽거렸다가 결국 그 지경이 되고 말았다. 그녀가 한

마디 했다.

"너 뭘 믿고 그렇게 까부는 거야? 혹시, 호르몬 약 복용하나?"

"넌 남자를 몰라도 너무 몰라! 남자는 호르몬이 차면 밖으로 배출하려고 날뛰는 거야."

"미친놈! 그래서 에덴동산 포차 아줌마를 덮치셨어?"

나는 기세 좋게 대거리를 했지만 더러운 스캔들에 발목을 잡히고 말았다. 내게는 아직 자존심과 남성호르몬이 세차게 분비되고 있다. 아저씨들은 호르몬 분비가 적을 거라고 착각하는 이브들이 있겠지만 실제로는 그렇지 않다. 관리하기에 따라 청년과 비슷하거나 그 이상이다. 3번 이브는 뻔뻔스럽게도 나를 한물간 아저씨로 여긴다. 남성호르몬의 분비가 적어진 게 아니라 그냥 대놓고 아저씨를 무시하려는 경향 때문은 아닐까? 아저씨들의 호르몬이 뭐 어때서? 나는 그냥 넘어갈 수 없어 한마디 해주었다.

"너의 여성호르몬이 문제 아니야. 분명 여잔데 몸과 정신이 헷갈려서 남성호르몬을 내뿜는 건 아니야? 요컨대 정신 줄을 놓아버린 거지. 이 세상이 미쳐 돌아가니까."

그렇다. 이브들은 나이를 먹어갈수록 드세지고 그악스러워지고 있다. 그 증거는 무수히 많다. 나는 한때 이렇게 생각한 적이 있다. 삶이 지리멸렬하다는 걸 느껴서 그런가? 조금 지나면 괜찮겠지? 그건 희망 사항이다. 절대 제자리로 돌아가지 않는다.

'저는 아무것도 몰라요. 오빠 뜻대로 하세요. 오빠가 잘못되면 전 못 살아요. 저는 오빠만 믿어요!' 아니면, '오빠가 변심하면 난

콱 죽어버릴 거야.' 이런 말은 두 번 다시 하지 않는다. 이제 마음을 비우고 살자. 그게 정신건강에도 좋다. 생각해보면 결혼 서약서를 작성하는 순간부터 그런 증상은 예견되어 있었다. 문제는 시작된 증상은 분명한데 언제 끝날 줄 모른다는 사실이다.

난 그 생각만 해도 목이 꽉 메여온다. 언제나 평행선 위를 위태롭게 걷는 결혼 생활, 그게 다다. 처음부터 사이가 나빴냐고? 그건 중요하지 않다. 어디에 기준을 두느냐에 따라 얘기는 달라진다. 연애와 결혼 생활을 비교하는 건 어리석은 짓이다. 하지만 나의 3번 이브에 관해 군이 알아야겠다면, 이렇게 말해줄 수 있다. 좋은 감정은 있었다. 그러나 그 감정은 매우 관념적이었다. 관념이란 눈으로 볼 수도 손으로 만질 수도 없다. 단지, 심장만이 안다. 명심할 일이다. 절대 심장의 두근거림으로 이브를 판단해선 안 된다. 그 게임엔 통속만 필요할 뿐이다.

나는 그 당시 너무 순수한 청년이었다. 그것이 나의 한계점이다. 관념이 만들어낸 함정에 빠진 것이다. 내 말이 맞지? 그건 순전히 실수였지? 그렇지? 아담들이 냉철한 사냥꾼이었다면 그런 감정이 드는 순간 의심하고 또 의심해야 했다. 그러나 그 순간엔 의아해하지도 않았고 의심하지도 않았다. 왜냐하면 낭만적 사랑의 관념이 이성을 앞서버린 탓이다. 내가 그 사실을 깨달았을 땐 인생의 황금기가 지나간 뒤였다. 난 그 사실을 깨닫고 나서야 머리를 쥐어뜯었다.

3번 이브가 내 어깨를 두드려주며 말했다. 내가 그녀에게 사랑한다고 죽어도 널 포기하지 못하겠다고, 콧물까지 철철 흘렸다고. 그건 아름다운 전설이라고 했다. 난 기억나지 않는다. 그녀의 집까지 찾아간 것은 기억하지만, 내가 3번 이브에게 했던 슬픈 전설은 한 단어도 기억나지 않는다. 내가 기억하는 한, 그녀의 입꼬리는 언제나 비틀려 있었고, 그 비틀린 입꼬리에선 언제나 돈이라는 단어가 튀어나왔다는 사실이다. 더구나 에덴동산 포장마차 여자와의 더러운 스캔들 이후, 한동안 치열한 싸움을 벌였다. 결국, 3번 이브를 당해낼 재간이 없었다. 게다가 사리가 불분명하고 자존심이 상하면 물불을 가리지 않는 성미의 여자다. 이틀 전에도 다시 도전했다가 된통 당해버렸다. 내가 수작을 부리자마자, 그녀는 몸을 벌떡 일으켜 주먹으로 내 뺨을 후려쳤다.

"넌 절대 용서 못 해! 악마! 변태 새끼야!"

3번 이브는 내 뺨을 몇 번 더 후려갈겼다. 이상하게 아프지도 않았고 눈물도 나오지 않았다. 그녀는 입버릇처럼 말했다.

"가족의 행복이 내 인생의 종착지고 신앙이야. 가족을 위해서라면 뭐든지 할 수 있어. 그래서 악착같이 돈을 버는 거야. 돈 없인 아무것도 할 수 없고, 꿈조차 꿀 수 없어. 왜 그 진리를 모르는 거야! 이 멍청한 수놈아!"

그녀의 말이 내 가슴팍을 짓눌렀다. 사람은 목표가 없으면 삶의 의욕을 잃어버리는 법이다. 그녀는 자꾸만 한숨을 내쉬었다. 3번 이브가 가족을 위해 일벌레처럼 몸을 말고 울었다면 나는 대체 무엇을 위해 살았던 걸까? 자꾸만 그런 생각이 들었다. 난 결국, 무릎을 끌어안고 어린아이처럼 울어버렸다.

여전히 철없는 나. 무엇을 얻겠다고 아담의 권리를 주장하는 걸까? 권리는 뭔가를 이룬 자의 몫이기도 하다. 나는 사랑의 등가 가치를 모르는 걸까? 난 스스로를 성찰해본다. 유리창에 퍼지는 빗방울처럼 빗소리는 창문을 한 번 두드리고 사그라진다. 그녀는 언제나 빗방울이고, 빗소리다. 난 언제까지나 이브의 우산이 되어야 하는 걸까?

나는 3번 이브와의 신경전이 마구 뒤엉킨 탓에 머릿골이 아파온다. 에덴동산 포장마차 여자와의 더러운 스캔들은 너무나 억울하다. 그럼에도 불구하고 그 문제에 관해서는 공식적인 논의가 없다. 그나마 다행이다. 널리 인정되고 있는 기존의 도덕이나 사회적 금기를 의도적으로 확대할 생각은 전혀 없는 것 같다. 더구나 성적인 성질의 표현을 통해 공개적으로 침해하는 행위는 아무나 하는 것이 아니다. 대범함, 뻔뻔스러움, 저속함, 야비함이 있어야 한다. 그런 취향은 나에게 어울리지 않을뿐더러 이브들에게 충격을 주는 일은 절대 하지 못한다. 그러므로 에덴동산 포장마차 여자와의 더러운 스캔들은 악의적인 모함이다.

그런 모함이 의미를 가질 수 있는 건 인간관계, 일상생활로 나타나는 것이다. 그러니까 에덴동산 포장마차 여자의 주장과 행동은 터무니없다. 그러나 이브들은 더러운 스캔들을 떠나 역겨운 짓이라고 단정한다. 더러운 스캔들이 권력 싸움에 낄 땐 중요한 무기가 된다. 변론이 변명으로 둔갑한다. 더구나 다른 측면에서 보자면 더러운 스캔들의 저항적 성격은 권리 획득이란 점에서 설득력을 갖기가 어렵다. 왜냐하면 일반적으로 더러운 스캔들은 남성의 행동으로 빚어진 것이다. 그러니까 이브들의 입장에선 남자들은 항상 정욕의 화신이고 비정상적인 상태에서 만족을 얻는 빌어먹을 수놈이다. 이와 같은 현실에선 이브들의 용서와 이해를 구할 수 없다. 그러므로 나는 스스로 무릎 꿇을 수밖에 없다. 그렇다고 화가 나는 건 아니다. 나로서는 매일 보고 배우는 대상이 있기 때문이다. 그게 뭐냐고? 바다다.

바다는 지구와 달의 밀고 당기는 힘에 의해 밀물과 썰물이 생긴다. 나는 그런 바다를 볼 때마다 묘한 기분에 휩싸인다. 썰물이 지기 시작하면 바다는 차츰 그 바닥을 드러내어 넓고 너른 평원으로 변한다. 수평선 멀리 작은 물갈기를 세운 파도만 아스라이 보일 뿐 눈길이 닿는 곳은 모두 촉촉한 갯벌이다. 발에 밟히는 갯벌은 파도의 문양을 따라 이랑져 있다. 나는 갯벌에 각인된 문양처럼 이브들에게 주눅 들어 산다. 밀물이 들기 시작하고 쉼 없이 갯벌을 갉으며 넘실대는 파도가 바로 이브들의 패악이다. 그녀들은 수시로 들이박고 짠물을 퍼붓는다. 무심한 파도가 갯벌을 덮고 다시 파도가 밀려 나가면 곧 뭍이 된다. 뭍이란 노동의 공간이다. 이래 저래 노동에 시달리긴 마찬가지다.

난 그런 현실을 깨달을 때마다 동공이 물속에 잠긴 것처럼 그렁해진다. 3번 이브는 그렇게 종신 노역으로 내몰았다. 이런 것이 아담의 자존감 인식인가? 그녀가 밉다. 나는 고개를 흔든다. 그녀를 미워하면 내가 미워진다. 어차피 나는 그녀에게 나의 미래를 걸지 않는다. 오직 나 혼자만이 겪어내야 하는 수많은 외로운 밤이 싫어서, 사람의 훈기가 그리워서, 결혼을 한 게 아니다.

나는 가슴팍에서 울컥 치밀어 오르는 울화에 포도주를 들이켠다. 두렵기만 한 이브들. 어쩌면 그 두려움 속에서 나의 젊음이 시들고, 언젠간 이브들에게 깡그리 잊혀진 전남편이거나 썩어 문드러진 백골일 것이다. 그렇게 무덤 속에서, 바보 멍청이로 살다가 땅속으로 왔다고 콧물을 철철 흘리거나, 철없던 때의 위험한 모험이었다고 익살스러운 표정을 지을지도 모른다.

하지만 이브들은 음악에 맞춰 온몸을 흔들어댄다. 참으로 무정한 여자들이다. 가족 모임을 하려면 명절이나 휴가철에 할 것이지, 매달 첫째 주 금요일 저녁에 에덴동산에서 할 건 뭔가 싶다. 별로 내키지 않는 일이다. 하지만 이브들은 멸치 떼처럼 떼를 지어 에덴동산 곳곳을 누비고 다니는 것도 모자라 바락바락 악을 쓰며 엉덩이를 흔들어댄다. 드디어 2번 이브가 노래 실력을 발휘한다.

"처음에 사랑할 때 그이는 씩씩한 남자였죠. 밤하늘에 별도 달도 따주마 미더운 약속을 하더니 이제는 달라졌어, 그이는 나보고 다 해달래. 아기가 되어버린 내 사랑, 당신 정말 미워죽겠네. 남자는 여자를 정말로 귀찮게 하네……."

2번 이브의 애창곡이기도 하다. 그녀는 노랫말을 확신한다는 표정으로 소리를 내지른다. 하늘에서 별빛이 쏟아지고, 이브들이 안개처럼 들솟는다. 사랑이란, 손을 뻗어 잡으려고 해도 잡히지 않고, 그렇게 잡아서도 안 된다는 생각이 든다. 아담이나 이브나 서로 귀찮게 하기는 마찬가지 아닌가. 그것은 세상의 때가 묻고, 기다랗고 부드러운 손가락이 굵어지는 이치와 같다. 낭만적 사랑과 현실 속에서 눈물을 떨구고, 그 눈물 따라 주름이 느는 것이 인생이다. 사랑이란 한 손엔 달콤한 솜사탕을 들고, 다른 한 손엔 몽둥이를 들고 있다. 어떤 사람에겐 제법 관대하지만, 어떤 사람에겐 몽둥이로 사정없이 후려치고, 그것을 맞고 쓰러지면 발로 잘근잘근 밟아버리는 것이 사랑이다. 그러므로 애초에 사랑이란 이삭줍기인지도 모른다.

난 이브들을 대할 때마다 2번 아담의 환영이 강렬하게 되살아난다. 그는 삶에 널브러진 여러 종류의 실패를 방치했다. 그 실패를 되새김질하며 인간으로서의 마지막 자존심조차 버리도록 조종한 세상에 진저리를 쳤다. 세상이 싸질러놓은 더러운 똥과 삶을 섞으면서도 용서할 수 있었던 건 종국에 가서는 모두 다 썩어 문드러진다는 진리 때문이다. 그러나 어느 멋진 곳을 찾기 위해서 모든 걸 포기하고, 미련 없이 떠날 수 있을까? 나는 의지가 약한 사람이다. 그러니 결정적인 순간이 온다고 해도 머뭇거릴 것이다. 그런데도 내가 정말 떠날 수 있을까? 난 지금의 내가, 현실과 동떨어진 상상을 하는 것 자체가 두렵다. 하지만 멈추기엔 너무 늦어버린 건지도 모른다. 그럼, 3번 이브와 아들은 어떻게 하지? 그렇다. 3번 이브와 함께 살아온 추억과 시간을 단칼에 잘라내기란 그리 쉬운 일이 아니다. 지나치게 단조로워 보이는 내 삶이지만 알고 보면 가슴 철렁한 일도 많았다.

나는 그때 그 일을 떠올릴 때마다 악몽 같은 추억이 뚝뚝 떨어져 나온다. 그것은 나와 3번 이브에겐 절대로 잊지 못할 삶의 상처다. 앞에서도 말했지만, 인간 사회의 생성 이래 존재해왔던 숱한 욕망은 종교적, 윤리적으로 억압되지 않는다. 더구나 성과 돈에 관한 문제는 생물학적 차원의 문제이면서 다분히 사회정치적인 문제다. 더구나 가족끼리도 권력이 존재한다. 가족이라는 이름 하에 다양성은 거부되고 이분법적이고 획일화된 체제 속으로 예속된다. 바로 여기에 폭력이 존재하는 것이다.

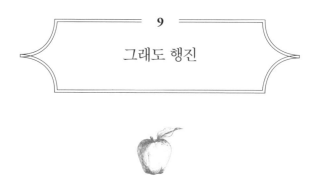

9

그래도 행진

신혼 초의 일이다. 수면엔 별들이 물 위에 떠 있는 것처럼 심하게 가물거렸다. 날씨가 사나워질 징조였다. 나는 고개를 내저으며 바닷가로 걸음 했다. 파도 소리의 길고 짧음이나 별빛의 가물거리는 정도가 상응하는 걸로 보아 어장은 힘들 것 같았다. 뱃사람들도 어장을 포기한 눈치였다. 아니나 다를까, 그들도 술잔을 기울였다.

뱃사람들은 바다가 사나워지면 당당하게 술병을 비운다. 왜냐고? 그건 휴가나 마찬가지기 때문이다. 오로지 물때에 맞추어 사는 어부는 지구와 달이 밀고 당기는 힘에 의해 삶의 시계가 돌아간다. 바다 삶이 행복하냐고? 난 행복이 무슨 뜻인지 모른다. 적어도 바다와 드잡이하는 삶을 말하는 행복이라면 더욱 그렇다. 뱃사람들은 행복이 뭔지 그따위는 생각하지 않는다. 하루하루를 근근이 살아가는 처지에 뭘 바라겠는가. 단지 물때 따라 그물을 던지고 물고기가 걸려 올라오면 안도의 한숨을 내쉰다. 처자식 밥 먹이고 공부시킬 수 있다면 그게 최고다. 그런데도 행복하냐고 묻는다면 만선이 행복의 의미가 될지는 모르겠다.

3번 이브는 내가 잡아온 생선을 도매업자에게 넘기거나, 아니면 에덴동산 시장에서 직접 팔았다. 물론 생선만 취급한 것이 아니다. 일수놀이도 겸했다. 그녀의 거래처 고객 중엔 생선 도매업을 하는 여사장이 있었는데, 수완 좋고 신용 좋기로 명성이 자자했다. 3번 이브는 생선을 대량으로 납품했고, 급전이 필요할 때마다 그 여사장에게 일수를 놓았다. 더러는 은행에서 융자를 받아 일수놀이를 하곤 했다. 대개 그런 경우는 이자가 높았다. 에덴동산 시장 상인들도 수시로 돈을 빌려 갔다. 물론 3번 이브는 이율에 따라 듬뿍 이윤을 남겼다. 그것은 혼자서 운영하는 은행이나 마찬가지였다. 그녀는 젊은 나이에 상당한 돈을 모았다. 행복한 시간이었고 그만큼 활기찼다. 하지만 인간 삶의 주기엔 유쾌함과 불쾌함, 그리고 비참함이 있다.

그랬다. 별들이 물 위에 떠 있는 것처럼 심하게 가물거리던 날, 난 바닷가에 앉아 포도주를 비웠고 그 술은 독주가 되고 말았다. 포도주를 두 병 비웠을 때쯤, 3번 이브가 헐레벌떡 뛰어왔다. 그녀는 치밀어 오르는 울음을 주체하지 못하고 울부짖듯 내뱉었다.

"그 여사장 년이, 사기꾼 년이! 날랐어!"

생선을 납품받던 거래처 여사장은 계획적으로 사기를 치고 종적을 감추어버렸다. 그 여자의 집은 빈집같이 어수선해져 있었다. 반쯤 쓰다 남은 화장품 병들이 바닥에 나뒹굴고 있었고, 방 안은 내장을 쏟아낸 흉측한 시체처럼 옷가지들이 널브러져 있었다. 3번 이브는 거실에 멍하니 서서 눈물을 쏟았다. 그 모습이 내 가슴팍을 찢고 터져 나오는 붉은 선혈처럼 쓰라리고 아팠다.

거래처 여사장은 시장 상인들의 종잣돈까지 빌려 남김없이 들고 갔다. 나는 실어증이라도 걸린 것처럼 말이 나오지 않았다. 3번 이브도 나와 똑같은 상태를 겪었다. 번듯한 가게를 마련하겠다는 일념으로 죽어라 일해서 모아뒀던 돈이기도 했다. 희망찬 봄날은 가고 혹독한 겨울이 오는 순간이었다. 그랬다. 난 3번 이브가 사기를 당할 거라고는 생각지도 않았는데 결국 당하고 말았다. 더군다나 거래처 여사장의 교묘한 술책도 원인이지만 결정적으로 그 여자를 믿었던 이유가 있었다.

거래처 여사장은 새벽이면 어김없이 시장에 모습을 드러냈고, 청소를 도맡았다. 청소하지 않는다고 해서 누군가에게 핀잔을 듣는 것도 아니었다. 그 여사장이 시장 청소를 해야만 한다는 규정은 어디에도 없었다. 그런데도 여사장의 자발적인 청소는 매일 똑같은 시간에 맞춰져 있는 알람시계처럼 정확하고도 끈질기게 이어졌다. 1번 아담의 말에 의하면, 천성이 부지런하고 근면한 여자였다. 나도 같은 생각이었다. 게다가 나는 그 여사장만큼 첫인상이 좋고 부지런한 여자를 본 적이 없었다. 여사장을 본 사람들은 모두 다 눈이 휘둥그레졌다. 우선 훤칠한 몸매와 우아한 자태에 압도당했다. 물건을 사러 시장으로 걸음 했던 사람이 뒤돌아서서 그 여사장을 쳐다볼 정도였다. 시장에서 장사하고 사는 여자답지 않게 세련되어 보였고 장사 수완 또한 뛰어났다.

나와 3번 이브는 에덴동산 시장 상인들의 모임에 나갔다가 1번 아담에게 여사장을 소개받았다. 참 묘한 매력을 가진 여자였다. 한번 인연을 맺으면 내일도 지속될 것이며, 결코 벗어날 수 없는 수렁과도 같은 고통이 온다 해도 그것을 감내하게 하는 여자란 생각이 들었다. 하지만 그 여사장과의 만남이 우리 부부를 수렁으로 내몰 거라곤 상상도 못 했다. 그러니까 나의 아내인 3번 이브가 일수놀이로 제법 많은 돈을 모았을 때, 1번 아담이 은밀히 속삭였다. 시장 상인에게 푼돈으로 일수를 놓느니 여사장을 상대하는 편이 훨씬 낫다고 했다. 때마침 여사장이 3번 이브를 찾았고, 많은 돈을 빌려주었다. 여사장은 사려 깊고도 끈질기게 이자와 원금을 갚았다. 1번 아담의 말마따나 상인들을 상대로 푼돈을 굴리느니 규모가 큰 상인들의 돈거래가 깔끔하기도 했다. 덕분에 3번 이브는 수월하게 일수놀이를 할 수 있었다. 1번 아담이 그 여자와 다리를 놓아주어 일수놀이를 하는 데 꽤나 큰 도움이 됐다.

3번 이브도 시장 상인들보다는 규모가 큰 거래처에 집중했고, 그중에서도 1번 아담에게 소개받은 여사장에게 꽤 열심히 공을 들였다. 사실 그 여사장은 시장 상인들 모두가 보증할 만큼 신뢰를 받는 사람이었다. 덕분에 3번 이브는 아무 걱정 없이 거래를 이어갔다. 몇 달 동안 이자와 원금을 갚아내는 실적 또한 놀랄 만큼 훌륭했다. 3번 이브는 이런 고객을 왜 이제야 알게 되었는지 애석하게 생각할 정도였다. 일수놀이를 하다 보면, 입술이 바짝바짝 타들어 갈 정도로 속을 썩이는 사람이 많았다.

여사장과의 거래액은 더욱더 늘어났고, 그로 인해 하루하루 이 잣돈은 쌓여갔다. 하지만 이상한 징조를 보이기 시작한 건 여사장이 모습을 감추기 보름 전부터였다. 여기저기서 수시로 돈을 끌어모았다. 3번 이브는 예감이 좋지 않다고 중얼거렸다. 난 돌아가는 상황이 찜찜하여 1번 아담에게 뭐 아는 게 없느냐고 물었다. 그는 무겁게 내려앉은 시장 공기에 반항이라도 하듯 아랫입술을 비틀어 올렸다.

"냉동가공 공장을 인수할 계획인가 봐. 참 대단한 여자야. 그러니 많은 돈이 필요할밖에. 이번에 크게 투자해버려. 확실하잖아?"

1번 아담은 단호하게 말했다. 3번 이브는 절대로 거역해서는 안 되는 명령처럼 믿었고, 시중은행에서 대출까지 받아 거래처 여사장에게 돈을 건넸다. 그 여사장은 그날부로 종적을 감추어버렸다.

3번 이브는 엄청 울었다. 나를 안고 운 것이 아니라 포도주병을 붙들고 울었다. 그녀의 입으로 들어간 포도주는 모두 눈물이 되어 나왔다. 앞에서도 말했지만 자신이 당해보지 않으면 실감하지 못한다. 3번 이브는 시장에서 노예처럼 일해서 번 돈을 모두 사기당했다. 그녀는 어금니를 악물며 거래처 여사장을 찾아내 죽여버릴 거라고 악담을 퍼부었다. 그 말은 아직도 지켜지지 않고 있다.

우리는 그날부로 이사해야만 했다. 전세방이나 월세방도 아닌, 반지하의 창고를 임시로 빌렸다. 낡은 연립주택 지하를 개조해 만든 창고는 계단을 내려가는 곳에 자리 잡고 있었다. 게다가 군데군데 시멘트가 떨어져 내린 벽에선 곰팡이가 피어 얼룩덜룩했고, 파산 쇼크로 라면 하나를 끓여 먹는 데도 무척 힘들었다. 그때마다 3번 이브는 어금니를 앙다물었다.

"아! 너무 분하고 억울해. 두고 봐! 꼭 그 사탄 년을 찾아내 찢어 죽일 거야! 시궁창 쥐보다 더러운 년!"

그녀의 외침은 절규에 가까웠다. 창고엔 바퀴벌레가 득시글거렸고 비만 오면 물이 고였다. 나는 자다가도 벌떡 일어나 바가지로 물을 퍼내야 했다. 때론, 쥐들이 먹잇감인가 싶어 입맛을 다시곤 나와 3번 이브를 노려봤다. 그녀의 입 언저리에 떠돌던 미소도 사라진 지 오래였다. 허공을 바라보는 횟수만 늘었다. 그 여파로 집 안은 하루 종일 질식할 것 같은 정적 속에 잠겼다. 가끔 가다가 얼굴을 내밀던 1번 아담은 미안함이 뒤엉킨 얼굴이었다. 난 의문이 들었다. 사람을 어디까지 신뢰해야 하는 걸까? 정신 줄을 놓아버린 3번 이브와 소통할 수 있는 말 따위는 생각나지 않았다. 거래처 여사장의 눈빛, 말투, 그 어느 것에서도 사악한 인성은 읽어낼 수 없었다.

나는 경매로 넘어간 고깃배로 걸음 했다. 바닷바람에 칠이 많이 벗겨져 있었다. 달라붙은 파래와 갈매기가 갈긴 똥으로 더러워져 있었다. 고깃배도 파산 쇼크를 피하진 못했다. 나 또한 순식간에 일어난 일이라 정신을 차릴 수 없었다.

난 고함이라도 질러볼 요량으로 에덴동산으로 걸음 했다. 1번 이브가 나를 힐끔 쳐다보며 어색한 미소를 흘렸다. 시장에서 생선 도매업을 하던 여사장이 종적을 감추고 난 뒤부터 1번 아담의 행동이 평소와 다르다며 뭐 수상한 낌새는 없었느냐고 캐물었다. 나는 정신이 없어 아무것도 생각나지 않는다고 했다. 1번 이브가 나에게 쪽지를 내밀었다.

"그 인간이 아무래도 이상해! 그이가 자주 간다는 아파트 주소예요. 내가 미행하기도 뭣하고. 제부가 좀 알아봐요. 경비는 섭섭하지 않게 챙겨줄 테니까. 부탁해요."

1번 이브가 건네준 종이엔 아파트 이름과 약도가 그려져 있었다. 나는 말없이 고개를 끄덕이곤 더 이상 묻지 않았다. 난 그날부터 아파트를 맴돌거나 1번 아담의 뒤를 밟았다. 처음 며칠은 호기심 어린 눈빛으로 아파트 단지를 감시하곤 했다.

이틀째였다. 1번 아담이 아파트에 모습을 드러냈다. 그는 곧장 승강기를 타고 올라갔다. 문을 열어준 사람은 뚱뚱한 여자였다. 삼십 대인지 사십 대인지 나이를 짐작할 수 없는 그녀는 부스스한 머리를 매만지고 있었다. 푸석한 얼굴이 낮잠을 자다가 일어난 사람처럼 보였다. 잠시 뒤, 흥분한 여자의 날카로운 목소리가 들렸다. 그녀는 이사 온 지 일주일째이고, 매일 낯선 사람들이 찾아와 귀찮아 죽겠다고 악을 써댔다. 경비 아저씨가 허겁지겁 달려가는 모습도 보였다. 나는 눈앞에 벌어진 상황을 판단하기까지 그렇게 오랜 시간이 걸리지 않았다.

나는 차 안으로 들어가 몸을 숨겼다. 1번 아담이 미러 속에서 부릅뜬 눈으로 웃음을 흘리고 있었다. 가슴팍에서 끓어오르는 울화가 불근불근 솟아올라 더 이상 참기 힘들다는 표정이 역력했다.

난 에덴동산으로 차를 내몰았다. 불길한 예감 때문이었다. 1번 아담도 거래처 여사장과 금전 거래를 했을까? 그렇지 않다면 그 여자를 찾을 이유가 없었다. 더구나 1번 이브는 예리한 직관력을 가지고 있었다. 남들이 대수롭지 않게 넘기는 일도 귀신처럼 알아냈다. 특별한 이유 없이 늦는다든지, 안 하던 말과 행동을 한다든지, 집에 돌아와 피곤하다며 침대를 찾는다든지, 그런 일정한 리듬을 예리하게 간파해냈다. 더구나 1번 아담은 여사장이 종적을 감춘 뒤부터 항상 창틀에 상체를 매단 채, 목을 길게 늘어뜨리며 창밖을 주시하곤 했다. 더러는 술에 취하면 돈을 찢기도 하고, 간혹 나에게 전화를 걸어 두서없는 말을 건네곤 했다. 게다가 세상의 돈이란 돈은 모조리 불태워버리고 싶은 충동을 느낀다며 흐느꼈다. 하긴, 사람에게 있어 돈이란 존재는 어쩔 수 없이 짊어지고 가야 할 저주받은 운명과도 같은 것이다. 나 또한 돈에 대한 배반과 탈출을 꿈꾸었지만 그리 쉽지만은 않았다. 아니, 끝내 좌절되고야 말았다. 그렇기에 1번 아담도 창문 문틀에 매달려 무언가를 찾는 건 아닐까? 그도 아니면 무언가에 집착하는 행동이 분명했다. 이유야 어쨌든 옴짝달싹할 수 없는 견고한 덫에 걸린 사람 같았다.

난 아파트에서 목격한 일을 1번 이브에게 보고했다. 그녀는 계속 감시할 것을 명령했다. 나는 나름의 추측을 해보았다. 어쩌면 1번 아담은, 할 수만 있다면 그의 환부라도 드러내고 싶을 만큼 무언가에 집착하고 있거나 지상에 등재될 수 없는 일을 꾸몄다가 된통 당해버린 건 아닐까? 그러니까 거래처 여사장에게 자신이 보여주는 세상만 보면서 그가 이끄는 새로운 세상으로 가는 거야, 라고 입김을 불어가며 속삭였지만 외면당한 건 아닐까? 하지만 아무리 추론해봐도 1번 아담과 거래처 여사장의 관계는 아무런 연관성이 없었다.

여사장은 모든 사람들에게 친절했으며, 좋은 평판을 받았다. 그랬다. 여사장은 그러한 평판을 비웃듯이 여러 사람들에게 사기 행각을 벌였다. 그 여파로 내 가족은 막다른 골목으로 내몰렸다. 그것도 가장 비열한 방법으로 말이다. 3번 이브는 울화통으로 미치기 직전이었다. 난 창고에서 그녀의 악담을 귀가 아프도록 들으면서 거래처 여사장을 생각했다. 스릴러 영화처럼 치밀한 계획을 세우고 일을 실행했다고 해도 이처럼 완벽할 수 있을까? 내게 남은 것은 거래처 여사장이 남겨준 빚과 침울한 가정환경밖에 없었다.

더구나 계획적으로 도망친 여자를 찾기란 쉽지 않았다. 그러나 어떻게든 여사장을 찾아야 했다. 1번 아담도 그 여사장을 애타게 찾는 눈치였다.

1번 아담이 도시 외곽으로 차를 몰았다. 무인 모텔이 밀집된 일명 사랑하는 마을이었다. 한때는 버려진 산이었지만 아름드리나무와 화단이 꾸며져 있었다. 그가 무인 모텔의 주변에 차를 세웠다. 난 모퉁이에 차를 세워놓고 그를 지켜보았다. 잠시 뒤, 자동차 한 대가 무인 모텔을 한 바퀴 돌더니 다음 건물 주차공간으로 들어섰다. 차에서 내린 여자는 모자를 깊숙이 눌러쓰고, 마스크로 얼굴을 가리고 있었다. 아마도 불륜 상대를 기다리는 눈치였다. 여자는 한동안 그렇게 서성이다가 다시 차 안으로 들어갔다.

난 여자의 차를 계속 주시했다. 사실 별 기대는 하지 않았다. 수억이나 되는 돈을 사기 친 여자가 달아났다면 아주 먼 곳일 거라는 생각이 들었다. 그래도 지켜보기로 했다. 얼마쯤 지났을까. 여자가 차를 몰고 주차장을 빠져나갔다. 1번 아담은 여자의 자동차를 부수기라도 할 듯 무섭게 차를 몰았다. 마주 오는 차가 속도를 낮추며 경적을 마구 울려댔다.

여자가 탄 자동차가 한적한 곳에 정차했다. 1번 아담이 다가갔다. 그리고 여자를 끌어안았다. 그의 표정은 여느 때보다 심각하게 일그러져 있었다. 순간 궁금증이 일었다. 저 여자가 누구이기에 1번 아담이 괴로워하는 걸까? 잠시 뒤, 여자가 차에 올랐다. 나도 서둘러 차를 돌렸다. 빨라진 내 심장박동 소리에 맞춰 차의 엔

진이 세차게 돌아갔다.

난 마음을 다잡고 1번 이브에게 미행 결과를 전했다. 푼돈을 누군가에게 빌려주었는데 떼인 것 같다는 거짓 보고를 했다. 그녀가 쓴웃음을 지었다. 소심한 위인이라 그러고도 남을 거라는 표정이었다. 분명 1번 아담은 뭔가를 숨기고 있었다. 그렇지 않고서야 그런 행동을 할 리가 없었다. 수치스럽거나 두려운 행위를 한 것이 틀림없었다. 물론 처음엔 그럴 리가 없다, 살다 보면 외로움을 탈 수도 있지, 라고 생각했지만 어쩐지 1번 아담의 행동은 뭔가 이상했다. 저항할 수 없는 견고한 덫에 걸린 표정이었다.

그렇게 시간은 흘러갔다. 시간은 세상에서 가장 완벽한 망각의 치료제이고, 어쩌면 진짜 마법인지도 모른다. 3번 이브도 망각의 시간에 취해갔다. 그렇게밖에 표현할 말이 없다. 난 무섭게 변해버린 그녀를 볼 때마다 서글픈 생각이 든다. 그 사기 사건의 여파로 조그마한 고깃배마저 경매로 넘어갔고 난 공사판에 나가 막일을 해야만 했다. 세계는 넓고 할 일은 많다고 하지만 그거야 신화적 인물의 경우이고, 아무에게나 넓고 아무에게나 할 일이 많은 건 아니었다. 그러니까 3번 이브가 비닐봉지를 내밀었다. 난 뭐냐고 물었다.

"식당에서 남은 밥과 반찬을 싸왔어."

"뭐? 버려질 밥과 반찬을 싸와?"

자존심 하나로 버티던 3번 이브는 돈 앞에서 단박에 무너져 버렸다. 불과 몇 달 전만 해도 꼿꼿하고 당당하던 그녀는 어느새 돈에 살육당하고 가난에 궤멸되어 있었다. 난 빈속에 포도주라도 들이붓고 싶었지만 돈이 없었다. 정말이지 먹고 죽을 약 살 돈이 없어 죽지도 못하는 암울한 나날의 연속이었다. 그나마 푼돈이라도 벌었던 공사장도 일거리가 바닥났고, 어장도 시들했다. 요즘 세상에 설마, 하는 사람도 있을 것이다. 결코 그렇지 않다. 쫄딱 망해본 사람만이 안다.

난 물어물어 식당을 찾아갔다. 3번 이브가 보였다. 난 그만 혀를 깨물고 말았다. 함부로 대하는 손님들, 반말로 명령하는 주인아저씨. 자존심 강한 그녀는 모든 걸 감내하며 묵묵히 음식을 나르고 치웠다. 그녀는 식당일만 하는 게 아니었다. 새벽엔 생선 가공 공장에서 내장을 땄다. 갓난아기 살결만큼 여린 그녀는 돈 앞에서 부대끼고, 칼바람에 시달려야만 했다.

식당일을 하던 3번 이브가 하혈을 쏟으며 쓰러졌다. 산부인과 병원을 찾았다. 헤아릴 수 없는 공포가 엄습했다. 우린 아무것도 몰랐다. 자식이 죽어가는데도 몰랐다. 자식이 세상 밖으로 소리 한 번 못 질러보고 물거품보다 가볍게 떠내려가 버렸는데도, 세상은 여느 날과 똑같았다. 변함없이 바람은 서슬을 세우고 달려들었고, 사람들은 죽겠다고 엄살을 떨면서도 제 할 일은 다 하고 다니는 듯 분주해 보였다. 멀리 보이는 고깃배도, 수평선도, 모두 그대로였다. 나는 그 무심함에 견딜 수 없이 괴로웠다.

3번 이브는 스트레스와 힘든 노동으로 아이가 유산되어버렸다. 그런 상황에서도 입원 치료는 고사하고 창고에서 몸조리를 했다. 습기 찬 시멘트벽이 드러나는 벽에는 곰팡이가 거뭇거뭇 피어 있었고, 낡은 비닐장판엔 습기가 배어 있었다. 질병에 걸리지 않는 게 이상할 정도였다. 그랬다. 목숨과 맞바꿀 위험까지 감내하면서 지키고 싶었던 태아도 지워졌다. 돈 때문이었다. 나와 3번 이브는 아이에 대한 죄책감과 허탈감, 그리고 거래처 여사장에 대한 분노로 치를 떨었다. 그 여파로 3번 이브는 돈이라면 물불을 가리지 않았다. 겨울에 부는 칼바람보다 더 모질게 돈을 좇았다. 내가 퇴근하고 돌아오면 그녀는 어김없이 방을 비웠다. 몸만 빠져나간 이불, 갈아입고 벗어 던진 작업복만이 나를 맞았다.

3번 이브는 시장을 뛰어다니며 제 몫의 일에 열심이었다. 경매로 생선을 구입해 시장에서 생선을 되팔았고, 부업으로 일수놀이를 다시 시작했다. 그녀는 나에게 통장을 보여주며 나른한 웃음을 흘렸다. 나는 그 와중에 아기를 갖자고 했다. 그녀는 다짜고짜 눈물부터 쏟았다.

난 어둠 속에 홀로 켜져 있는 불빛을 응시했다. 따스해 보이지 않았고 어딘지 서러워 보였다. 혹여 내가 그 불빛에 끌려들어 갈까 봐 두 눈을 찔끔 감았다. 더러는 3번 이브에게 헛된 꿈을 안겨줄까 봐 조심하고 또 조심했다. 세상살이란 이렇게 고단한 건가? 남들도 나처럼 힘겹게 사는 걸까? 그렇게 시간이 흘렀고, 우리 집에서도 갓난아이의 울음소리가 울려 퍼졌다. 무슨 요술에 걸린 것마냥 순식간에 불빛이 따스하게 보였다. 그 빛은 더 이상 서러운 기다림의 빛이 아니었다. 따뜻한 밥상을 차려놓고 집으로 걸음 하는 나를 기다리는 훈훈한 불빛이었다. 난 걸음을 멈추고 아이의 울음소리를 가만히 들어보았다. 세상에서 가장 달콤한 천상의 아리아였다. 나도 모르게 동공이 촉촉해졌다. 눈물이 체면 없이 계속 흘러내렸다. 나는 아주 오랫동안 아이의 울음소리를 들었다.

그러니까 거래처 여사장에게 사기를 당한 그날부터, 3번 이브는 가위를 집어 들었다. 스스로 머리칼을 잘랐고, 스스로 미용사가 되었다. 내 머리도 예외는 아니었다. 지금도 내 머릿속엔 환영처럼 머리칼을 뚝뚝 떨어뜨리던 가위가 그려진다. 그때마다 심사가 뒤틀린다. 그렇다. 3번 이브의 피나는 노력으로 고깃배와 아파트를 구입하던 날, 나는 가위를 치워버렸다. 이런저런 서러운 일을 상기시키는 물건이기도 했다.

나는 간절히 빌었다. 3번 이브가 가위를 들고 스스로의 머리칼을 자르는 일이 없기를. 설사 가위를 들었다 하더라도 그것이 꿈이기를. 꿈에서 깨어나면 아무 일도 없었던 듯 어제의 삶이 이어지길 소망했다. 아무 일도 없었던 듯 내 아들이 잘 자라주고 가족이 행복하길. 아무 일도 없었던 듯 훼손된 3번 이브의 인간성이 복원되기를 빌었다. 그러나 그녀는 다시 가위를 집어 들었다. 돈을 버는 데 방해되는 것들은 뭐든지 잘라냈다. 어느 겨를에 사납게 변해버린 눈초리, 돈 소리만 꺼내도 눈에서 살기가 뻗쳐 나왔다. 그러니까 거래처 여사장에게 사기를 당하고, 그 여파로 첫 아이를 유산한 뒤부터 많은 일들이 어그러졌다.

나는 소망한다. 나쁜 기억은 깨끗이 지우고 좋은 기억만 남기고 싶다. 그렇게 할 수만 있다면 이브들이 후덕한 아줌마로 늙어가지 않을까? 그렇지만 현실은 현실이고 과거는 과거다. 나는 3번 이브에게 해주고 싶은 말이 있다. 아직까지 우리에겐 무한한 신뢰가 있다고, 그 무엇도 결코 우리를 갈라놓을 수 없다고 말이다. 우리는 열패감 속에서 설익은 밥알을 함께 씹어 삼켰고, 그 상실감 속에서 눈물을 숨겼으며, 남들은 모르는 우리 부부만이 아는 애증이 있다고 외치고 싶다. 그 세월 속엔 그 누구도 끼어들지 못한다. 이브들도 아담 형님들도 마찬가지다.

나는 그 일들을 시방인 양 기억하고 있다. 그렇기 때문에 3번 이브가 내게 퍼부었던 악담은 기억나지 않는다. 아프거나 슬프거나 하는 것들은 아무것도 기억하지 않는다. 내가 기억하는 건, 3번 이브의 얼굴은 언제나 해밝았으며 청순한 소녀처럼 순수했다고 말할 것이다. 그녀의 그악스러운 말도 행동도 기억나지 않는다. 기억나지 않으므로 기억할 수 없다. 3번 이브는 온 세상을 적셔줄 단비다. 그렇지만 내 가슴은 여전히 춥고 떨린다. 왜지?

그렇다. 오늘 나에겐 해야 할 일이 있다. 이브들의 모임이 해피

엔딩으로 끝나게 하는 거다. 더는 꾸물거릴 시간이 없다. 아담 형님들 때문이다. 처음엔 그들이 어느 멋진 곳을 찾아 떠날 궁리를 하고 있다는 걸 한 번도 생각해본 적이 없었고, 그렇기에 나에게 있어 아담 형님들의 존재는 단지 가족 그 자체였다. 하지만 그들이 그런 계획을 세우고 있다는 걸 알고부터 의외의 문제들과 접하게 되었다. 그러니까 2번 아담에게서 어느 멋진 곳을 찾아 떠나는 일을 제안받았을 때, 새로운 설렘의 감정을 느꼈다. 그러나 그 일로 인해 상처받을 가족이 떠올랐다. 난 어쩔 수 없이 2번 아담에게 속내를 토로했고, 그는 짜증 섞인 조언을 해주었다.

"그녀들은 간교하고 초라한 존재일 뿐이야. 너도 살아오면서 느낀 것이 있을 것 아니야? 애틋함이란 게 있긴 하겠지. 하지만 자유로워지고 싶은 삶이 그녀들에게 저항하는 것처럼 생각된다면, 그건 스스로 권리를 포기하는 거야."

그랬다. 2번 아담은 힘주어 말했다. 남녀 관계란 얼마나 진실된 마음으로 감정의 교류를 하느냐가 중요하다고. 이브들에겐 감정의 교류는 없고 오로지 돈의 소유와 집착만이 있을 뿐이라고. 우린 그걸 털어내고 저항의 몸짓을 해야 한다고 목소리를 높였다. 특히 아담이란, 자유로운 영혼의 소유자이기에 다양한 사고로 성과 사랑을 바라볼 수 있어야 한다고 단언했다. 그렇기 때문에 어느 멋진 곳을 찾아 떠나는 일은 절대 포기할 수 없다고 어금니를 앙다물었다. 왜냐하면 아담의 삶이란 이브의 자궁을 거슬러 올라가는 애틋한 정자가 아니라 자신이 가고자 하는 제 방향으로 꼬리를 흔드는 존재라는 말도 덧붙였다. 나는 2번 아담의 말에 공감했지만 왠지 서걱거리는 느낌을 지울 수가 없었다. 그래서 한마디 덧붙였다.

"형님, 시대가 바뀌면 섹스도 외형적인 모양새보다는 마음의 참됨이나 진정성 같은 게 더 중요하지 않을까요? 전 이런 현실이 이율배반이라는 생각이 들어요. 우리도 돈을 좇는 동안 인간성이 상실되어버린 건지도 모르죠. 오직, 먹이만 탐하는 시궁창 쥐와 별반 다를 바 없다는 생각이 들어요."

2번 아담은 더럽게 재미없는 농담 같은 현실이 아닐 수 없다고 고개를 끄덕였다. 그건 3번 이브도 별반 다르지 않다. 그녀는 거래처 여사장에게 복수하겠다고 외치지만, 내 생각은 다르다. 복수의 대상은 거래처 여사장일 수도 있고, 의외의 인물일 수도 있다. 그러므로 난 여사장이 벌인 행위가 단독 범행이 아니라고 확신한다. 거래처 여사장의 단독 범행이 아니라는 것을 증명해줄 결정적인 물증을 찾지는 못했지만, 그것을 부인할 만한 단서도 찾아내지 못했다. 그러므로 모든 상황을 의심해봐야 한다. 중요한 건 아직까지도 거래처 여사장의 행방을 아무도 모른다는 사실이다.

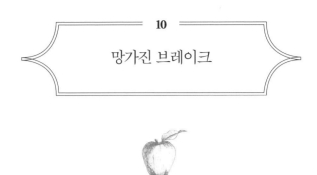

10

망가진 브레이크

2번 아담이 1번 아담의 어깨에 머리를 기대고 가끔 몸을 뒤척인다. 1번 아담의 어깨가 시소처럼 한쪽으로 기울어진다. 어쩌면, 삶이 그대를 속일지라도 슬퍼하거나 노여워하지 말라는 말의 배반을 뼛속 깊이 묻고 사는지도 모른다. 죽어라 일해도 기울어진 어깨는 완전한 평행을 이루지 못할 것이다. 아담 형님들이 바라는 건, 가족이라는 울타리 밖으로 뛰쳐나가고 싶은 거라고 나는 확신한다. 그러면 어깨가 가벼워질까? 이브들의 말마따나 밑천도 능력도 없이 달랑 불알 두 쪽으로 살아온 위인들이다.

1번 아담이 나를 향해 어색한 웃음을 흘린다. 피부 노화가 많이 진행됐다. 게다가 자신을 위한 옷 한 벌도 제대로 못 사 입고, 친구들과 포도주 한 잔 마시는 일도 1번 이브의 결재를 받아야 한다. 그는 그렇게 깨끗이 자기의 몫을 포기하고 산다. 따져봐야 아무런 소용이 없다. 1번 이브는 또 이렇게 말할 것이다.

'술친구는 친구가 아니야. 우리가 망해봐! 거들떠보나. 정신 차려!'

1번 이브는 아무렇지도 않게 그를 몰아세운다. 분명 1번 아담도 상처를 입는다. 겉으론 태연한 척 넉살을 부리지만 속으론 가슴이 썩어간다는 사실을 그녀는 모른다. 아니, 알려고 들지도 않는다.

1번 아담도 이성보다는 열정으로 살아왔던 강인한 세월이 있었고, 암울했지만 희망을 놓치지 않았던 꿈꾸는 세월이 있었다. 내가 종신 노역을 막 선고받았을 때만 해도 아담 형님들은 그런대로 젊어 보였는데, 지금은 주름진 얼굴이다. 더구나 이브들은 우리가 즐겁고 행복한 줄 안다. 정말 그런 줄 안다. 행복? 그런 건 저절로 따라오는 옵션으로 여긴다.

나와 아담 형님들은 결혼과 동시에 종신 노역에 시달렸고, 누구 아버지, 남편, 아저씨라는 이름으로 세상과 싸우다 치명적인 내상을 입었다. 그렇다면 나는? 세상과 제대로 싸워보기나 했나? 그 점에 대해선 할 말이 없다. 그렇다고 내 탓만은 아니다. 싸워보고 싶었지만 세상은 내게 기회를 주지 않았다. 나는 뭐든 할 수 있고, 못 할 일은 없다고 생각하는데도 기회를 주지 않는다.

난 이런 의문이 들 때마다 조금 씁쓸해진다. 나의 학창 시절 성적은 늘 중위권이었다. 학비를 벌면서 공부한다는 건 생각처럼 만만한 것이 아니다. 지금도 뭐든 중간쯤이다. 잘하는 거라곤 없다. 그러니까 어중이떠중이다. 아담 형님들도 희망이라는 것에 지쳐가고 있다. 다만 버티기 위해서 어금니를 앙다물 뿐이다. 아담들이 가질 수 있는 최소한의 희망마저도 이미 시들어버린 탓이다. 그렇다. 우리를 덮쳐오던 무수한 인생의 굴곡들. 많은 아담들의 어깨에도 삶의 무게가 걸쳐 있을 것이다. 때로는 힘들고, 가끔은 벗어던지고 싶은 삶의 짐, 혹은 무게를 알 수 없는 의무들. 그러나 이브들은 우리를 꽉 악물고 놓아주지 않는다.

나와 아담 형님들은 완강히 저항도 해봤다. 하지만 이브들은 고도의 심리전을 이용해 가슴팍의 심장을 청소하고 뇌를 세척한다. 그래도 꿈틀거리면 밥줄을 움켜쥐고 경제적인 제재를 가한다. 그 여파로 바짝 말라비틀어진 우리는 파들파들 떨고 항복을 선언한다. 아담들은 예상치 못한 곳에서 패배를 당하면 그것을 알아차리는 데 시간이 걸린다. 왜? 무엇 때문에 번번이 패하는 걸까? 결국 패전의 책임을 지고 독방으로 직행한다. 침대 모서리엔 예외 없이 죄목이 붙는다. 우리는 그때마다 서로의 머리를 빡빡 쓰다듬어준다. 서로의 고통을 잘 알고 있기 때문이다.

그렇다. 오래전 무뇌주에 취해 버스를 잘못 탄 탓이다. 독방에서 벗어날 수만 있다면 꼭 한 번 더 도전해보겠다고 벼른 적은 많았지만 아무것도 이뤄낸 것이 없다. 그래도 열정만큼은 남아 있다. 이브들이 절대복종을 명령해도 버틸 때까진 버틸 작정이다. 이런저런 괜찮은 말들을 섞어서 회유하더라고, 아줌마들을 대상으로 하는 아침 드라마의 지루하고 누추한 이야기로 치부할 것이다. 이젠 이브들이 지겹고 싫다. 이건 괜한 자격지심이 아니다. 그렇게 완벽한 이브의 모습으로, 가족을 위한다는 구실로, 아담들의 숨통에 올가미를 걸고 있다. 더구나 그녀들은 겸손하지도 않다. 다만 돈에만 겸손할 뿐이다. 이것마저도 별 볼 일 없는 아담의 자격지심인가? 하긴, 그녀들은 수놈을 금방 사로잡는 미사여구와 미모, 게다가 경제력까지 막강하다. 달리 표현하자면, 남자보다는 여자, 우리보다는 나, 사랑받기보다는 선택하는 쪽이다. 정말 위선적이고 독선적인 이브들이다.

그러니까 전혀 다른 환경에서 성장한 아담들을 자신들이 만든 가치관에 길들이고, 그런 다음 어떤 푸대접에도 아랑곳하지 않고 죽어라 노동을 하게끔 만든다. 그것도 모자라 종신 노예의 삶이 무엇인지, 뇌 없는 소의 삶이 어떤 건지, 그런 사유의 능력도 제거한다. 그런데도 이브들을 위해 절대 충성을 바쳐야 하는가? 아직도 우리가 나쁜 아담들인가? 솔직히 우린 그렇게 형편없는 아담들이 아니다. 종신 노역? 그거 아무나 하는 게 아니다. 이전에는 몰랐지만 착취당하고 기만당하면서 그런 의식이 생겼다. 대다수의 아담들이 그래 왔던 것처럼, 가족이 순조롭게 굴러가도록 하는 것, 온 가족이 근심 걱정 없이 편안하게 살도록 하는 것, 그 노력의 10분의 1만이라도 우리들을 위해 썼더라면 지금쯤 꽤 다른 모습을 하고 있지 않을까? 아무튼 우리 아담들은 이브들의 노예로 살다가 인생을 끝내긴 싫다. 우리의 심장은 아직도 뜨겁다. 더구나 이브들은 가증스럽게도 장인어른이 남긴 막대한 유산을 독식해버렸다. 그녀들의 말마따나 우리 아담들은 벌이도 시원찮고, 제 앞가림도 못 하는 어중이떠중이다. 그래도 나와 아담 형님들은 이브들의 수작에 더 이상 놀아나지 않을 것이다.

이브들이 그 사실을 안다면, 간이 부었다고 겁대가리를 상실했다고 말할지도 모른다. 그러다 꼼짝없이 심장마비로 죽거나 적어도 독방으로 직행할 거라고 말이다. 하지만 지금의 삶은 너무나 힘겹다. 어쩌면 우린 이미 죽어버렸는지도 모른다. 현실의 삶과는 무관하게 삶의 속도가 너무 빠른 탓이다. 어긋나도 한참을 어긋났다. '이건 아니잖아?' 하고 외쳐도 가속도가 붙은 삶의 속도는 멈춤을 모른다. 일단 출발했으니 뒤돌아갈 수도 없고 멈출 수도 없다.

2번 아담은 몇 번이나 삶의 속도에 제동을 걸려고 노력했다. 앞에서도 말했지만 이브들에겐 아부도, 애원도, 청탁도 통하지 않는다. 더욱더 한심한 건 자신들은 시도해보지도 않고, 우스워하거나 적잖은 나이에 별짓을 다 하네, 하고 혀를 차는 위인들이다. 세상의 기준으로 말하자면 그렇다는 얘기다. 하지만 이대로 물러서고 싶은 생각은 없다. 세상이라는 전쟁터에서, 이브들 앞에서 한 번도 우리의 진지를 구축해보지도 못한 채 백기를 흔들 수는 없다. 그러나 싸움에서 이길 확률이 몹시 희박하다. 그렇다. 이길 수 없다 해도 절대 이브들에게 무조건 항복은 하지 않을 것이다.

◇ ◇ ◇

에덴동산의 열기는 여전히 뜨겁다. 이브들은 물 만난 백상아리 떼처럼, 목청을 높인다. 나의 아내인 3번 이브는 마이크를 돌리곤 2번 아담의 음란한 춤을 흉내 내기도 하고, 술에 취해 잠자고 있는 그의 볼을 잡아당기기도 한다. 1번 이브는 2번 아담을 대신해 뱀처럼 혓바닥을 내밀기도 하고, 어깨를 들썩이며 분위기를 이끈다. 그렇다. 이브들은 아담들이 갈매기처럼 더 멀리, 더 높은 곳을 향해 날갯짓하려고 하면, 가차 없이 목에 방울을 매단다. 절대 충성을 맹세하지 않고서는 그 누구도 배겨날 재간이 없다. 난 이브들이 주는 위압감에 숨이 막힐 지경이다. 결혼과 동시에 종신 노역에 시달리는 아담의 자존심은 누가 알아줄 것인가? 달라질 건 아무것도 없다. 이브들이 성질머리를 부리면 휴가를 가듯 독방에 한 번 갔다 오면 되는 거다. 나는 그렇게 마음을 다잡는다. 더구나 그녀들이 쳐놓은 울타리의 철망도 느슨해지고 있다. 더 늦기 전에 주먹을 날려주고 그냥 달려보는 거다. 난 어느 멋진 곳을 찾아 떠나는 우리들의 모습을 떠올려본다. 상상만으로도 즐거워진다.

나의 아내인 3번 이브가 나를 향해 손을 번쩍 든다. 난 어설프게 아랫입술을 들어 올린다. 나의 비굴한 웃음이 마음에 들었는지 그녀가 나를 향해 걸어온다. 당황한 나는 잠시 주춤거리다가 재빨리 술잔을 내민다. 그녀가 '무슨 생각을 그렇게 골똘하게 해?' 하고 질문을 던질 것 같아 초조해진다. 다행히 질문은 던지지 않는다.

나는 손바닥으로 얼굴을 쓸어내리곤 조심스레 말을 건넨다.

"처형들 정말 잘 논다. 좋아 죽네, 죽어!"

"좋아 죽네? 어감이 좀 그렇다!"

나는 그녀의 반응에 고개를 갸우뚱거리곤 미안한 표정을 짓는다. 그래도 3번 이브는 사나운 시선을 거두지 않는다. 난 표현이 적절하지 못했다고 내 머리를 쥐어박는다. 어처구니가 없지만 오늘은 나와 아담 형님들의 미래가 결정되는 아주 중요한 날이다.

그렇다. 얼마나 오랜 시간이 지나야 사람이 사람을 신뢰할 수 있는 건지 누구도 가르쳐주지 않았다. 그러나 이젠 사람에 대한 신뢰가 무엇인지 충분히 이해할 만큼의 세월이 흘렀다. 신뢰란 갑작스럽게 쌓이는 게 아니다. 이브들과 신뢰를 쌓고 살아가기엔 너무 늦었다. 우린 너무 오랫동안 기만당해왔다. 이 정도면 너무 오래 참은 거다. 만약 이브들이 결혼 서약서에 서명하기 전부터 줄곧 그런 생각을 갖고 나와 아담 형님들을 대했던 거라면, 그런 행동을 하지 않는 게 더 이상한 일이다. 거기까지 생각이 미치자 두려워진다. 사실은 내가 청혼하던 그날부터 종신 노예로 부려 먹으려 했던 건 아닌가 하여 서럽다. 생각해보면 나는 거의 모든 순간에 낭만적 사랑과 삶, 현실적 사랑과 삶의 의미를 몰랐던 것 같다. 사실 1번 아담도 몰랐을 것이다. 다만, 2번 아담만이 일찍 깨달았다. 그는 늘 나보다 두세 발씩 앞서서 세상을 보는 위인이다. 그러나 나는 그가 아니다. 나는 늘 두세 발씩 뒤처져서 세상을 보는 사람이다.

아담 형님들은 다 지나간 얘기라고 말한다. 이브들은 이미 오래 전부터 복구될 수 없을 지경으로 완전히 망가져 버렸다고 말이다. 하지만 3번 이브와 나와의 관계는 어떡하지? 나는 아직도 내 심장의 피돌기를 통제하지 못한다. 나의 심장은 3번 이브와 아들만 생각해도 세차게 벌떡인다. 좋다. 3번 이브가 불량 아줌마라고 치자. 나를 비웃고 무시한다고 치자. 그럼 아들은 어떡하지? 아들은 날 슈퍼히어로로 생각한다. 그런 아들의 믿음을 저버리고 어느 멋진 곳으로 떠난다는 건 쉽지 않은 일이다.

2번 이브가 마이크를 잡고 빽빽거린다. 고깃배 엔진 소리보다 더 시끄럽다. 그 소음에 놀란 2번 아담이 몸을 꿈틀거린다. 이브들은 에덴동산이 들썩일 만큼 요란한 괴성을 지른다. 나는 좋아죽겠다고 몸을 흔드는 그녀들의 기분에 맞춰 손뼉을 친다. 사실, 아무런 감흥이 일지 않는다. 순간, 2번 아담이 이브들에게 대항하듯 양미간을 찡그린다. 깡마른 체구에 기형적일 만큼 굵은 팔뚝을 가진 그는 대단한 오기를 갖고 있다. 그가 잠꼬대를 한다. 잠꼬대는 곧 술주정으로 이어질 것이다.

그때 밖에서 사람 소리가 들린다. 여행자나 방랑자 들이 방문할 시간이다. 곧이어 노랫소리가 들린다. 에덴동산의 공기는 미묘한 무게감을 만들며 시간의 흐름을 느리게 한다. 습한 공기를 만드는 공간, 시간의 흐름이 조금씩 느려지다 완전히 고여버리는 곳이 에 덴동산이다.

2번 아담이 몸을 꿈틀거린다. 난 그의 행동을 지켜본다. 그가 실 눈을 뜨고 한쪽 눈을 끔벅인다. 행동 개시를 알리는 신호다. 이젠 당황스럽지도 않다.

"뭐 하고 있어? 도둑이 무화과를 훔쳐간다! 저놈은 어디서 많이 본 놈인데. 1번 저놈이 내 무화과를 다 훔쳐간다!"

2번 아담의 술주정이 다시 이어진다. 처음부터 메들리가 저지 당한 것이 억울했던지 1번 아담에게 시비를 건다. 1번 아담은 그 가 깨어나면 성질머리를 부릴 것을 기정사실로 받아들이는 눈치 다. 이브들은 약속이라도 한 듯 얼굴을 일그러뜨린다. 2번 아담은 언제부터인가 이런 식으로 예의를 한 꺼풀 한 꺼풀 벗어던지고 개 망나니 흉내를 내고 있다. 그래도 어색하지 않다. 겉으로 보기엔 분명한 개망나니지만 사실은 그렇지 않다. 단단한 내면의 세계를 가지고 있다. 내어놓을 수 있는 것과 절대로 내어놓아선 안 되는 것을 구분하는 위인이다. 이브들에게 보이는 2번 아담의 겉모습 은 내면의 세계와는 아주 동떨어진 것이다. 달리 말하자면, 하는 짓이 분명 개망나니지만 다른 시선으로 본다면 대단한 수컷이다. 다행히도 이브들은 그에 대해 조금의 의심도 하지 않는다. 하긴, 어느 멋진 날을 위해선 대등하게 싸우려 드는 포즈가 유리하다. 너그럽게 행동해선 곤란하다. 이브들은 곧바로 눈치를 챌 것이다.

나와 아담 형님들은 소유보다는 자존감을 더 갈구하고 있다. 그리고 여기서 자존감을 운운하는 것 자체가 낯설다. 도대체 언제부터 수컷들이 자존감 때문에 괴로워했지? 우리가 놀고먹는 식충이라고? 어중이떠중이라고? 절대 아니다. 수컷은 수컷이다. 필요한 건 격려와 존경일 뿐이다. 그렇다. 크게 일을 낼 수놈인 것이다. 이해하지 못하겠다고? 말 그대로 크게 사고를 칠 거라는 얘기지 멋진 일을 해낼 거란 얘기가 아니다. 왜냐고? 이브들이 폄하하는 아저씨들이니까. 그녀들에겐 2번 아담이 개망나니일지도 모르겠지만 내겐 대왕 침팬지의 수컷이다. 나도 대왕 침팬지가 되고 싶다. 아니, 진정한 대왕 침팬지인 2번 아담을 닮고 싶다.

2번 아담의 눈빛이 예사롭지 않다. 마치 모든 사물에 작용하는 중력처럼, 그와 관계된 모든 것들을 추락시키고야 말겠다는 의지가 보인다. 통속적인 관점에서 본다면, 그는 병든 수컷이다. 한때는 날카로운 이빨을 드러내고 호기롭게 군림하던 시절이 있었지만 이브들에게 처참히 무너지고 말았다. 그는 다시 대왕 침팬지의 수컷이 될 수 있다고 호언하고 있다. 정말 그럴까? 2번 아담의 몰골은 언뜻 보면 배배 꼬인 속 빈 꽈배기처럼 보인다. 게다가 푼돈에 집착하는 소인배이거나, 턱없이 부실한 수컷으로 보일 것이다. 그렇지만 나에겐 세상을 전복시킬 수 있는 희망이다.

2번 아담이 무릎을 꿇는다. 이브들은 약속이라도 한 듯 눈꼬리를 치켜세운다. 내가 원했던 것보다 훨씬 더 즉각적인 반응이다. 이제 우리는 그녀들에게 원하는 게 없다. 앞으로도 아무것도 원하지 않을 것이다. 다만 어느 멋진 곳을 찾고 싶을 뿐이다. 그뿐이다.

'정말?'

사실은, 심장이 쿵쾅거린다. 방금 전 나는 아무것도 원하지 않는 다고 말했다. 거짓말이다. 그 거짓말의 부작용이 나의 심장의 피 돌기를 빨리하고 있다. 막상 어느 멋진 곳을 상상할 때마다 끝을 알 수 없는 허탈감이 내 가슴을 꾸덕꾸덕 메운다. 너무 당연한 현 실인데도 너무 당연해서 서글퍼진다. 하지만 2번 아담의 얼굴엔 미소가 번져 있다. 일말의 악의도, 가식도 서려 있지 않은 순수한 미소다. 그는 심각한 표정으로 에덴동산을 휘휘 둘러보곤 하늘을 응시한다.

"신이시여! 에덴동산만 만들 것이지, 뭣 한다고 갈비뼈를 뜯어 이브를 만들었습니까? 제발 지금이라도 취소해주세요. 그것이 곤 란하다면 그 보상으로 돈벼락을 내려주시어 삶을 윤택하게 해주 세요!"

이브들이 입술을 앙다문다. 하지만 내 생각은 다르다. 갈비뼈를 뜯어 생명을 준 것도 뭣한데, 뱀의 꼬임에 빠져 선악과를 따먹게 한 장본인들이 아닌가? 그 벌로 낯선 곳으로 쫓겨났다. 도대체 몇 번째의 실수인가, 이따위 실수, 연속된 실수, 부질없는 기대, 그게 우리 아담들의 잘못이란 말인가? 하지만 이브들은 그의 언행에 도무지 참아지지가 않는다는 표정이 역력하다. 2번 이브는 분기 탱천하여 선악과를 닥치는 대로 집어 던질 기세로 쐐기를 박는 말 을 한다.

"우리가 복제품이야? 그래? 우릴 존경해야지. 세상 그 누구든 우리의 자궁에서 태어났어. 그래도 우리가 아담의 복제품이야? 천만에. 비겁한 자식들. 한 가지 얘기해둘 게 있어. 우리 이브들의 열정을 폐기시켜버리고 냉소적으로 살아갈 수밖에 없는 상황으로 내몬 놈들이 누구야? 그래서 우리는 아담들의 이중적 행동에 분개하는 거야. 좋은 말 할 때, 허리는 숙이고, 눈알에 힘은 빼! 수컷들은 자기 모멸감과 비애를 알아야 해. 어디서 건방지게 깐죽거려."

난 머리가 지끈거린다. 더는 참을 수 없다. 뾰족한 냉소의 말들이 내 가슴팍을 후벼 판다. 우리가 이런 언행에 참아야 할 이유는 없다. 조금만 더 참으면 심장이 터져버릴 것 같다. 하지만 아담 형님들은 나에게 희망을 줄 것이다. 아니, 희망을 줘야 한다. 그렇다. 2번 아담은 자존심 강한 대왕 침팬지 수컷이다. 그곳으로 떠나겠다고 부르짖는 일, 아무나 할 수 있는 행동은 아니다. 이브들의 눈엔 그가 개망나니로 보이겠지만 실상은 자신의 속내를 감추기 위함이다. 어이없는 행동을 통해 이브들을 절망하게 만들기 위한 수작이다. 나는 안다. 그의 행동이 개망나니인 듯 포장되어 있지만 절대 그렇지 않다. 이브들의 악마적인 금기를 파괴시키고자 하는 성찰을 내포하고 있다. 그렇기에 개망나니로 다가서는 것은 당연한 것이라 할 수 있다. 왜냐하면 그녀들이 우리의 열망을 잠재우고자 하는 금기의 힘 또한 개망나니와 별반 다르지 않기 때문이다. 특히 그 힘이 난자의 선택받은 권력이라고 믿기에 더욱 그러하다.

난 2번 아담의 이러저러한 수작을 이해한다. 더구나 감탄사와 함께 내 주먹을 불끈 쥐게 하는 말도 심심찮게 듣는다. 그가 내뱉는 비장한 말과 구체적인 계획을 듣고 있노라면 뭔가 대단한 위인 같다. 정말이지 어금니를 악물고 두 눈을 부릅뜨면 대왕 수컷의 면모를 느낄 수 있다.

'이브들을 속이려면 더한 것도 해야지! 암! 괴물을 잡기 위해서는 괴물이 되어야 해!'

나는 2번 아담의 눈치를 살핀다. 그가 주름진 눈을 끔벅이며 아랫입술을 들어 올린다. 계속 술주정을 하겠다는 신호다.

"1번 아담이면 다야. 차라리 내가 1번 하는 게 낫지."

'저런.'

나는 침을 꼴깍 삼킨다. 그러나 1번 아담이 의외로 대범하게 나온다.

"그래. 오늘은 네놈이 1번 해라."

평상시 같으면 길길이 날뛰었겠지만 어조가 아주 점잖다.

"그 말 정말이지. 3번아! 들었냐?"

나는 고개를 끄덕인다. 1번 아담이 연신 아랫입술을 들어 올리는 걸로 보아 술주정을 받아들이는 듯하다. 하지만 그 분위기가 언제까지 갈지는 아무도 장담할 수 없다. 왜냐하면 1번 아담이 언제 울컥할지 알 수 없기 때문이다. 그것을 잘 알고 있는 2번 이브가 인상을 구기며 입 다물라는 표정을 짓는다.

2번 아담은 언젠가부터 여자, 돈, 신용, 친구들이 떨어져 나갔다.

결국 돈이 문제다. 경제력을 상실한 그의 날개는 꺾였다. 통속적인 관점에서 본다면 추락한 인생이다. 내가 판단하기엔 그렇다. 지구에서 불혹의 나이로 살아가기엔 그리 만만한 세상이 아니다. 더러는 하는 일 없이 밥만 축내는 밥버러지라는 모욕적인 말을 듣곤 한다.

그는 무화과 농장을 부지런히 오가며 빠듯한 시간을 보낸다. 그럼에도 불구하고 매달 적자다. 그때마다 그의 입에서 끔찍한 가래소리가 터져 나온다. 낌새로는 장모님에게서 뒷돈을 지원받아 에덴동산을 만든 1번 아담을 부러워하는 눈치다. 더러는 말끝마다 한 놈만 꾹 찍어 에덴동산을 물려주고, 에이, 불공평해, 라는 추임새를 붙이곤 한다. 유난을 떨며 에덴동산에 집착하는 것까지는 좋은데, 항상 남만 탓하기 일쑤다. 시기와 경쟁 사이, 그것은 어쩌면 이 세상을 살아가야 하는 모든 인간들의 심리일지도 모른다. 당차고 오기 많은 2번 아담은 기어이 1번 아담을 넘어서고 말겠다는 의지가 매우 강하다. 더러는 돈타령을 하거나 간당간당하게 살아가는 자신의 삶을 한탄하기도 한다. 그에게 돈은 신앙과도 같다. 어려서부터 궁핍에 진저리를 친 탓이다. 그가 바라는 건 딱 두 가지다. 돈의 굴레에서 벗어나는 것과 어느 멋진 곳을 찾아 떠나는 일이다. 지금껏 많은 시도를 해보았지만 번번이 실패했다. 까딱 잘못했다간 무화과 농장마저도 거덜 날 판국이다. 그런 현실 탓인지, 2번 아담은 오로지 자신에게만 통하는 이상한 논리를 설파해 밀어붙인다. 이브들도 그의 이러저러한 괴상한 논리를 한낱 잔소리 정도로 들어 넘기는 편이다. 하지만 그는 수시로 1번 아담의 가슴팍에 염장을 지르는 말로 성질머리를 건드리곤 한다. 1번 아담이 분기탱천하여 얼굴을 붉히면, 그는 너스레를 떨며 짐짓 호기로운 체한다.

아담 형님들도 그렇지만 내 처지는 더욱더 한심하다. 왜냐하면 간절함이 뼈에 사무치다 보면 그 자체가 일상이 되어버리기 때문이다. 바야흐로 이 시대는 돈이 곧 사회계급을 결정하는 시대다. 돈을 많이 벌면 성공했다는 말을 듣는다. 그러고 보면 나는 실패자다. 내가 그런 생각을 하고 사는데 2번 아담은 오죽할까 싶다. 그렇기 때문에 난 그를 가장 잘 이해할 수 있다. 더구나 2번 아담은 가장 소중한 걸 이브들에게 빼앗겼다고 여긴다. 언제부턴가 1번 아담과 나도 그렇다고 믿고 있다. 이 거대한 계획이 끝나는 그날까지는 그럭저럭 버텨야 한다. 그러나 나의 우유부단함이 문제다. 인내하고 애쓰고 아득바득거리느니 차라리 어느 멋진 곳을 찾아 떠나는 편이 낫다는 삶의 원칙을 오래전부터 세워놓았지만 결정적인 순간에 항상 망설인다.

아담 형님들은 그 계획을 수정할 생각이 없다. 뭐 특별한 이유가 있겠는가. 중년의 권태로운 삶이 무료했을 수도 있고, 어쩌면 잃어버린 절반의 심장을 찾을 수 있다고 믿고 있는지도 모른다. 중요한 건 그들이 일관성을 유지하고 있다는 거다. 어쩌면 철저히 자유로워지고 싶은 삶의 충동을 이기지 못해서일 수도 있다. 어떠한 책임도 지지 않고 어떠한 구속도 거부하고 파멸이나 죽음을 두려워하지 않는 그런 삶 속으로 내달리고 싶은 거다. 분명 그럴 것이다. 그러나 난 어떤 삶이 더 바람직한가에 대해서 결론을 내릴수 없다. 그것이 문제다. 그렇지만 2번 아담은 확고한 눈빛으로 행동을 이어간다. 어떻게 자신의 믿음에 대해 확신할 수 있을까? 이브들의 말마따나 제정신이 아닌지도 모른다. 하지만 그답게 대담한 언행을 이어간다. 즉흥적으로 하는 행동은 절대 아니다. 아주계산된 행동이다. 체면을 죽음보다 중시하면서도 어느 멋진 곳을위해서라면 기꺼이 개망나니를 자처한다. 얄밉도록 이해타산적인 1번 아담이나 언제나 멈칫거리는 나와는 차원이 다르다.

2번 아담이 피식 웃으며 대왕 자지를 꺼낸다. 그의 황당한 퍼포먼스에 성질머리를 참지 못한 2번 이브의 입에서 새된 고함 소리가 터져 나온다. 마치 도미노 게임을 하듯이 연달아 악다구니가쏟아진다.

"어디서 지랄이야! 미친놈이 따로 없다니까. 아이구, 내가 창피해서 못 살아!"

에덴동산이 어수선해진다. 그녀들은 황당한 표정으로 2번 아담을 노려본다. 실어증이라도 걸린 사람 같다. 난 2번 아담을 술주정꾼이라고 몰아붙일 마음이 없다. 단지 마음이 없어진 것처럼 허허롭다.

2번 아담이 피식 웃으며 바닥에 오줌을 내갈긴다. 약을 올려 1번 아담이 한바탕 난리를 피우도록 하고 싶었는데 그 뜻을 이루지 못한 눈치다. 그래도 포기하지 않는다. 위태롭게 오줌 줄기를 내갈기던 그가 1번 아담을 향해 대왕 자지를 돌려 오줌 줄기를 쏘아댄다. 1번 아담의 얼굴이 서서히 달아오른다.

"이런, 쌍……."

그가 눈을 홱 뒤집으며, 바득 이를 악문다.

"쌍, 뭐? 나보고 1번 하라고 해놓고 그걸 못 참아. 3번아? 그러냐, 안 그러냐?"

2번 아담은 생살에 쐐기 박듯 오금을 칵칵 박아가며 염장을 내지른다. 분위기가 이상하게 돌아간다. 눈치 구단인 3번 이브가 후닥닥 달려들어 두 사람을 떼어놓는다. 1번 아담은 발끈한 얼굴로 쓴 입맛을 다신다. 나는 화끈거리는 목구멍으로 침을 넘긴다. 1번 아담이 취기를 못 이기는 척 물러난다.

2번 이브가 2번 아담의 험담을 늘어놓기 시작한다. 다른 일에는 힘이 없어 빌빌거리면서도, 그쪽으로만 힘이 쏠렸는지 치마만 봐도 껄떡거린다고 악담을 퍼붓는다. 그때 3번 이브가 나선다.

"그런데 형부 뱀 쇼 말이야. 집에서도 자주 해? 나도 불러주라. 혼자 보기 아깝겠다. 이렇게 허리를 굽히고 한 손은 마이크를 잡고, 또 한 손으로는 뭔가를 쓸어내리는 시늉을 하고, 참 연구 대상이다. 그치?"

3번 이브는 2번 아담의 뱀 춤 흉내 내기에 신이 나 있다. 그러다가 혀를 내밀어 침이 주르르 흐르는 것을 닦아내는 시늉을 해보인다. 그녀의 퍼포먼스에 1번 이브가 자지러진다.

나는 문득 2번 아담의 가슴팍에 무엇이 들어 있는지 궁금해진다. 아마도 몸뚱이가 허깨비처럼 가벼워지고 파삭해지는 동안 단 꿈 한 번 꾸어보지 못한 게 분명하다. 그가 그려온 꿈과 이상이 스팸 메일처럼 삭제당했거나 누군가에게 질문을 던져도 답을 구하지 못했을 것이다. 더러는 몸과 마음이 다 공황 상태일 터이고 자신과 나누었던 그 긴 얘기는 지독한 감기몸살로 되돌아왔을 것이다. 어쩌면 그는 꿈꾸어왔던 이상과 결별하기 위해 몸부림치는지도 모른다.

2번 아담은 종신 노역을 선고받은 뒤부터 뇌 없는 소처럼 죽어라 일했다. 언제나 지쳐 집으로 돌아왔고 밖에서도 여유 한 번 부리지 않았다. 그에게 있어 결혼의 첫 번째 의미는 머슴의 삶이었다. 그런 이유로 결혼이란 인생 최대의 실수다. 이게 말이 돼? 머슴으로 살기 위해 결혼한 거야? 언제까지 그렇게 살아야 하지? 그렇다. 지나치게 영악한 자본주의의 전사가 그렇게 무너져버렸다. 그동안 세상과 싸우면서 그 무엇엔 반드시 낭만적 사랑이 있다고 믿었던 건 아닐까? 어차피 순응할 수밖에 없는 막다른 선택 같은 것. 이를테면 아담의 조건, 자격, 이브의 선택, 그리고 적당한 짝짓기. 막다른 길에서 할 수 있는 건 고작해야 결혼이라는 선택이다. 그 길을 계속 피해가거나 그 길을 돌아 나오면, 불알 두 쪽에 이상이 있는 건가? 그것도 아니면 성격에 문제가 있는 건 아니야? 그런 편견이 싫어서 결혼을 선택하는지도 모른다.

물론 절대 인정할 수 없다고, 목청을 높이는 사람이 있을 수도 있다. 목숨을 걸 만큼의 사랑으로 청혼했다고! 그건 그럴 수밖에 없다. 왜냐하면 그걸 사랑이라고 착각하고 사는 존재가 아담이다. 그건 실수가 아니라 착각이다. 심장의 피돌기가 빨라지면 이성보다는 감성이 앞서는 법이다. 심장이 피돌기를 빨리하는 순간부터 이성은 마비된다. 사랑하는 여자를 놓치면 큰일 난다고. 후회할 거라고. 정말 무슨 신의 계시로 여긴다. 그런데 심장의 피돌기가 안정되면 자신이 무슨 일을 벌였는지, 왜 그런 무모한 선택을 했는지 이해할 수 없다. 아니, 기억조차 하기 싫어진다. 그러다 그동안 쌓여왔던 불만과 후회, 자책감 때문에 자신이 만든 환상의 세계를 부숴버리고 싶은 충동이 인다. 그러니까 자신이야말로 결혼제도의 희생양이라고 울먹인다. 지금 이 순간에도 그런 과오를 저지르는 아담들이 너무나 많다는 사실이다.

나도 그렇다고 말하진 않겠다. 내가 고백을 한다면 아마도 잃게 되는 것이 또 있을지도 모른다. 난 이브들만 생각해도 심장의 피돌기가 빨라진다. 사랑이라는 감정의 피돌기와는 전혀 다르다. 빌어먹을 심장. 나의 머리는 구분하는데 심장은 구분하지 못한다. 그것이 문제다.

내 심장이 또 벌컥 뛴다. 나의 아내인 3번 이브가 입가에 웃음을 흘리곤 나를 노려본다. 얼굴엔 재밌어 죽겠다는 표정이 역력하다. 나는 손바닥에 불이 나도록 손뼉을 친다. 나를 째려보던 그녀가 마이크를 1번 이브에게 건넨다. 마이크를 잡은 그녀가 어깨를 좌우로 흔들며 사랑이라는 이유로, 하고 입술을 뗀다. 이브들이 괴성을 내지른다. 하여간 무슨 조직 같다. 그녀들은 틈만 나면 어울리고, 나와 아담 형님들에 대한 정보를 주고받는다. 그러면서 서로를 건사해주지 못해 안달이다. 나는 이브들의 열렬함에 괜스레 몸이 뜨거워진다. 정말 대단한 결속력이다. 사실은 불안해서인지도 모른다. 이브들에게 절대 충성을 다하지 않으면 안 될 분위기다.

1번 이브는 노래도 잘 부른다. 난 앙코르를 연호한다. 여왕벌 역할을 하는 그녀는 몹시 흡족한 표정을 짓는다. 1번 아담은 감동받은 표정으로 그녀에게 뜨끈한 눈길을 보낸다. 그는 에덴동산을 운영하는 대가로 돈을 좀 버는 편이다. 그런 관계로 2번 아담의 시기를 받지만, 그런대로 대왕 아담의 역할을 잘해나간다. 내가 알고 있는 한, 그는 분명 괜찮은 사람이다. 결코 서열이 높다고 해서 아랫사람에게 함부로 대하지 않는다. 그렇다고 1번 아담이 서열 관계를 싫어하느냐, 그건 또 아니다. 오히려 더했으면 더했지 덜하진 않다. 그렇기 때문에 각자 제 역할과 위치를 지키며 간당간당한 시기와 경쟁 관계를 유지하고 있다. 그 이유 하나만으로도 1번 아담의 역할은 성공한 셈이다. 더러는 사뭇 진지하게 꺼낸 말도 배꼽을 그러쥘 정도로 우스운 코믹 버전으로 둔갑해버리긴 하지만, 1번의 상징성은 잘 유지하는 편이다.

1번 아담이 말투를 애써 누그러뜨리며 건배를 제안한다. 어째 전에 없이 느긋한 모습이다.

"내가 선택받은 맏사위라는 이유로 에덴동산을 만들 때 장모님의 지원을 많이 받은 건 사실이다. 아무튼 그건 그거고, 너희들을 챙겨주지 못했다. 미안하다. 이 시간 이후부턴 매일 붙어살자."

우린 일제히 포도주잔을 들어 올린다. 사실 1번 아담의 성격이 좀 이기적이라 그렇지, 어디 하나 빠짐없는 번듯한 성품이다. 하지만 유일하게 빠지는 한 가지가 있다. 줏대가 없다는 거다. 특히 1번 이브가 눈알을 부리면 알아서 꼬리를 내린다. 나는 그때마다 참담한 기분이 든다. 2번 이브와 3번 이브도 그녀의 수놈 길들이는 방법을 벤치마킹해 그대로 써먹는다. 더러는 밥과 반찬까지 동원해 신경전을 벌인다. 사람이 사람을 온전히 통제하는 방법은 밥줄을 거머쥐고 수작을 부리는 거다. 더럽고 치사하지만 효과는 확실하다.

1번 이브가 2번 이브의 엉덩이를 툭 치곤 마이크를 내민다. 알다가도 모를 일은 1번 이브가 시키면 아무도 주저하지 않는다. 2번 이브는 음악에 맞춰 앙증맞게 엉덩이를 살랑거리며 노래를 부른다. 그녀들은 조직의 일원으로서, 협동심과 자매애를 발휘하며 일제히 들썩인다. 뭐랄까. 광신도들이 교주의 말 한마디에 목숨이라도 내던질 듯이 열광하는 모습이다. 단언컨대 이브들의 전성시대다. 짝을 잘 만나야 행복해진다는 말이 있는데, 그러고 보면 나와 아담 형님들은 짝짓기에 실패한 것이 분명하다. 그녀들의 기세에 자존감은 짓눌린 지 오래다.

난 포도주를 벌컥벌컥 들이켜곤 가슴을 쓸어내린다. 그녀들을 불량 아줌마라고 몰아붙일 마음도 들지 않는다. 더하여 내 이성에게는 묻지도 않고 심장의 피돌기로 감성에 선택권을 준 심장에도 섭섭하지 않다. 아담 형님들도 나와 똑같은 상태를 겪고 있을 것이다. 말하지는 않았지만 낌새로 느낄 수 있다.

엉덩이를 흔들던 2번 이브가 눈알을 부라리며 내 볼을 꼬집는다. 빨리 일어나 분위기를 맞추라는 경고다. 나는 춤추는 곰돌이 인형처럼 엉덩이와 팔을 요리조리 돌려가며 귀엽게 춤을 춘다. 2번 아담이 고개를 돌려 나를 쳐다본다. 참, 고생이 많다는 눈빛이 역력하다. 그 눈빛에 울컥 목이 메여온다.

2번 아담이 내게 포도주를 따라준다. 난 그의 눈치를 살피며 단숨에 들이켠다. 1번 아담이 갈퀴손을 만들어 연신 나의 머리칼을 박박 쓰다듬어준다. 그의 생존 경쟁력은 타의 추종을 불허한다. 3번 이브는 내가 눈엣가시인 양 얼굴을 붉힌다. 2번 이브의 입가에도 웃음이 번져 있지만, 두 눈은 허기진 사람처럼 퀭하다. 얼마나 오랜 시간이 지나야 인간이 인간을 이해할 수 있는 건지, 그 누구도 우리에게 가르쳐주지 않았다. 그러나 나는 충분히 이해할 만큼의 시간이 흘러갔다는 것을 잘 알고 있다. 그런 의문은 갑작스럽게 생겨나는 게 아니다. 그건 현실과 함께 몸서리치도록 부대껴봐야 안다. 그런데 1번 아담은 매우 우유부단하다. 대거리를 잘하다가도 멈칫거린다.

'나이를 먹을수록 의지가 약해져. 인생의 쓴맛을 맛본 뒤부터 구질이 너무 단순해지는 게 문제야.'

난 그의 행동을 볼 때마다 불현듯 거세당한 수컷일지도 모른다는 의문이 든다. 만약 1번 아담이 결혼과 동시에 거세를 당한 거라면 게임에서 이기는 게 더 이상한 일이다. 거기까지 생각이 미치자 두려워진다. 결혼 서약서에 맹세하던 그날이 종신 노역에 서명한 게 아닌가 하여 두렵고, 이브들이 처음부터 다른 마음을 품고 청혼을 받아들인 게 아닌가 하여 서럽다. 그래서 난 그녀들을 증오해야 하나, 말아야 하나, 하여 혼란스럽다. 언젠가 3번 이브가 내게 말했다.

　"넌 눈물 콧물을 철철 흘리며 죽어도 못 보낸다고 매달렸어. 왜? 사랑하니까. 그 사실을 결코 잊으면 안 돼! 명심해!"

　하지만 이건 아니다. 그녀는 항상 이해 못 할 말들을 수시로 내뱉는다. 나보다 세 살이나 어린 여자가 성질머리까지 사나운 주제에, 잘도 그런 말을 지껄여댄다. 그렇다. 절대 이해할 수 없고, 용서할 수 없다. 하지만 누가 누구를 이해하고 용서할 수 있는 거지? 나? 아니면 이브들? 생각해보면 결혼이 인생의 쇠창살이라는 것을 몰랐던 것 같다. 2번 아담이라면 알았는지도 모른다. 그는 내가 청혼하던 날, 분명히 충고해주었다.

　"스스로 종신 노역을 자처하다니. 지금이라도 늦지 않아. 다시 생각해봐! 선배의 충고를 무시하지 말라고. 다시 돌아갈 거야, 하고 외쳐봐. 그게 가능한지. 결혼의 세계는 살벌해!"

　그때 2번 아담은 나의 얼굴을 빤히 바라보며 연민의 눈길을 보냈다. 그가 말한 그대로였다. 그땐 그 말의 의미를 몰랐는데 끝내 현실이 되어버렸다. 물론 3번 이브를 위해 어떤 봉사를 하느냐에 따라 처벌은 달라진다. 그렇지만 그녀의 비윗살을 맞추는 건 자의가 아니다.

'죽어도 널 포기 못 해! 왜냐고? 사랑하니까!'

그 사랑이라는 외침은 지옥문을 열어젖히는 음산한 마법이 되고 말았다. 그렇다. 나는 충실한 가장이고, 바다에선 나름 열심히 그물을 내리는 뱃사람이다. 하지만 3번 이브는 악담을 입에 달고 산다. 이웃들도 집 안에서 흘러나오는 고함 소리에 잠시 귀를 기울였다가 고개를 끄덕인다. 난 결혼 생활이 힘겹다. 더러는 그 굴레를 던져버리고 싶다. 그런 나와는 반대로 그녀는 허공으로 펄쩍펄쩍 뛰어오르며 탄성을 내지른다. 2번 아담의 충고를 받아들이지 않은 게 후회스럽다. 그는 한 번도 항복하지 않았으며, 백 마디의 말 대신 언제나 행동으로 보여준다. 그러나 나는 그처럼 대왕 침팬지의 수컷이 아니다. 늘 소심하고 비겁하다.

2번 아담은 종신 노역을 벗어날 수만 있다면 2번 이브도, 심지어는 자식들조차도 끊을 수 있다고 말한다. 나는 그 얘기를 믿지 않는다. 언젠간 어느 멋진 곳을 찾아 떠나겠다는 말, 세상은 넓고 이브는 많다는 말, 더 늦기 전에 절반의 심장을 찾겠다는 말을 믿지 않는다. 도대체 무엇이 어디서부터 어디까지 어떻게 꼬였는지 알 수 없는 한 그 말에 동조할 수 없다.

난 3번 이브와 아무도 끊지 못할 매듭으로 엮여 있다. 나의 가부장적 권리와 권위, 경제력까지 다 빼앗겼지만 그건 다 지나간 얘기다. 이미 오래전에 복구할 수 없을 지경으로 완전히 패했다. 나에게 있어 부정적인 추억은 해풍에 쓸려간 지 오래다. 나도 언젠간 죽을 수도 있다는 깨달음, 내가 죽었을 때 서럽게 울어주고 날 추억해줄 수 있는 사람, 대개의 인간들은 그런 생각을 하는 순간부터 순응한다. 그리고 대개의 인간은 자신이 진짜 죽음을 맞기 이전에 또 다른 죽음들을 몇 번이나 목격해야만 한다. 그건 학습 효과다. 그러나 나는 학습 효과를 맹신하지 않는다. 좋다. 내가 양보한다고 치자. 그럼 난 늑대 같은 놈이고 음흉한 수컷이다. 그렇다면 이브의 말이 맞을지도 모른다. 하지만 결혼과 동시에 날 부려먹고 내 직업을 비웃고, 얼굴 한 번 본 적이 없는 장인어른이 물려준 유산을 독식한 이브들은 뭐지?

난 이브들이 가면마법사를 통해 돈을 불리고 있다는 사실을 잘 알고 있다. 돈의 행방을 알기 위해 어떠한 일이라도 할 생각이다. 가면마법사에게 배운 지식을 활용할 수도 있고, 그것으로 부족하다면 2번 아담과 정보를 공유할 것이다. 인내하고 애쓰고 아득바득거리느니 차라리 그냥 달리다가 쓰러지는 편이 낫겠다는 생각이 든다. 나는 이미 알고 있다. 뱃일을 하는 것보다 사채 회사에서 일하는 것이 훨씬 수입 면에서 안정적이라는 것도 알고 있다. 그렇다. 노선을 고집하는 건 어리석은 짓이다. 나는 내가 그동안 간과해온 삶을 수정하며 살 생각이다. 한 우물을 파고 사는 것이 꽤 그럴듯해 보이지만 이 시대엔 맞지 않다. 나 스스로 내린 결론이다. 중요한 건 학교에서 배웠던 지식이 공익을 위한 진리라 할지라도 현실의 삶에 부대끼며 살아가는 내 인생과 아무런 상관이 없다는 거다. 예를 들자면, 어른으로서 아담으로서 책임져야 할 것들이 있고, 언제까지나 자신이 하고 싶은 것만 하면서 살 수 없다는 진리. 그래서 아담은 인생의 책임과 의무를, 그런 다음에야 인생의 자유와 즐거움을 누리며 자아 개발을 해야 한다. 참 대단한 구라다.

이를테면 의무만 강하지 권리는 미약하다. 흙수저나 무수저로 태어나 그런 의무를 수행하는 것이 과연 가능한가 싶다. 혹은 둘 사이에 균형을 이루면서 사는 인간은 몇 명이나 될까? 그래서 어떤 것을 미루거나 혹은 포기하면서 대리만족을 기대하는 거다. 앞에서도 말했지만 아마도 아부 잘하는 신하가 권력자의 통치술을 연구하는 과정에서 권리보다는 의무를 앞세운 것이 분명하다. 권력자나 돈 많은 사람들은 어떠한 책임도 지지 않고 어떠한 구속도 거부하고 권리만 누리는 것이 현실이다. 아무런 거리낌도 없다. 그러나 어떤 삶이 더 바람직한가에 대해선 결론 내릴 수 없다. 그건 단순한 문제가 아니다. 불법이건 합법이건 난 모든 것을 버리고 달리고 싶다. 나도 믿어지지 않는다. 이런 식으로 변해버릴 줄 정말 몰랐다. 이를테면 국가에 충성하고, 아주 힘들더라도 세금을 꼬박꼬박 바치고, 이브가 무거운 물건을 들고 가면 득달같이 달려가 들어주고, 돈을 벌어 처자식을 먹여 살리고, 늙으신 부모님의 걱정을 잠시나마 덜어줄 수 있는 그럴듯한 아담이 되어야 한다. 나는 그런 삶을 목표로 살아왔다. 그러나 나에게 돌아오는 건 이중,

삼중의 의무뿐이다. 난 지금이라도 온갖 의무를 버리고 권리를 누려보고 싶다. 이브들은 미친 수놈이라고 비아냥댈지도 모른다.

'저 자식을 독방에 처넣어, 한계점에 이르는 항생제를 투약해? 도대체 뭘 믿고 까부는 거야. 하긴 뭐 그리 대단한 건 아니지. 이 세상의 모든 수컷들이 겁 없이 깐죽거리는 일은 다반사니까.'

그녀들의 단언은 틀린 것이 아닐지도 모른다. 어쩌면 나도 다른 아담들처럼 의무 앞에서는 권리를, 권리 앞에서는 가부장적 권위를 내세우는 그런 수컷인지도 모른다. 하지만 난 항상 권리보다는 의무를 우선시하며 살아왔다. 가족을 위해서라면 체면도 버릴 수 있다. 아니, 지옥의 불구덩이에라도 기꺼이 뛰어들 수 있다. 왜냐고? 권리보다는 의무가 최고의 덕목이라는 세뇌를 받아왔기 때문이다. 그래서 지루하고 권태로운 삶을 살았다. 이젠 그런 관념에서 벗어났다. 내게도 비상구는 필요하다. 어디까지 달릴 수 있을지 모르지만 말이다. 덧붙이자면, 학교 교육과 사회 관념이란 젓가락 하나로 음식물을 집을 수 없는 것처럼 불완전하기 그지없다. 걷지도 못하는 아이에게 지금 당장 달릴 수 있다고 격려하는 것과 똑같다. 지금도 아담의 의무, 아담의 조건, 이라고 믿는 사람들에게 구역질이 인다. 누가 누군가를 위해 의무를 다하고 희생한단 말인가.

인간의 삶은 젓가락이다. 의무만 가지고 살 수 없다. 권리와 의무가 균형을 맞추어야 음식물을 집을 수 있다. 의무와 권리가 균등한 세상으로 가는 지름길이라는 가르침에 더 믿음이 간다. 수컷

이라는 이유로 세상의 의무를 다 짊어지게 떠넘기는 건 정말 불공
평하다. 표정이 왜 그래? 너무나 당연한 얘긴데. 그래서 내가 그
모양 그 꼴로 산다고? 누누이 말하지만 그건 이브들의 수작에 걸
려든 탓이다.

　그러니까 3번 이브를 만나기 전까진, 내가 질문을 하면 이브가
대답하는 상황을 예상했다. 그러나 현실은 달랐다. 이브가 질문
하면 내가 대답해야 하는 상황이 벌어졌다. 나의 추측은 모두 빗
나갔다. 그 지점에서 나는 현실감각을 상실했다. 난 그런 현실에
분개하곤 했다. 종신 노예로 살 것을 강요하고, 수시로 기만하는
현실. 나는 혼자서 질문을 던질 뿐이다. 당신은 누구지? 무얼 믿고
그런 거야? 내가 모르는 무슨 계시라도 받은 거야? 정말 그런 거
야? 내가 이런 질문을 던질 때마다 3번 이브는 이미 알고 있다는
듯 배시시 웃음을 흘린다. 이제 내가 그런 미소를 지을 차례다. 나
는 안다. 이젠 이브들의 입꼬리에서 경련이 일 것이다. 그러니까
입꼬리에 잘 익은 미소가 대롱대롱 매달려 있는 것이 아니라 비틀
려질 것이다. 그런 미소로 아담들을 굴복시킬 수 없다. 용서받기
도 힘들다. 분명한 현실의 직시다.

11

에덴동산엔 미치광이가 없다

2번 아담이 벌떡 일어나 에덴동산을 휘휘 둘러본다. 그러곤 재빨리 바지의 지퍼를 내리고 그곳에다 마이크를 끼워 넣는다. 그가 마이크를 매달곤 특유의 허리춤을 춘다. 마이크가 위아래로 흔들린다.

나는 이브들의 눈치를 살핀다. 어느 멋진 곳으로 떠나기 전에, 상황을 되새겨볼 시간이다. 긴장할 건 없다. 오랫동안 샅샅이 관찰했고 치밀한 준비를 마쳤다. 단지, 이브들이 조금 두려울 뿐이다. 그리고 어느 멋진 날이 오지 않는다면 전남편이 될 것이다. 전남편? 도대체 두려울 게 뭔가? 그렇지만 나는 항상 머뭇거리는 인간이다. 네까짓 게 뭘 할 수 있다는 거야? 어느 멋진 날? 웃기고 있어, 하고 비웃을지도 모른다. 그것은 이브들의 목소리고, 세상의 목소리고, 나의 목소리다. 난 큰 시험을 앞둔 아이처럼 가슴이 떨린다.

내가 아는 한, 아담 형님들은 어느 멋진 날, 그러니까 그날의 시간에 맞춰 벌떡 일어날 것이다. 미소를 가득 머금은 얼굴로 말이다. 그러나 나는 그들이 아니다. 나는 일어나지 못할 것이다. 하지만 그게 내 잘못이란 말인가? 나이 들어 아랫도리가 허약해지고 의지가 약해지는 게 내 잘못인가? 나는 마음을 다잡는다. 자유로운 영혼으로 사는 것과 그냥저냥 사는 인생이 뭔지 이젠 안다. 그런데 한쪽 가슴이 싸르락거리는 건 뭐지? 한편으론 이러는 내가 정말 싫다. 희망을 붙잡는 일, 그녀들을 벗어나는 일, 온전한 나만의 삶을 살아가는 일, 분명 멋진 일이다. 그것만이 유일한 희망이며 위안이다. 누구의 남편으로, 누구의 아버지로, 그냥저냥 아저씨로 살아간다는 건 너무 쓸쓸한 일이다.

난 3번 이브와 눈이 마주친다. 그녀가 입술을 들어 올린다. 난 어떤 술수에도 휘말리지 않으리란 표정으로 어금니를 앙다문다. 그녀는 흡족한 표정을 지으며 내 앞에 놓인 접시에 무화과를 내려놓는다. 나는 숨이 막힌다. 그녀들은 자신들이 의도한 바를 관철시키기 위해 나와 형님 아담들을 에덴동산으로 불러들여 끊임없이 떠본다. 한번 겪어본 아담이라면 당해낼 재간이 없다. 오늘처럼 우애를 도모하기 위해 모임을 갖기도 하지만 대부분은 수컷 길들이기와 관련이 있다. 1번 이브가 날 노려보곤 말문을 연다.

"제부. 가면마법사 사무실에서 일한다면서? 무슨 일을 해?"

"그냥 잡부예요. 서류 배달 그런 거. 왜요?"

"궁금해서. 일당은 많이 줘?"

"그런대로 줍니다."

그녀는 여전히 의아하다는 표정으로 나를 쏘아본다. 1번 아담이 그녀들을 흘끔 쳐다보곤 이내 고개를 돌린다. 그의 아랫입술이 미세하게 경련을 일으킨다. 그는 긴장하면 입술을 떠는 버릇이 있다. 뭘까? 나는 괜스레 목덜미가 서늘해진다. 1번 아담은 수건으로 이마의 땀을 닦으며 너스레를 떤다.

"막내 처제. 좋은 걸 따왔네. 무화과 맛이 너무 좋아."

그때 느닷없이 고함 소리가 들린다. 1번 아담은 신경 쓰지 않아도 된다며 웃어넘긴다. 하지만 에덴동산 모퉁이에서 소란스러운 소리가 계속 들려온다. 3번 이브가 나에게 턱으로 확인해보고 오라는 신호를 보낸다. 난 할 수 없이 자리에서 일어선다.

나는 방문객에게 인사를 건넨다. 단골 방랑자인 마도로스다. 그는 싱싱한 여자를 소개해주지 않으면 에덴동산을 부숴버리겠다고 행패를 부린다. 그는 직장에서 쌓인 스트레스를 에덴동산에서 푼다. 난 단언한다. 그도 가족이라는 공갈빵에 지친 사람이 분명하다. 그렇다. 가족이란 서로의 꼬리를 물고 있는 공갈빵과도 같다. 너무 아프게 물어서도 안 되고 또한 너무 가볍게 물어서도 안 된다. 공갈빵으로 만들어진 가족이란 제도는 단지 사랑이란 이름으로 포장되어 있을 뿐, 그 관계에 있어서는 물고 있는 정도까지도 주의해야 한다. 사실이 그렇다. 말이 나왔으니 하는 말이지만, 가족이라는 힘이 헛것임에도 불구하고 남자들은 도덕적, 사회적 규범에 어긋나는 금기를 넘지 못한다. 가족을 넘어서면 가족의 붕괴를 초래할지도 모른다는 공포에 갇히고 만다. 그러나 가슴께엔 언제나 금기를 넘어서고 말겠다는 욕망이 꿈틀댄다. 그것은 내 삶을 내 방식대로 살아가겠다는 이상이다. 설사, 그것이 죄악이라 할지라도 모든 것을 버리고 이상으로 함몰되어 들어가는 것, 그것이 바로 남자의 본능이다.

　나는 그런 확신 때문에 마도로스에게 짜증스러운 표정을 드러내지 않는다. 만약 내가 불쾌한 감정을 드러낸다면 수컷의 반응은 두 가지다. 드디어 자신이 던진 밑밥에 걸려들었다는 듯이 길길이 날뛰거나, 아니면 밑도 끝도 없이 트집을 잡아 스트레스를 푸는 치들이다. 그 두 가지 상황에 말려들지 않는 방법은 애초에 그런 식의 수작을 무시하는 것이 최선이다. 마도로스처럼 수작을 걸어 오면 무조건 요구에 응해주는 척하며 고개를 조아리면 누그러든다. 특히, 싱싱한 여자를 들먹이는 어쭙잖은 수작질은 말할 것도 없다. 나는 마도로스의 머릿속에 한 무더기의 똥이라도 처넣어주고 싶지만, 그도 가족이란 공갈빵 물기에 지쳐 있는 위인이라고 마음을 다잡는다. 난 성질머리를 꾹 억누르고 영업용 미소를 짓는다.

"선생님, 무엇이 불편하십니까. 제가 해결해드리겠습니다."

"당신이 해결해줄 거야?"

"그럼요."

나는 입꼬리를 올리며 마도로스를 구석진 공간으로 안내한다. 싱싱한 여자를 들먹이는 그는 어딘지 바보스러워 보인다. 마도로스는 어떤 죄가 추가되어도 상관없으니, 무조건 싱싱한 여자라면 상관없다고 히죽거린다. 그도 많은 남자들처럼 잠시 안식을 취하고 싶은지도 모른다. 그러나 근원적인 욕망에 대한 거부로까지 이어질 수는 없다. 가족의 공갈빵 물기가 종신 노역인 것을 알면서도 거부할 수 없으며, 또한 거부하려 하면 할수록 더욱더 깊이 빠져드는 것이 현실이다. 아담에게 있어 그 굴레를 벗어나는 방법은 오직 어느 멋진 곳을 찾아 떠나는 일, 그 이외엔 어떠한 선택도 있을 수 없다. 그 길을 통해서만 완전무결해질 수 있지만 그로 인해 단절될 수 있다. 그런데 그 염원은 전염성이 강해서 나와 너, 그리고 우리에게로 전염된다. 마도로스도 별반 다르지 않다. 세상이 사람을 미치게 하는 건지, 사람이 세상을 미치게 하는 건지 알 수는 없다. 아니면 둘 다 미쳐가고 있는지도 모른다.

1번 이브는 시간이 날 때마다 에덴동산 주변을 쉴 새 없이 살핀다. 새벽까지 에덴동산을 개방한 뒤로, 방랑자와 여행자 들이 부쩍 늘었다. 그런 탓에 방문객이 한꺼번에 밀려들지만 그녀는 언제나 여유 있게 행동한다. 그녀의 재담과 부지런함에 에덴동산은 활기가 넘친다. 나는 뱃일을 하는 사람이라 물때가 맞지 않으면 종

211

종 에덴동산에 들러 일손을 거든다. 방문객이 뜸하면 무화과나무를 심거나, 음악을 들으며 포도주를 홀짝인다.

그렇다. 불빛이 해안선과 어우러지면 여행객이나 방랑자들이 하나둘 에덴동산으로 들어선다. 그들은 들어오기가 무섭게 옷을 벗어 던지고, 길길이 날뛴다. 침묵에 잠겨 있던 에덴동산의 공기는 미세하게 진동하고, 시끄러운 소리가 울려 퍼진다. 처절한 음성, 씹어뱉는 악다구니. 생명의 시원을 벗 삼아 무시로 에덴동산을 드나드는 이름 없는 사람들. 에덴동산엔 무수한 사연들이 실려 있다.

그중엔 나를 힘들게 하는 위인들이 있다. 마도로스처럼 세상사에 지친 사람들이 술에 취해 에덴동산을 방문하는 경우가 그렇다. 그들은 구석진 공간을 요구하며 한마디 덧붙인다. 혼자 하는 식사와 섹스는 아무 맛도 안 난다는 괴상한 논리다. 어이가 없다. 에덴동산이라는 사실을 잘 알면서도, 술 취한 인간들은 무슨 소돔과 고모라로 착각한다. 그것도 모자라 싱싱한 여자를 들먹거린다. 여자가 무슨 채소나 생선도 아닌데 말이다. 에덴동산에서 불륜은 죄악이다. 그래도 우기면 그냥 여자 친구를 소개해준다. 그들은 여자를 만나기 무섭게 젖가슴을 주물럭거리고 입술을 빨아댄다. 더러는 은밀한 곳을 더듬는 치도 있다. 여자가 그들의 손을 뿌리치면 갈비뼈 값도 못 치르는 년이라고 욕설을 퍼붓는다. 그렇다. 그들은 불콰해진 얼굴과 횅한 눈빛으로 외친다.

"온몸이 불타버리는 것 같아. 손과 발이 녹아내리고 몸뚱이가 재가 되어 단번에 바람에 쓸려가 버리는 것 같아. 아! 엿 같은 인생!"

앞에서도 말했지만, 나는 어렸을 적에 아버지에게서 "너는 나처럼 살지 마!"라는 말을 듣고 그러기로 약속했다. 그리고 그 약속을 잊은 듯 살아왔다. 하지만 괴로워하는 아담들을 볼 때마다 그 말이 생각난다. 나 자신을 성찰하기 시작했다는 말이 맞겠다. 삶을 들여다보면 거기엔 상처받은 자신의 모습이 있고, 상처받은 아버지의 아버지들이 있고, 그것을 딛고 이루어져 있는 자신의 가족이 있다.

그렇다. 밤늦게까지 에덴동산을 떠도는 사람들은 상상하지 못할 정도로 망가진 위인들이다. 어쩌면 이 세상 모든 사람들이 미쳐가고 있는지도 모른다. 칼날처럼 번뜩이는 눈을 교묘히 감추고 사람들을 달래고 회유하고 때로는 벼랑 끝으로 내몰아 천천히 진을 빼는 짓을 반복하는 것이 인생의 진짜 모습인 듯 싶다. 잠시 한눈이라도 팔면 시퍼런 칼날은 절대 용서하지 않는다. 사람들은 그 스트레스를 피해보려고 서너 명씩 무리 지어 에덴동산을 떠돈다. 큰소리부터 치고 보는 인간들이나 힘 있는 사람들의 눈길을 피해 숨을 고르는 사람이나, 별반 다르지 않다. 어쩌면 그들도 바닥에 납작 엎드려서 겹겹이 쌓여가는 의무감을 삼키다 사레가 걸렸는지도 모른다. 마도로스도 그런 위인들 중 한 사람이다.

에덴동산의 구석진 곳에서 잘려나간 꿈과 좌절이 악다구니가 되어 울려 퍼진다. 난 에덴동산에서 일을 거들기 전까지는 일상에 찌들어 분노하는 사람들을 이해하지 못했다. 먹고살기 위해 그냥저냥 하루를 버텨온 내가 그런 위인들을 눈여겨볼 겨를이 없었다. 버려진 쓰레기처럼 냄새를 풍기며 살아가는 비루한 존재들. 나 자신을 보는 것 같아 서글퍼진다.

나는 벽시계를 응시한다. 금요일과 토요일의 경계에서 시침과 분침이 차렷 자세를 취한다. 앞으로 벌어질 상황이 걱정이다. 꽤나 큰 파문이 일 것이다. 이브들은 방심한 나머지 눈치채지 못하고 있지만 내 눈엔 긴장한 아담 형님들의 굳은 표정이 보인다. 행복해 보이는 이브들, 본심을 감춘 아담 형님들. 그들의 부자연스러운 조합이 너무 자연스럽게 어울려 보여서, 오히려 이상하게 느껴질 지경이다. 나는 아담 형님들과 행동을 같이할지 말지, 아직 결정하지 못했다.

아담 형님들은 수컷의 자존감을 잃어버렸고, 가족으로부터 소외되었고, 가족으로부터 사랑받지 못한다. 단지 허허로울 뿐이다. 그런 탓에 다정한 가족일 수 없으며 가족에 대한 사랑의 감정조차 느낄 수 없다. 어쩌면 가족으로부터 가슴에 도끼를 꽂힌 채 죽음으로 끝맺을 줄도 모른다. 아담 형님들도 잘 알고 있을 것이다. 이는 이브에게서 이브에게로 아담에게서 아담에게로 그리고 세대로 영원히 순환하는 악마적 운명일 수밖에 없다. 이 세상에서 내 남편만큼 멋있는 남자는 없다, 라고 생각하는 이브들은 얼마나 될까? 1번 아담이 내게 말했다.

"3번아. 이젠 이별을 고해야지. 언제까지 그렇게 살다 죽을래? 잘 생각해봐!"

그는 내 어깨를 두드려주었다. 매사에 우유부단한 나와 별반 다르지 않던 1번 아담이었지만 결단은 나보다 훨씬 빨랐다.

나도 이 현실에서 벗어나고 싶지만 머뭇거려진다. 세속적 의미의 출세로부터 자유로워지고, 가장의 의무로부터 자유로워지고 싶다. 그런데도 무기력하게 결정을 미뤘다. 그렇다. 내가 슈퍼맨이라고 굳게 믿는 아들의 얼굴이 어른거린 탓이다. 내가 떠난다면 아들은 슈퍼히어로를 잃어버리게 된다. 최소한 아들이 나를 이해해줄 나이가 될 때까지는 슈퍼맨으로 남아 있어야 하지 않을까? 언제나 나를 슈퍼히어로로 생각하는 아들이 눈에 밟힌다. 어쩌다 학교 앞까지 데려다주면, 몇 번씩이나 내가 서 있는 쪽을 뒤돌아보던 아들. 아무리 독하게 마음먹어 봐도 사랑한다는 말밖에 할 수 없는 아들의 모습이 연민을 자아낸다. 무슨 일이 있어도 아들에게 슈퍼맨으로 남고 싶다. 언제까지 슈퍼히어로로 남아 있을지 알 수 없지만 말이다. 그런 생각이 나의 결정을 미루게 한다. 이처럼 아들에 대한 사랑은 아담들의 상처, 특히 핏줄을 두 동강 내며 이루어지는 것이기에 도피를 주저하게 한다. 최소한 아이들에겐 상처를 줄 수 없다는 도덕적 금기에 의해 좌절되고야 마는 것이다. 그러나 어느 멋진 곳을 찾아 떠나려는 열정은 뜨거운 치받침과도 같은 것이기에 쉬이 가라앉지 않는다. 또한 너무나도 애가 타는 치받침의 감정이기에 쉽게 포기되지 않는다. 이러한 갈등과 번민은 세대를 이어 운명과도 같이 번지게 될 것이다. 한편으론 어이없을 정도로 패악을 부리는 3번 이브의 얼굴이 떠올라 한숨이 터져 나온다.

난 물끄러미 시선을 돌린다. 몇 달 전에 새로 들어선 대형 할인 마트의 불빛이 푸른 파도처럼 넘실거린다. 규모도 크고 꽤 알찬 대기업 계열사다. 초고층 빌딩을 세우고, 거대한 기업을 소유하는 비결은 뭘까? 나도 그런 삶이 가능할까? 나는 생애 최초로 맞닥뜨린 그런 질문 앞에서 맥없이 물러선다. 만약 좀 더 일찍 의문을 품었다면 내 인생이 달라졌을까? 난 이런저런 생각을 하며 에덴동산에 걸린 벽시계를 힐끔 쳐다본다. 분침과 시침이 어제를 넘어 오늘로 접어든다. 싱싱한 여자를 소개해달라고 길길이 날뛰던 마도로스도 조용하다. 절망감을 떨치기 위해 몸부림치는 위인들은 의외로 많다. 난 그들의 몸에 스민 눅진한 기운이 조금이라도 마르길 소망한다. 그렇다. 열심히 노력하면 언젠간 그 꿈은 이루어진다는 증거 불충분의 속설을 믿지 않길 빈다. 황소도 언덕이 있어야 엉덩이를 비비는 법이다. 흙수저나 무수저로 태어난 사람이 상류사회에 편입하기란 불가능에 가깝다. 일한 만큼 주지 않는다고 대거리를 했다간 가진 것마저도 빼앗기기에 십상이다. 눈에 보이지 않는 신분의 벽은 고대사회의 신분 질서보다 더 공고하다. 가진 것 없는 사람이 죽어라 공부하여 이곳저곳을 기웃거려봐야 중산층이다. 살다가 후회하고 서럽게 눈물을 쏟는 것도 다 그 때문이다.

◇ ◇ ◇

에덴동산으로 또 다른 방랑자가 들어선다. 난 방문객의 차림새를 살핀다. 한눈에 보기에도 불량 학생이다. 에덴동산엔 다양한 인간 군상들이 들락거린다. 그중에서도 어린 학생들이 에덴동산을 찾을 때면 당황스럽다. 그들은 상류사회의 일원이 될 거라는 환상에 사로잡혀 있는 부류가 대부분이다. 젊을수록 그런 증상을 앓는 환자들이 많다. 그들에겐 그 어떤 충고도 무용지물이다.

에덴동산으로 들어선 학생도 별반 다르지 않은 삶을 살 것이다. 아니나 다를까, 불량 학생 뒤로 어린 여학생이 들어선다. 둘 다 첫 행동부터 남다르다. 머리에 피도 안 마른 남학생이 호족에 먹물도 안 마른 여학생의 엉덩이를 쓸어안는다. 녀석은 불량기 흐르는 품으로 대뜸 아저씨로 시작해서 거들먹거린다. 참 가소롭다. 그나마 옷을 입은 꼬락서니도 가관이다. 셔츠 단추를 다 풀고 빈약한 가슴살을 내보이며, 침을 내뱉는다. 난 어린 학생을 보며 걱정스럽기도 하지만 한편으론 성질머리가 인다.

'싹수 노란 새끼야! 네놈 부모님이 허리가 부러지도록 일해서 학교를 왜 보냈겠냐? 뭣 같은 삶을 대물림하기 싫어 그런 것 아니야. 최소한 중산층으로 살라고! 넌 어느 집 새끼야?'

나는 녀석의 대가리라도 후려치고 싶지만 에덴동산을 방문한 하나님의 피조물이 아닌가? 난 성질머리를 억누르고 방문객을 안내한다. 무릎뼈가 뻐근하다. 어린놈은 내가 얼마나 기본기 없이

까진 놈인 줄 알고 있느냐는 투로, 아저씨 조용한 공간으로 부탁해요, 그리고 출입 금지라는 애매모호한 말을 내뱉곤 자지를 쓱 잡아 올린다. 호족에 먹물도 안 마른 여학생은 미니스커트를 매만진다. 나이만 어릴 뿐이지 망가진 어른 흉내는 다 내고 다닌다. 순간, 험악한 욕설이 목에 걸린다. 십만 볼트의 전류가 머리끝을 뚫고 들어와서 심장을 관통한 뒤 다리 끝을 태우고 지나가는 느낌이다. 아마도 녀석의 부모는 아들이 도서관에서 공부하다가 곧 집으로 돌아올 거라고 생각할 것이다. 그러나 녀석은 광기와도 같은 시간을 보낼 것이고 남겨진 미래엔 힘겨운 생활만이 그를 기다리고 있을 것이 뻔하다. 하지만 이렇듯 부모가 힘겹게 지켜내고자 하는 사랑이란 존재는 녀석의 부모에겐 큰 의미일지 모르겠지만 지금의 불량 학생에겐 아무런 의미가 될 수 없다. 그럼에도 부모의 사랑은 더욱더 커지는 운명의 고리와도 같기에 가족을 지켜내고자 하는 노력을 게을리하지 않는다. 더러는 자식들의 등짝을 후려치고 싶은 충동을 느끼지만 때론 깃털을 쓰다듬듯 어루만져준다. 어쩌면 부모에게 있어 자식이란 존재는 어쩔 수 없이 짊어지고 가야 할 저주받은 운명과도 같은 것이다.

나도 별반 다르지 않다. 할 수만 있다면 3번 이브의 머리채를 휘어잡고 뇌 청소를 해주고 싶지만 사랑의 감정으로 치환될 거란 망상을 가지고 산다. 사랑은 외부와의 단절 끝에 오는 정서적, 정신적인 결핍에서 비롯되는 것이다. 가족은 서로가 가족일 뿐만 아니라 연인이기도 하고 나 자신이기도 하다. 나도 1번 아담처럼 창문 문틀에 매달려 무언가를 기다린다. 사랑의 복원이 이루어지지 않는 한, 벗어나려 하면 할수록 더욱더 옴짝달싹할 수 없는 견고한 덫과도 같은 것이 가족이다. 그래서 난 괴롭다. 3번 이브와의 관계는 수렁과도 같은 고통이다. 그 고통에서 벗어나는 것은 그녀와의 헤어짐을 뜻하기에 나는 고통을 감수하려 한다. 그렇다. 그녀의 그악스러움에 탈출을 꿈꾸지만 그것 또한 그리 쉽지만은 않다.

1번 이브가 걸어온다. 그녀는 나와 눈이 마주치자 신호를 보낸다. 난 알아서 음악을 튼다.

'지금은 우리가 헤어져야 할 시간, 다음에 또 만나요. 헤어지는 마음이야 아쉽지만 웃으면서 헤어져요. 다음에 또 만날 날을 약속하면서 이제 그만 헤어져요.'

방랑자와 여행자 들이 각자의 공간에서 흐느적거리며 걸어 나온다. 혼자 하는 식사와 섹스는 아무 맛도 안 난다고, 싱싱한 여자를 찾던 마도로스와 머리에 피도 안 마른 남학생과 여학생이 에덴동산을 빠져나간다. 불량기가 줄줄 흐르는 남학생은 끝까지 거들먹거리며 유행가를 흥얼거린다. 생각해보면 이 세상은 언제나 춥다. 내 가슴팍에도 추위가 기어든 지 오래다. 이브들이 가면마법사의 도움으로 유산을 착복한 사건 이후, 난 가슴을 쓸어내는 버롯이 생겼다. 현실의 겨울은 너무나도 길다. 시작된 날은 분명한데 끝나는 날은 알 수 없다. 희망도 행복도 동화 같은 얘기다. 방법이 없다. 언제나 살얼음 위를 위태롭게 걷는 나와 아담 형님들, 이 세상을 살아가는 모든 아담들과 별반 다르지 않다. 물론 영특하고 능력 있는 아담들은 겨울이 언제 시작되었는지 눈치챘을 테고, 따뜻한 계절을 찾아 떠났을 것이다. 하지만 나는 그런 영특한 아담이 아니다.

누군가는 반론을 펼칠 수도 있다. 자신의 처지를 다른 누군가와 비교하는 건 어리석은 짓이라고. 난 이렇게 말해줄 수 있다. 같은 소망을 꿈꿔온 아담들만이 가질 수 있는 유대감이라고. 난 아담 형님들과 그런 희망을 품고 산다. 결코 이루어질 수 없는 종류의 기적은 아니다. 왜냐하면 우린 자존감의 상실 속에서 살아왔고, 그 상실감 속에서 독방 생활을 경험했으며, 그 독방에서 설익은 밥알을 씹어 삼켰다. 능력 있는 수컷들은 모르는, 오로지 우리만 아는 고통 속에서 희망을 키워왔다. 지금도 이브들의 눈길을 피해 그 계획을 실행 중이다. 그 희망엔 아무도 끼어들지 못한다. 내가 기억하는 한, 이브들은 언제나 돈에 목숨 줄을 걸었고, 언제나 내가 이해할 수 없는 무모한 탐욕을 부렸다. 이제 우리는 그녀들이 모르는 새로운 도전을 꿈꾸고 있다. 내게 소망이 무엇이냐고 묻는다면, 아직 말할 수 없다. 다만, 겨울은 가고 따스한 봄날을 기다리고 있다고 말해줄 수는 있다. 그렇다. 내가 머뭇거리면 머뭇거릴수록 기회는 점점 멀어진다는 것을 알면서도, 아들에게 슈퍼맨으로 남고 싶다는 소망이 내 발목을 붙잡는다. 그러니까 아들을 위해서라도 이 지루하고 무료한 시간을 견뎌내지 않으면 안 되기에, 두렵지만 당분간 버티기로 마음을 다잡는다. 내 삶에 진로를 바꿀 만한 결정적인 기회가 찾아왔는데도 말이다. 게다가 난 방황과 좌절을 어린 나이에 경험한 사람이다. 어디 멀리 떠나고 싶으면 떠났고, 무책임한 희망을 남겨두는 법도 배웠다. 그렇게 내 삶은 오래도록 방황했다. 하지만 상관없다. 시간은 멈추지 않으니까. 소년이 할 수 있는 일, 청년이 할 수 있는 일, 아저씨가 할 수 있는 일, 그리고 지금의 내가 할 수 있는 일은 구분할 줄 안다.

한편으론 아담 형님들과 내가 어떻게 해서 여기까지 온 걸까, 하고 물음을 던져본다. 정확히는 기억나지 않는다. 어쩌면 영원히 그 질문에 답할 수 없을지도 모른다. 정작 나와 3번 이브를 묶은 그 사랑이라는 감정이 모호한 탓이다. 우리는 서로에게 여보, 당신, 자기야, 누구 아빠, 누구 엄마라는 호칭을 말하면서 정작 서로가 무엇을 원하는지, 어떤 취미가 있는지, 미래의 소망은 무엇인지 궁금해하지 않았다. 앞으로도 그럴 것이다.

내가 알고 있는 한, 3번 이브는 한때는 청순한 소녀였고, 지금은 성질머리가 드센 아줌마이고, 돈독이 올라 이 구멍 저 구멍을 기웃거리는 돈의 노예라는 사실이다. 내가 알고 있는 3번 이브는 그게 전부다. 순수하고 부끄러움이 많던 그 청순 소녀는 어디로 간 걸까? 그러니까 내가 믿었던 남녀 간의 사랑이라는 관념은 더더욱 믿을 이유가 없다. 그녀가 한때 청순 소녀였든, 성질머리가 더러운 소녀였든, 그게 나랑 무슨 상관이 있단 말인가? 나는 내가 살아온, 앞으로 살아갈 문제만으로도 머리가 터질 듯 지끈거린다.

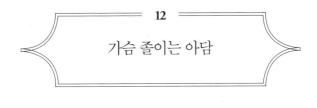

12

가슴 졸이는 아담

난 에덴동산을 대충 정리하고 모임 공간으로 들어선다. 2번 아담은 지치지도 않는지 허리를 퉁기며 열심히 춤을 추고 있다. 2번 이브는 그의 얼굴을 노려보며 인간아 왜 사니, 하고 중얼거린다. 2번 아담은 그러거나 말거나 미친 듯이 몸부림을 친다. 보고 싶다고 말하고 싶어도 몇 시간 후면 영원히 만날 수 없을지도 모른다.

우리는 이브들이 무섭다. 이렇게 형편없는 결혼 생활이 정말 사랑일까? 모든 것을 포기하고 싶어질 때 우린 그런 의문을 던졌다. 만약에 결혼 생활을 포기한다면, 다 그만둬 버리고 싶다고 말한다면, 이브들은 뭐라고 말할까? 그래, 그만둬 버려, 라고 말할 수 있을까? 아마도 입에 거품을 물고 길길이 날뛸 것이다. 그냥 하는 말이 아니다. 우리가 이렇게 말해도 이브들은 우리의 말을 믿지 않을지도 모른다. 점점 더 그악스럽게 변하거나 단단한 독방을 만들 것이다.

난 술기운에 시야가 몽롱해진다. 술에 취한 채 춤을 추는 2번 아담이 눈앞에서 소용돌이친다. 그때 3번 이브가 마이크를 들어 올린다.

"누구 부를 차례야?"

"제부는 몇 곡 안 불렀잖아."

이브들이 3번을 연호한다. 1번 아담은 2번 아담에게 얼마나 시달렸는지 얼굴이 사색이다.

"한 곡 불러!"

나의 아내인 3번 이브가 눈알을 부라리며 마이크를 내민다. 나는 마이크를 받아 든다. 희망은 희망이고 현실은 현실이다. 지금 나에겐 할 일이 있다. 절대로 빈틈을 보이지 않아야 하고 충성심을 보여줘야 한다. 그래야만 이브들은 강아지를 기르는 주인처럼 나의 목덜미를 쓰다듬을 것이다.

이브들이 3번을 연호하며 호들갑을 떤다. 뭐든 빨리빨리 처리되어야 그녀들의 직성이 풀린다. 그러나 뇌 없는 소처럼 일한 세월에 비하면 이 정도의 뜸 들이는 시간쯤은 기다려줘야 한다. 하지만 몇 초를 머뭇거렸을 뿐인데 3번 이브의 눈길이 사나워진다.

"빨리 불러! 폼 잡지 말고!"

그녀의 목소리가 제법 심각하다. 그래도 어쩔 수 없다. 삶이란 현실적인 욕망 외에 조용히 음미해볼 만한 것들도 있다. 아담과 이브의 관계가 그렇다. 서운함이 원망으로 바뀌고, 원망이 미움으로 변했다. 절대, 절대로 탈탈 털어버릴 수 없는 거다. 난 이브들을 노려보곤 고개를 꺾는다. 모르긴 몰라도 스스로 몸을 추스르고 일어나기까지는 많은 시간이 걸릴 것이다. 이브들이 손뼉을 치며 들솟는다. 그녀들을 보면 꼭 꽁치 떼를 보는 것 같다. 도리깨로 물장구를 치면 쫑알쫑알 노래를 부르듯 수면 위로 뛰어오른다. 꽤 죽이 잘 맞는 그녀들이다.

나는 절대로 물러서지 말 것을 종용하는 2번 아담의 충고를 뿌리치고 못하고 있다. 원망이 있으면 도려내고, 미움이 있으면 녹여내면 되지 않을까? 그것이 가족을 지키는 일이 아닐까? 그러나 난 항상 우유부단하다. 어쩌면 투항할지도 모른다.

3번 이브의 그악스러운 악다구니가 들린다. 그녀의 음성은 언제나 신경질적이다. 그 여파로 내 영혼은 말라비틀어진 지 오래다. 종신 노역의 후유증이기도 하다. 난 목청을 가다듬는다. 그녀의 새된 목소리가 또다시 터져 나온다.

"빨리 불러! 시간 없어!"

나는 마음을 다잡고 리듬에 맞춰 부끄럽게 율동을 한다. 그녀가 얼마만큼의 태엽을 감느냐에 따라 우쭐우쭐 어깨를 들썩인다. 난 처절하게 악을 쓰듯 노래를 부른다. 이브들이 손뼉을 치고 하늘로 치솟는다. 이 황금 같은 시간에 그녀들을 위해 춤을 추고 노래를 부르는 일이 썩 내키지는 않지만, 이미 습관이 되어버렸다. 악이라도 쓰지 않으면 미쳐버릴지도 모른다. 나는 조직의 일원으로서, 협동심과 창의성을 발휘하여 신뢰를 얻어야 한다. 뭐랄까. 기독교인들이 주기도문이 외는 것과 같다. 그녀들이 앙코르를 외친다. 앙코르라는 소리를 듣자 떠오르는 기억 하나가 있다.

마도로스 삼 년차로 접어들었던 겨울이었다. 고등학교 동창생에게서 연락이 왔다. 미팅을 주선하겠다는 전화였다. 난 머뭇거렸다. 친구는 짝을 맞추어야 한다며 참석을 권유했다. 어쩔 수가 없이 단체미팅 장소로 갔다. 소개가 끝나자 누군가가 에덴동산으로 가자고 제안했다. 나는 가고 싶지 않았다. 지금도 그렇지만 그때는 무조건 에덴동산 이야기만 나오면 발뺌했다. 하지만 친구 녀석들은 에덴동산으로 몰려갔다. 난 마지못해 따라갔다. 가지 않으면 안 될 분위기였다. 예상대로 모두 수준급으로 열창을 해댔다. 친구들이 노래를 흥겹게 부를 때에도 나는 어떤 노래를 불러야 할지 망설였다. 그때 빨간 미니스커트에 바바리코트를 입은 여자가 한 곡 부르라고 권했다. 처음부터 나에게 눈길을 주던 여자였다. 사실, 나도 자꾸만 눈길이 갔다. 쌍꺼풀이 진 큰 눈과 불그스름한 얼굴이 몹시 해맑고 화사해 보였다. 게다가 웃을 때마다 건강한 혀와 빨간 목젖이 보였다.

나는 노래하는 것이 고역이었지만 용기를 냈다. 노래를 시작하자마자 모두 까무러졌다. 난 노래를 멈추지 않았다. 핏대를 세우며 끝까지 불렀다. 사실 나의 노래 솜씨는 심각했다. 모든 장르의 노래를 중얼중얼 랩으로 만들어버렸다. 음정과 박자도 제멋대로였다. 그런데 기적 같은 일이 벌어졌다. 누군가가 앙코르를 외쳤다. 빨간 미니스커트에 바바리코트를 걸친 여자였다. 난 감격했다. 다시 불렀다. 처음이자 마지막이라는 심정으로 최선을 다했다. 잠시 뒤, 탄력 있는 여자의 엉덩이가 나의 골반을 자극했다. 더러는 내 가슴팍에 안기기도 했다. 아릿한 살 냄새가 정신을 아찔하게 했다. 나는 여자의 몸에서 스멀스멀 퍼지는 살 냄새를 맡으려 허리를 꼭 끌어안았다. 쿵쿵거리던 음악 소리가 귓전을 맴돌고 심장이 벌떡거렸다. 나는 그녀의 눈을 그윽하게 들여다보았다. 그녀는 달콤하고 감미로운 입술을 내밀며 유혹의 눈빛을 보냈다. 난 분위기 파악도 못 하고 여자에게 이름을 물었다. 여자의 대답은 간단했다.

"집에선 넘버 스리라 불러."

"넘버 스리? 무슨 조직 같다."

"많은 걸 알면 서로 피곤하잖아. 난 쿨한 것이 좋아!"

나는 여자를 꼭 끌어안았다. 향기로운 냄새가 진하게 맡아졌다. 여자는 나를 힐끗 쳐다보곤 야릇한 웃음을 흘렸다. 우린 누가 먼저랄 것도 없이 한적한 공간으로 뛰었다. 나도 여자도 많이 취해 있었다.

다음 날 아침, 눈을 떴다. 난 당황했다. 빨간 미니스커트와 바바리코트가 초원 위로 흩어져 있었고, 손발이 가느다란 여자가 알몸으로 옆에 누워 있었다. 난 무화과 잎으로 여자의 몸을 가려주었다. 그날 이후, 몇 개월 동안 여자를 피해 다녔다. 난생처음 사랑을 속삭인 여자가 그립기는 했다. 향긋한 냄새가 내 콧속에 남아 줄곧 맴돌았다. 그 냄새는 비린내처럼 나의 마음을 나른하게 했다. 내 처지를 잘 알고 있는 탓이었다. 내가 믿는 구석이라곤 들쭉날쭉한 바다 삶이라는 것을 말이다. 그러나 누구도 나의 바다 삶을 함부로 비웃지는 못할 것이다. 나는 바다 삶에 애증을 가진 뱃사람일지는 몰라도, 적어도 바다를 믿고 사랑하는 사람이라고 자부했다. 친구들이 그 많은 직종 중에 왜 어부를 직업으로 택했느냐고 물었을 때, 나는 대답하지 않았다. 다만 바다에서 살다가 하늘로 간 아버지를 추억하고 싶을 뿐이었다. 정말로 그랬는지도 모른다.

나는 절대로 바다 삶을 포기하지 않기로 마음을 다잡았고, 뱃일에 매달렸다. 그렇게 겨울이 끝나가고 있었다. 볕 좋은 오후의 바다에서 그물을 풀고 매일 가던 뱃길을 향해 다시 이물을 들어 올렸다. 내가 모르는 뱃길을 따라 아버지의 아버지들은 눈물을 흘렸을 것이고, 더러는 그 자리에서 오래전 한 남자가 울었다는 사실을 알아챘을 것이다. 나는 아무것도 바라지 않았다. 거짓말같이 겨울이 가고 봄이 왔다. 그런데 이상하게도 가슴이 싸르락거렸다.

'너는 나처럼 살지 마!'

문득 아버지의 말이 떠올랐다. 나는 그 말의 의미도, 아버지의 의중도 파악할 수 없었다. 다만 그러겠다고 고개를 끄덕였다. 그런데도 해결되지 않은 질문들이 감당하기 어려울 만치 많았다. 때로는 나이보다 많은 질문들이 한꺼번에 쏟아지기도 했다. 그런 질문과 대답을 해결하기도 전에 한 통의 전화가 걸려왔다. 그리하여 못다 한 얘기들은 오롯이 내 몫의 질문과 대답이 되어버렸다. 그러니까 화창한 봄날 평일 오후 세 시. 여자에게서 전화가 걸려왔다.

"오빠, 저하고 좀 만나요."

"오빠? 누구세요?"

"넘버 스리!"

그녀의 목소리는 맥이 풀려 있었다. 에덴동산에서 통통 튀던 목소리와는 전혀 딴판이었다.

"무슨 일로?"

여자가 이내 울음을 터트렸다. 난 가슴을 쓸어내리며 에덴동산으로 걸음 했다. 심장의 피돌기가 더욱 빨라졌다. 빨간 미니스커트와 바바리코트의 여자가 에덴동산 입구에 서 있었다. 난 말없이 여자를 따라갔다. 다리가 후들거렸다. 여자는 입술을 꼭 앙다물고 아무 말도 하지 않았지만 느낌이 왔다.

그녀가 에덴동산으로 들어섰다. 휘황한 햇살이 자꾸만 에덴동산 위로 부서져 일렁였다. 그 여파로 눈을 뜰 수가 없었다. 그녀의 뒷모습이 부서진 햇살 속에서 아지랑이처럼 휘청거렸다. 나는 가늘게 뜬 눈으로 여자의 뒷모습을 응시했다. 그녀의 걸음걸이를 따라 빨갛게 익은 무화과와 포도송이 들이 빙글빙글 돌며 내 시야를

흐트러뜨렸다. 정말이지 전혀 예상치 못한 상황이 펼쳐졌다. 어떻게 그런 일이 내게 일어날 수 있는 거지? 당황스러웠다. 우락부락하고 흉악하게 생긴 아담 두 명과 예쁘장하게 생긴 이브들이 눈알을 부라리고 앉아 있었다. 흉악하게 생긴 아담과 음흉하게 생긴 아담이 요리조리 눈알을 부라렸다. 나는 숨을 죽였다. 그때 흉악하게 생긴 아담이 주먹을 높이 쳐들며 버럭 고함을 질렀다.

"청순하고 예쁜 넘버 스리를, 그 뭐냐? 그랬단 말이지?"

그의 말이 떨어지기 무섭게 눈에서 불꽃이 일었다. 아프기도 했지만 흉악하게 생긴 아담의 시퍼런 서슬에 심장이 떨렸다. 한동안 잠자코 앉아 있던 또 다른 아담이 조심스럽게 이브들의 눈치를 살피곤 사뭇 걱정이라는 듯이 무겁게 입을 열었다.

"야아! 넘버 스리를 그랬단 말이지? 그러면 도리는 해야지. 그래? 안 그래?"

나는 울상이 되어 무조건 책임지겠다는 말만 되풀이했다. 이브들은 어떤 일이 있어도 선악과를 따먹은 책임을 져야 한다고 협박했다. 나는 그런 사람이 절대 아니라고 눈물로 맹세했다. 그러나 어떻게 남편 역할을 해야 하는지, 어떻게 아빠 노릇을 해야 하는지 도무지 알 수 없었다. 돌이켜 생각해보면 참으로 불행한 일이다.

나는 머리를 쥐어뜯으며 그날 밤의 기억을 재생하려 머리를 두들겨댔다. 그럴수록 뇌리에서 지우고 싶은 영상은 자꾸만 붙어났다. 내 머리에선 그녀와 초원을 뒹굴던 장면이 가장 먼저 떠올랐다.

난 나란히 줄지어 앉아 있는 이브들을 힐끔 쳐다보았다. 도끼눈을 치뜨고 날 노려보고 있었다. 무엇보다 그녀들이 뿜어내는 독기에 주눅이 들었다. 고집 세고 자존심 강한 기질에다 자수성가한 사람에게서 흔히 볼 수 있는 독선과 오기가 느껴졌다. 그때 음흉한 표정으로 앉아 있던 아담이 술잔을 내밀며 한마디 했다.

"난 2번 아담이야. 아무튼 남자가 배꼽 밑으로 자유로운 사람이 몇 명이나 있겠어. 그래도 어떻게 해. 운명으로 받아들여야지."

그러곤 말을 덧붙였다. 살다 보면 실망할 것이라고, 분명 그럴 거라고 말끝을 흐렸다. 순간, 이브들의 눈빛이 험악해졌다. 2번 아담의 얼굴엔 피곤한 기색이 역력했고, 눈가엔 눈곱까지 대롱대롱 매달려 있었다. 아담 형님들이 돌아가며 내 잔에 포도주를 채웠다. 나도 그들의 술잔에 고독을 증류한 술을 채웠다. 2번 아담이 나에게 측은한 눈길을 보내곤 아랫입술을 비틀어 올렸다.

"쭉 마셔! 이럴 땐 술이 최고야."

나는 한동안 아무 말 없이 그를 바라보았다. 2번 아담의 눈빛은 공허하게 보였다. 1번 아담도 가슴 언저리가 체한 사람처럼 답답한 표정을 짓고 있었다. 예감이 좋지 않았다. 뭔가 찜찜한 일이 벌어질 것만 같았다. 그도 그럴 것이 아담과 이브 들은 밀어를 속삭이는 연인처럼 술잔을 사이에 두고 무언가를 주고받는 눈치였다. 그들의 눈빛이 교차하는 술병과 술잔 어디쯤에서 아무도 알아듣지 못하는 그들만의 주술이 기회를 엿보고 있는 것만 같았다. 그때 2번 아담이 흐느적거리는 목소리로, 폭탄주를 만들어주겠다고 했다. 그러곤 한숨을 내쉬듯 중얼거렸다.

"난 에덴동산에서 몸과 마음으로 느낀 것을 술로 표현하는 법을
배웠거든."

2번 아담이 여러 종류의 술병을 꺼내왔다. 난 그가 폭탄주를 만
드는 걸 지켜보았다. 사과주와 무화과주, 포도주와 사과주, 포도주
와 무화과주, 그리고 모든 과실주가 섞인 술잔을 내밀었다. 2번 아
담은 사과주와 무화과주, 포도주와 사과주, 포도주와 무화과주가
섞인 폭탄주에 불을 붙였다. 난 질문을 던졌다.

"2번 형님. 이 술 이름이 뭔가요?"

그는 이글이글 불타는 눈빛으로 나를 쏘아보곤 짧게 말했다.

"선악과주!"

"선악과주?"

"그래. 이 술을 마실 땐 머리를 비우고 마셔야 해! 그렇지 않으
면 미쳐버려!"

"왜입니까?"

"그건……."

2번 아담은 말꼬리를 길게 빼곤 머뭇거렸다. 나는 그의 대답을
기다리지 않고 술잔을 들어 올렸다. 냄새가 강렬했다. 난 에덴동
산의 초원 위에 빙 둘러앉아 있던 이브들을 힐끗 쳐다보았다. 그
녀들이 야릇한 웃음을 흘렸다. 나는 생각을 비우곤 차례대로 술을
입 안으로 흘려 넣었다. 아주 부드럽고 달콤했다. 아이스크림이나
솜사탕 맛이었다. 아담 형님들은 사과주와 무화과주, 그리고 포도

주를 섞은 술을 마시지 않았다. 그러니까 혼합주는 절대 사양하는 눈치였다. 2번 아담이 사과, 무화과, 포도로 만든 술을 혼합하여 또다시 술잔에 따랐다. 그러곤 일회용 가스라이터로 불을 붙였다. 시퍼런 불꽃이 피어올랐다. 난 선악과주의 의미를 상상하며 단숨에 마셨다. 그 맛은 충격적이었다. 머릿골이 흔들리고 강렬한 두통이 느껴졌다. 코끝에서 피가 터져 나올 것 같았다. 2번 아담이 측은한 눈빛을 보냈다.

"세 가지를 섞어 만든 술은 무뇌주야! 순식간에 지옥과 천당이 느껴지지? 그러게 아무 생각 하지 말고 마시랬잖아!"

그랬다. 뒤끝이 매우 강렬하고 거칠다 못해 구원과 희망의 싹마저 잘려나가는 맛이었다. 그나마 목구멍에서 커다란 혹이 자라난 것처럼 숨이 턱 막혔다. 2번 아담이 포도주를 들이켜며 한마디 덧붙였다.

"미친놈이 따로 있는 것이 아니야. 미친 짓을 한 놈이 미친놈인 거야. 그래서 무뇌로 살아야 해. 으흐흐흐."

그는 나를 바라보며 웃음을 터뜨렸다. 순간, 내 머리끝까지 뻗치던 술기운이 급속히 하강하는 느낌이 들었다. 콧등이 시큰해지고 눈 가장자리가 뜨뜻해졌다. 1번 아담이 내게 술잔을 내밀곤 아랫입술을 비틀어 올렸다.

"아무튼 넌, 3번이야. 넘버 스리!"

나는 눈을 휘둥그레 뜨고 이브들을 둘러보았다. 그녀들이 말없이 고개를 끄떡였다. 술기운에 그랬겠지만 숨이 턱 막혔다. 그 뒤로 나는 두 번 다시 무뇌주를 마시지 않았다. 그 술의 강렬함이 내 코와 가슴팍에 남아 줄곧 맴을 돌았다. 다른 폭탄주는 무뇌주처럼 정신을 질식시키진 않는다.

아담과 이브 들은 한동안 말이 없었다. 나는 무의식중에 자꾸만 손이 가슴팍으로 갔고, 심장의 두근거림이 더욱 심해졌다. 1번 아담과 2번 아담이 나를 처연한 눈길로 바라보곤 동시에 외쳤다.

"넌 매일 일을 해야 돼. 하루도 거르지 않고 매일, 매일."

그들은 단호하게 힘을 주며 '매일, 매일'을 발음했다. 그것은 마치 절대로 거역해서는 안 되는 명령처럼 들렸다. 나는 그들의 말에 대꾸하지 않았다. 일종의 두려움이었다. 난 파닥거리는 심장을 쓸어내렸다. 그렇게 의식이 치러지는 동안, 이브들은 아랫입술을 비틀어 올렸다. 겉으로 보기엔 크게 달라진 건 없었다. 하지만 아담 형님들은 죄책감이 뒤엉킨 얼굴이었다. 나는 그때 아담 형님들과 소통할 수 있는 공력이 없었다. 그들이 나에게 보내는 공허한 눈빛, 몸짓, 손짓, 그 어느 것 하나 알아챌 수도, 공감할 수도 없었다. 난 그때 무뇌주를 마시지 말았어야 했다. 어쨌거나 일곱 병의 과실주가 비워지는 순간, 나는 끝이 보이지 않는 나락으로 몽롱하게 떨어져 버렸다.

그때 보았던 아담 형님들은 덩치가 크고 얼굴이 탱글탱글한 아저씨들이었는데, 그들의 얼굴에도 세월의 풍파에 쓸려 주름살이 패이고, 기미가 자글자글하다. 그때 앙코르만 아니었어도 무뇌주를 마시지 않았을 텐데. 내 인생을 멋대로 흔들어버린 무뇌주의 마력은 현재진행형이다.

나는 눈을 동그랗게 뜨고 3번 이브를 응시한다. 그녀는 여전히 앙코르를 외치고 있다. 자꾸만 무뇌주의 냄새가 코로 밀려드는 것 같다. 한때는 넘버 스리도 청순가련형이었다. 최소한 그때는 그랬다. 하지만 애 낳고, 나이 들자 억척스러운 아줌마가 되어버렸다. 남자 잘못 만나서 눈가에 느는 것은 주름이요, 누구 남편은 뭐 한다더라, 그래서 돈을 얼마 벌었고 수억짜리 아파트에서 산다더라, 나는 무슨 더러운 저주를 받아서 나보다 못생기고 공부도 못한 것들보다 험하게 사느냐고 하는 것은 기본이고, 눈 밑에 점을 빼야 잘 산다느니, 성형수술을 해서라도 관상을 고쳐야겠다느니, 하는 말을 입에 달고 산다. 그렇게 공연한 트집을 잡는다. 소녀 시절엔 냇물처럼 맑은 여자였건만 많이 변해버렸다. 난 3번 이브를 향해 상냥한 미소를 보낸다.

"넘버 스리. 조오치?"

"그럼, 언니들과 어울려 에덴동산에서 노는데, 조치. 슬퍼?"

3번 이브는 내 말을 갯지렁이 밟듯이 밟아버린다. 난 그녀의 성질머리를 다독거리며 비굴한 웃음을 짓는다. 어깨를 주무른다, 밥을 짓는다, 설거지를 한다, 그렇게 애교를 떨기로 마음을 다잡는다. 3번 이브의 냉랭한 시선쯤은 아무것도 아니다. 해 질 무렵, 그녀가 홀로 길을 걷는다면 난 언제나 든든한 길잡이가 되어줄 것이다. 나는 그렁한 눈길로 그녀를 바라본다.

"뭘 그리 뚫어지게 봐. 내 얼굴에 뭐 묻었어?"

"으흐흐흐, 예뻐서."

"염병. 새삼스럽긴."

3번 이브가 곱게 눈을 흘긴다. 이미 여러 번 대면했던 협박성 퍼포먼스라 제법 친숙하게 느껴진다. 난 포도주를 홀짝거리며 이브들을 곁눈으로 훔쳐본다. 웃고 있는지 입꼬리가 부드럽게 휘어져 있다. 그렇다. 살다 보면 가끔 저절로 알게 되는 일도 있는 법이다. 그녀들은 미치도록 돈을 사랑하고 있다. 마음이 허깨비처럼 가벼워지고 파삭해지는 동안, 우린 이브들이 만족할 만한 돈을 상납하지 못했다.

2번 아담이 늘어지게 하품을 하며 자리에서 일어난다. 그의 얼굴은 이전보다 한층 더 붉게 달아올라 있다. 1번 아담이 손을 내민다.

"2번아! 잘 놀았어? 이리 와라. 우리 노래나 한번 부르자!"

1번 아담이 엉덩이를 익살맞게 흔들어대며 노래를 선창한다.

"지금은 우리가 헤어져야 할 시간, 다음에 또 만나요. 헤어지는 마음이야 아쉽지만, 다음에 또 만나요."

이브들도 엉덩이를 씰룩거리며 노래를 따라 부른다. 나는 에덴동산을 휘휘 둘러본다. 문득, 목 뒤가 시리다. 그렇다. 나는 나약하다. 영락없이 나의 아버지를 닮았다. 궁상스럽고, 미련스럽고, 의무감에 사로잡혀 있다. 어쩌면 내가 살아왔던 인생의 묘한 향수나 비현실적인 감상 때문인지도 모른다. 아니면 무뇌주의 마법에 걸렸든지, 그것도 아니면 독방 생활의 후유증으로 생긴 정신질환일 수도 있다. 아무튼 우리가 에덴동산에서 모임을 끝내는 순간, 과거와 현재는 사라지고 새로운 내일이 열릴 것이다.

아담 형님들이 이브들을 흘끗흘끗 쳐다보곤 조심스럽게 아랫입술을 비틀어 올린다. 옆으로 삐져나온 저 엉덩이 살과 허릿살 좀 보라지. 서랍장 살덩이들, 열면 삐져나오는 서랍장 살덩이들, 하고 비아냥대는 것 같다. 그런데 서랍장 살덩이가 이브들의 잘못이란 말인가. 세월 탓도 있다. 새삼 쓸쓸한 생각이 든다. 이렇게 하나씩 하나씩 늘어나고, 하나씩 하나씩 없어지는 건가? 나는 어떡하지? 우유부단한 게 내 잘못이란 말인가? 머리가 또 지끈거린다. 더는 참을 수 없다. 조금만 더 참으면 뇌가 터져버릴 것 같다.

그들은 한 덩어리가 되어 목이 찢어져라 열창한다. 다음에 또 만나자고, 헤어지기가 너무 아쉽다고 악을 써댄다. 그때 1번 이브가 2번 아담의 주머니에 슬쩍 봉투를 넣어준다. 메들리값이다. 1번 아담이 그의 머리칼을 박박 쓰다듬어준다. 2번 아담이 내 머리칼을 쓸어주고 난 3번 이브의 머리를 쓰다듬어준다. 드디어 아담과 이브 들의 모임이 끝났다.

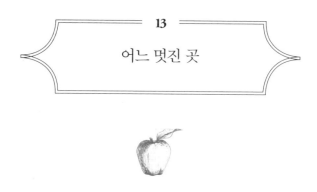

13

어느 멋진 곳

난 시간을 계산해본다. 아담 형님들이 에덴동산에서 마지막 파티를 끝내고 어느 멋진 곳을 찾아 떠난 지 여섯 시간이 지났다. 분명 가치 있는 행동이다. 그러나 어떤 삶이 더 바람직한가에 대해선 결론을 내릴 수 없다. 그건 단순한 문제가 아니다. 나는 아담 형님들이 어느 멋진 곳으로의 동행을 제안했지만 잠시 시간을 달라고 했다. 양심의 가책을 느껴서가 아니다. 어쩌면 나도 1등 정자를 밀어내고 난자와 착상에 성공한 2등 정자처럼 성공 앞에서는 무도덕을, 사랑 앞에선 조건을 평계 대는 그런 기회주의자인지도 모른다. 1등 정자에게 의당 느껴야 할 죄책감조차 느끼지 않는 것도 이 모든 일련의 과정들이 비현실적인 환각에 지나지 않기 때문이다. 그러니까 나는 그런 것들에 대한 성찰의 시간이 필요하다. 그럼, 나와 아담 형님들과의 차이점은 무엇일까? 그들은 허물어진 세상과 뒤섞이면서도 희망을 버리지 않았고, 난 언제나 머뭇거렸다. 그 간단한 차이가 나를 씁쓸하게 만든다.

나는 서둘러 생선 마리를 진열한다. 빨라진 내 심장박동 소리에 맞춰 손길도 빨라진다. 3번 이브는 침대에서 일어나지 않았다. 나는 아무 일이 없는 듯 그저 하루를 준비할 수밖에 없다. 그때 짧고 명확한 3번 이브의 외침이 울려 퍼진다. 시한폭탄의 초침처럼 예민해진 나의 심장박동을 자극하는 소리다. 고함 소리는 점점 간격을 좁혀가며 다시 들려온다. 그 여파로 내 심장의 피돌기가 빨라진다.

'날 보고 어떻게 하라는 거야?'

나의 물음은 어느새 나를 향해 있다. 난 잠시 머뭇거리다가 집으로 달려간다. 그녀의 고함 소리가 들리는가 싶더니 이내 악담이 쏟아진다. 그녀의 눌린 머리카락과 창백한 얼굴은 지난밤 에덴동산에서 술에 찌들었음을 보여준다. 3번 이브가 어금니를 앙다물고 욕설을 뱉어낸다.

"가슴이 타버리는 것 같아. 이런 개새끼들! 잡히면 죽여버릴 거야! 그 돈이 어떤 돈인데! 못 살아!"

그녀의 얼굴은 눈깔이 허옇게 멀고 지독한 냄새를 풍기며 썩어가는 생선 같은 표정이다. 난 가슴을 쓸어내리며 걱정스레 한 마디 던져준다.

"왜? 무슨 일이야?"

"까불지 마! 너도 한 통속이지?"

"내가 뭘?"

앙칼지게 쏘아 보는 그녀의 모습이 전에 없이 불안해 보인다. 난 시치미를 떼고 다시 묻는다.

"아침부터 왜 그래? 무슨 나쁜 꿈이라도 꾸었어?"

"내 앞에서 당장 꺼져버려."

3번 이브가 날 매섭게 노려본다. 왠지 그대로 내 머리털을 뽑아버릴 것만 같다. 난 그 사건의 전말을 알고 있다. 썩 내키지 않는 일이지만, 나도 공범자다. 그렇게라도 하지 않으면 미쳐버릴지도 모르기 때문이다. 뭐랄까? 때때로 '이게 도대체 뭐지?' 하는 생각이 드는 순간이 있었고 울화가 치밀어 소리라도 질러야 하는 때도 있었다. 그런 생각을 하는 순간, 대문이 벌컥 열리고 1번 이브와 2번 이브의 새된 악다구니가 들려온다.

"몰라. 못 살아. 그 돈이 어떤 돈인데, 모두 갖고 튀었어."

마치 도미노 게임을 하듯이 연달아 비명 소리가 터지고 3번 이브가 쌍욕을 퍼부어댄다.

"내가 일수 해서 번 돈도 모두 갖고 갔어. 사악한 뱀보다 못한 새끼들이!"

나는 멍하니 서서, 이브들을 바라본다. 이제 예전과는 다르다. 난 그녀들에게 미안해하지도 않고 자책하지도 않을 것이다. 그렇다. 1번 아담은 가면마법사의 손을 맞잡았고, 2번 아담은 에덴동산 포장마차 여자와 어느 멋진 곳을 꿈꾸었다. 그러곤 장인이 남겨준 유산과 이익금을 남김없이 들고 갔다. 1번 이브가 아랫입술을 비틀어 올린다.

"뛰어봤자 벼룩이지. 그냥 당하고 있을 것 같아?"

나는 실어증이라도 걸린 것처럼 말이 나오지 않는다. 우리는 그녀들에게 뇌 없는 일소 취급을 당하며 살아왔다. 그녀들의 눈짓에 따라 엉덩이와 팔을 요리조리 돌려 춤을 추었고, 죽어라 종신 노역에 시달렸다. 2번 아담이 어느 멋진 곳을 찾아 떠나기 전, 한마디 했다.

"시간은 절대로 사람을 기다려주지 않아. 더 늦기 전에 달려보다가 죽자. 이 정도면 오래 참은 거다."

만약 아담 형님들이 종신 노역을 선고받는 날부터 줄곧 그런 생각을 하고 있었던 거라면, 달리지 않는 게 더 이상한 일이다. 내 생각엔 인생은 짧아 그냥 달려보다가 죽자, 라는 결론을 내린 순간부터 달릴 준비를 했고, 이브들의 비굴한 유산 착복 사건이 결정적인 역할을 한 게 틀림없다. 그러니까 인간의 신뢰에 대한 문제다. 이제 모든 것이 바뀌었다. 이브들이 제일 먼저 할 일은 경찰서에 신고하는 거고, 출국 금지를 요청하는 거다.

경찰서에 신고를 끝낸 1번 이브가 눈을 치켜뜨고 바다를 응시한다. 바람이 너울대는 시푸른 파도 사이로 이랑이 조금씩 거칠어지고 있다. 어쩌면 아담 형님들은 저 바다에서 희열에 들떠 있는지도 모른다. 이브들은 바다가 물살을 구부렸다 폈다 하는 꼴을

보지 못한다. 다만, 동공 사이로 눈물이 비어져 나올 뿐이다. 슬퍼서? 아니면 안구 건조증 때문에 인공눈물을 넣었는지도 모른다.

　나는 이브들을 응시한다. 우리 아담들이 종신 노역에 시달리는 동안 무게만큼, 부피만큼, 아프지 않았느냐고? 그래서 미안한 생각은 없었느냐고 물어보고 싶다. 하지만 이미 늦어버렸다. 아담 형님들은 이미 종적을 감추어버렸다. 이미 정해진 수순이다. 하긴, 그 누구도 의심하지 않았다. 무엇 때문에 의심을 하겠는가. 모든 것이 보이는 그대로였다. 술만 마시면 개망나니 짓을 하는 2번 아담, 1번 이브의 치마폭에 싸여 설설 기는 1번 아담. 나? 말해 뭐하겠는가. 뭘 해도 엉망인 나를 누가 거들떠보겠는가. 하지만 그들이 가면마법사와 에덴동산 포장마차 여자와 동행을 했는지는 아무도 모른다. 정말 알 수 없다. 그들이 어떻게 계획하고 일을 마무리했는지 지켜본 사람이 있다. 누구? 바로 나다. 어제 이브들이 에덴동산에서 모임을 갖던 날, 가면마법사는 모든 일을 끝냈다. 거래처 자료를 불태우고 컴퓨터 하드웨어도 삭제했다. 이브들은 내가 아는 것을 모르고 있다. 아담 형님들은 어느 멋진 곳을 동경해왔다는 사실이다.

　1번 이브의 휴대전화가 자지러진다. 그녀는 쉴 새 없이 오르락내리락하는 호흡을 다스리며 전화를 받는다. 담당 형사의 전화다. 그녀가 입술을 깨문다. 1번 이브의 전화번호엔 새로운 연락처가 추가됐다. 그것은 아담 형님들의 번호도, 나의 번호도 아닌 형사의 번호다. 그렇다. 나는 아니지만 아담 형님들은 어느 멋진 곳을 찾아 떠났다. 그러니까 이제 다 끝났다고, 어떤 전화도 통화 불능이 되었다고 말해주고 싶다. 그 여파로 언젠간 아담 형님들에 대한 기억도 마모될 것이다. 그 기억엔 또 다른 기억이 채워지겠지? 전화 통화를 마친 1번 이브가 욕설을 퍼붓는다.

"사악한 뱀보다 못한 새끼들! 절대 용서 못 해! 찾아내어 죽여버릴 거야!"

2번 이브와 3번 이브의 입술도 비틀려 있다. 화난 표정이 역력하다. 그 기세에 눌린 내 심장의 피돌기가 빨라진다. 나를 째려보던 3번 이브가 신경질적인 눈빛으로 명령한다.

"뭐해? 빨리 따라오지 않고."

난 소망한다. 모든 것이 아담 형님들이 원했던, 혹은 예상했던 것보다 훨씬 더 아름다운 해피엔딩으로 끝나길. 그뿐이다. 사실이 그렇다. 심장의 피돌기가 빨라지고, 무릎이 덜덜 떨리지만 그들이 행복했으면 좋겠다.

그녀들은 나를 앞세우고 경찰서 출입문을 밀친다. 그렇다. 아담 형님들은 단지 이브들의 머슴에 지나지 않는다는 사실을 담담히 받아들일 수밖에 없는 삶에 대한 냉소 때문에 떠났다. 이브들은 아담들의 열정 따위는 폐기시켜버리고 냉소적으로 살아갈 수밖에 없는 빌어먹을 수컷이라고 단정했다. 나와 아담 형님들은 그녀들의 이중적 행태에 분개하지 않을 수 없었다. 왜냐하면 우리는 무척이나 가족을 사랑했고 인생의 전부를 걸었었기에 그녀들의 배신을 받아들일 수 없다. 그녀들은 그냥저냥 그렇게 사는 게 인생이라고, '그 정도 일로 왜 죽을 듯이 엄살을 부리는 거야?'라고 말하지만 우리에겐 인생을 다시 생각하게 하는 커다란 전환점이 되었으며 그 일로 인해 삶이 허무하고 하찮아져 버렸다. 그러던 와중에 장인어른의 유산 착복 사건을 알게 되었고 2번 아담의 어느 멋진 곳을 향한 게임에 동참하게 되었다.

담당 형사가 사진 한 장을 보여준다. 1번 이브는 사진을 꽉 움켜 쥐곤 부들부들 떤다. 나머지 이브들은 말할 것도 없다. 1번 이브가 외마디 비명을 지른다.

"어떻게 이런 일이! 이것 좀 봐."

3번 이브가 1번 이브의 손에 들려 있는 사진을 낚아챈다.

"세상에, 어쩜. 1번 형부 맞네. 근데 이 여자는 누구야?"

눈알을 부라리고 사진을 노려보던 3번 이브가 입에 게거품을 문다.

"세상에, 이 여자 봐봐! 오래전에 시장에서 생선 도매업을 하던 거래처 여사장하고 비슷하게 생겼어. 이런 개 같은 일이, 무슨 악연이야!"

3번 이브가 나에게 불쑥 사진을 내민다. 1번 아담과 여자가 서로의 손을 꽉 붙들고 있다. 특히, 사진 속의 여자 입매가 가면마법사와 똑같다. 2번 이브가 사진을 응시하며 비명을 지르듯 화들짝 놀란다.

"어머머. 가면마법사 그년하고 이미지가 닮았다! 그치?"

사진 속의 얼굴을 번갈아 쳐다보던 1번 이브의 입에 거품이 물려진다.

"그럼, 이것들이 처음부터 작정하고 수작을 부린 거야? 그럼, 제부는? 2번도 에덴동산 포차 그년과 같이 작당한 건가?"

2번 이브가 입술을 앙다문다. 담당 형사가 사진을 서류가방에 챙겨 넣곤 단호하게 말한다.

"사건은 빤하네. 치정에 얽힌 사기극."

나는 마음속으로 한마디 해준다.

'사진으로 뭘 증명해내겠어? 아무것도 알아내지 못할걸!'

이브들은 잊어야 한다. 그것이 정신 건강에도 좋다. 나도 이런 현실이 좋지만은 않다. 아니, 무섭다. 하지만 난 소망한다. 하늘과 땅의 경계가 명확하고, 강물은 높은 곳에서 낮은 곳으로 흐르며, 아담과 이브의 의무와 권리가 동등해지길 소망한다. 하지만 나의 소망은 이뤄지지 않을 것이다. 나는 너무나도 잘 알고 있다. 가족이란 이름으로 무장된 사회적 금기는 금지된 것에 관한 한 입 밖으로 내어서는 안 된다는 강제력을 가지고 있다. 그러나 위반에 대한 열망을 꿈꾸었던 아담 형님들이기에 그런 것들을 무력화시켜버렸다.

그러니까 그것이 비도덕적이라는 걸 알면서도 모든 것을 버리고 사랑으로 함몰되어 들어가는 것, 그것이 진짜 사랑이다. 이처럼 금지된 사랑은 다른 사람들의 상처, 특히 가족을 무너뜨리며 이루어지는 것이기에 머뭇거려진다. 그러나 열정은 가슴팍에서 솟구치는 뜨거운 치받침과도 같은 것이기에 쉬이 가라앉지 않는다. 이건 수컷들의 생물학적 차원에서의 문제가 아니라 인간의 정신적인 문제이기 때문이다. 노력으로 가질 수 없는 것, 넘을 수 없는 것에 관한 욕망을 중시하는 그녀들과는 다르다. 그렇기에 나와 아담 형님들은 종신 노역의 부도덕함에 절망한다. 특히 도덕, 제도라는 이름으로 나설 때에는 더욱 그러하다. 왜냐하면 가족이란 제도가 헛것임에도 불구하고 많은 아담들은 사회적 금기를 넘지 못한다. 결국 금기를 넘어서는 데 실패하고야 말 거라는 막연한 두려움 때문이다.

담당 형사가 나를 노려본다. 난 어색한 미소를 흘린다. 형사는 수상한 눈빛으로 집요하게 캐묻는다. 난 해줄 말이 없다. 그는 나에게 눈을 부릅뜨고 아랫입술을 비틀어 올린다.

"그만 가셔도 됩니다. 재차 강조하지만 완전범죄는 없어요. 그건 진리지요. 또 연락드리겠습니다."

우리는 담당 형사에게 인사말을 건네곤 밖으로 나온다. 한편으론 의아한 생각이 든다. 1번 아담과 가면마법사는 왜 사진을 남겼을까? 실수로 빠뜨린 건가? 자못 궁금해진다. 얼떨떨한 기분이 들기도 하지만 1번 아담과 가면마법사가 연인이라는 사실이 실감나지 않는다. 1번 이브의 입에서 억눌린 비명이 터져 나온다.

"잡히면 죽여버릴 거야!"

그녀의 내뱉는 말마디가 예리한 복어 가시가 되어 나의 가슴팍을 쑤셔댄다. 이브들의 걸음걸이도 허청거린다.

어쩌면 아담 형님들이 찾아 떠난 어느 멋진 곳은 지금까지 살아온 삶보다 더 험난할지도 모른다. 단언컨대, 말로 표현할 수 없는 경험을 하게 될 것이다. 그렇다고 겁을 먹고 엉금엉금 기어서 도망쳐 나오지는 않겠지? 그곳이 태평양인지, 인도양인지, 대서양인지, 아니면 남도 다도해인지, 호수인지 아무도 모른다. 나는 그렇게 생각한다. 어느 멋진 곳은 아주 가까이에 있을 수도 있고, 아주 먼 미지의 세계일 수도 있다. 말이 나왔으니 하는 말이지만, 아담 형님들은 너무 오랫동안 기다려왔다. 이 정도면 오래 참은 거다. 그만큼 버텨낸 것이 더 신기한 일이다. 아담 형님들은 가장으로서 당연히 해야 하는 의무감, 사랑한다는 말, 남녀평등이라는 말을 믿지 않는다. 그렇다. 무엇이 어디서부터 어디까지 어떻게 꼬였는지 아무도 모른다. 자신도 늙어가고 있다는 깨달음, 병들어 죽을 수 있다는 자각, 대개의 인간들은 그런 생각을 하지만 늙고, 병들고, 죽어가는 그 순간까지 행동하지 못한다.

아담 형님들과 가면마법사, 그리고 에덴동산 포장마차 여자도 공갈빵의 허상을 알아버렸는지 모른다. 앞에서도 말했지만, 그들이 함께 떠나는지는 알 수 없다. 정말 알 수 없다. 다만, 자신들이 낙원이라고 믿었던 돈을 향한 삶이 공갈빵과 별반 다르지 않다는 진리를 깨달았을 것이다. 얼마나 오랜 시간이 지나야 공갈빵이 허상이라는 걸 아무도 가르쳐주지 않았다. 그러나 충분히 깨달을 만큼의 세월이 흘러갔다. 그런 삶의 철학은 대부분 몹시 느리게 깨닫는다. 그건 자신의 죽음에 대해서도 마찬가지다. 만약 아담 형님들이 종신 노역을 선고받은 이후 줄곧 그런 생각을 하고 있었던 거라면, 떠나지 않은 게 더 이상한 일이다. 언젠가 1번 아담이 내게 말한 적이 있다.

"3번아! 이해 못 하고 용서받지 못할 일은 없다. 다만 용기가 필요할 뿐이지."

생각해보면 나는 거의 모든 순간 거의 모든 말의 의미를 몰랐던 것 같다. 이브들도 몰랐다. 그렇다. 그들은 언제나 용감했으며 두세 발씩 앞서서 자아 성찰을 했다. 세상과 가족은 사랑의 힘으로 이루어져 있다는 말, 아내와 자식은 목숨을 걸 만큼 소중하다는 말에 의문을 품었다. 그러니까 자신도 곧 병들어 죽을 수 있다는 깨달음, 대개의 인간들은 자신과 동떨어진 삶으로 치부하다가 진짜 병들어 죽어가는 순간에 처절하게 반성한다. 어쩌면 아담 형님들의 판단이 맞을지도 모른다. 삶을 가볍게 살아가고자 하는 그들은, 이제 삶이 하찮아져 버린 걸까? 그도 아니면 불 속으로 날아들고 싶은 욕망, 바로 비상에 대한 욕망 때문일까? 어쩌면 마음속 깊이 잠재해 있는 열정적 삶으로의 욕망은 흡사 독수리의 비상 욕망과 같은 것일지도 모른다.

나는 항구도시에서 제일 높은 산으로 걸음 한다. 발걸음마다 땅바닥에 쩍쩍 들러붙는 기분이다. 난 아담 형님들과 어느 멋진 곳을 꿈꾸었지만 고작 한다는 짓이 산을 오르는 일이다. 앞으로 어느 멋진 곳이라는 문장을 떠올릴 때마다 우유부단, 머뭇거림, 소심함이라는 단어를 떠올리게 될지도 모르겠다.

난 환상의 공간이 두렵다. 환상이란 어차피 허상이다. 내가 환상적 일탈의 공간에서 벗어나 현실로 돌아가면 내 가족은 그냥저냥 굴러갈 것이다. 그러나 아담 형님들은 그곳이 아름다운 향기가 악취로 변하는 공간이라 단언했다. 아무리 아름다운 향기라 할지라도 그 향내가 과하면 싫어지는 법이다. 가족을 위해 죽음까지도 불사하고자 했던 아담 형님들, 이젠 의미 없음이 되어버렸다. 더욱이 그들은 이미 오래전, 삶이 하찮아져 버렸다. 나비가 불 속으로 날아드는 것도 따뜻함에 대한 욕망, 바로 자유로운 삶에 대한 욕망 때문이다.

난 바다를 바라본다. 수면 위로 물수리 한 마리가 날아가고 있다. 야생의 바다에 길들여진 야생의 물수리는 바다에서 살다가 바다에서 생을 마감하는 법이다. 어쩌면 아담 형님들도 어느 멋진 곳으로 가기 전, 미안하다 사랑한다, 라고 말했는지도 모른다. 더 큰 욕심이 생기기 전에, 절대 그럴 일은 없겠지만 이브들에 대한 미움이 마음속에서 싹트기 전에 떠나야 한다고 마음을 다잡은 건 아닐까? 그럴까? 심해에서 한 줄기 햇살을 받아 가까스로 피어난 파래가 저 혼자 피었다가 혼자 지듯이 나도 그렇게 살아야 하는 걸까?

난 모른다. 그들이 어느 멋진 곳을 찾았는지 모른다. 다만, 내가 모르는 수많은 아담들도 그곳을 동경했거나 지금도 찾고 있는지 알 수는 없다. 더러는 울기도 웃기도 하겠지만, 떠나기란 쉽지 않을 것이다. 그러나 아담 형님들은 떠났다. 그 여파로 나의 가슴팍이 떨린다.

'너는 나처럼 살지 마!'

문득 아버지의 말이 떠오른다. 내가 초등학교 4학년 때였으니까 아버지는 사십 대 초반쯤이었을 것이다. 나는 거실 창밖으로 노을이 지는 걸 바라보고 있었고, 아버지가 느닷없이 그런 얘기를 꺼냈다. 그때 나는 그 말의 의미도, 아버지의 의중도 파악할 수 없었다. 다만 그러겠다고 고개를 끄덕였다. 그런데 내 옆에 앉아 있던 아버지가 갑자기 울기 시작했다. 왜 우느냐고 물었지만 아버지는 대답도 없이 태양이 완전히 사그라질 때까지 계속 울기만 했다. 그 기억도 이제는 절임 음식처럼 묵은내가 난다. 여러 개의 질문으로 쪼개진 그 기억들이 내 머릿속에서 희미해진 지 오래다. 이 계절이 지나면 나도 사십 대로 접어든다. 그런데도 해결되지 않은 질문들이 감당하기 어려울 만치 많다. 그리하여 못다 한 얘기들은 오롯이 내 몫의 물음이 되어버린다. 어쩌면 아담 형님들도 내 아버지가 가졌던 회한, '넌, 나처럼 살지 마!'라는 말의 의미를 깨달았는지도 모른다.

낭만적 사랑과 결혼 제도의 아이러니

박철화(문학평론가)

낭만과 사랑

'낭만적 사랑'이라는 용어는 그야말로 가슴 뛰게 낭만적이지만 생각보다는 복잡한 개념이다. '낭만'이란 수식어의 내용은 무엇이고, 사랑은 어떻게 정의할 수 있는가? 우리가 당연하게 여기는 그 말은 과연 실제와 부합하는 것일까? 이런 물음을 계속 낳을 수 있기 때문이다. 그럼에도 이 용어가 자명한 것처럼 우리에게 여겨지며, 현대인의 가슴에 보편적 파장을 불러일으킨다는 것은 그만큼 강렬하게 우리 삶의 어떤 진실을 가리키고 있다는 증거다.

'낭만'이란 말은 서양어 roman에서 왔다. 어원상으로 그것은 프랑크족, 즉 오늘날 이탈리아 북동쪽 지역을 중심으로 한 부족과 대비되는 것으로 로마풍이라는 뜻을 지니고 있다. 프랑크족은 로마 제국에 결사적으로 항거하여 자유를 지키긴 하였으나, 반면에

로마의 선진 문명과 단절되어 야만으로 남는 운명의 아이러니를 겪는다. 그래서 그들은 한편으로 역사 내내 로마의 선진문명에 대한 동경을 갖는데, 낭만이란 그들이 동경하는 로마제국의 문명 roman이자, 아울러 그것을 동경하는 마음 그 자체를 말한다. 그 전통이 얼마나 강력한 것인지는 독일 문학의 위대한 상징인 괴테 자신이 간절하게 '이탈리아 기행'을 꿈꾸고 실행에 옮긴 것만 보아도 알 수 있다. 오늘날에도 독일인은 세계에서 여행을 가장 많이 하는 국민에 속한다.

그리고 '사랑'은 오늘날 보편적 감정이지만, 그럼에도 인류의 긴 역사에 비추어 오늘날과 같은 뜻으로 등장한 것은 그리 오래된 일이 아니다. 사랑은 기독교 이전의 헬레니즘 문명 속에서, 이후의 기독교 문명 속에서, 그리고 르네상스 이후와 근대를 겪으며 계속해서 그 개념의 변천을 겪는다. 참고로 헬레니즘 문명의 그리스에서 동성애는 지적인 남성의 보편적 애정 양식이기도 하였다. 하지만 기독교 문명은 그것을 무거운 죄로 변모시켰다. 그러면 오늘날 우리가 말하는 사랑은 언제부터 시작된 것일까?

'낭만적 사랑'이란 용어에서의 사랑은 중세 궁정예절 courtesy 의 전통으로 봐야 한다. 물론 아담과 이브의 시절부터 남녀 사이에 특별한 감정은 당연히 있었을 것이다. 하지만 그러한 감정이 사회적으로 받아들여져 용어로써 제도화되는 것은 별개의 문제다. 근대 이전 생존이 우선시되는 가혹한 환경에서 평민 이하의 사람들에게 사랑은 사치였다. 그러한 사치는 귀족계급에게나 가능한 일일 터였지만, 소수의 귀족계급은 자신들의 특권적 지위를 유지하기 위해 정략결혼을 해야만 했다. 오늘날 우리가 알고 있는 사랑이란 이렇게 결혼이란 제도와 감정적 진실 사이의 불일치에서 생겨난다. 귀족계급에게 배우자란 정략결혼의 상대였기 때문에 자신의 감정이 움직이는 진실한 상대를 필요로 했고, 그런 마음의 상태를 사랑이라 부른 것이다. 물론 처음엔 그것이 기사도(騎士道)의 '수호천사'와 같은 이상적 형태로 시작되었지만, 그 시대라고 해서 존재의 가장 근원적이며 자연스런 욕망을 억누를 수는 없었다. 사랑은 곧 감정이 지시하는 마음의 진실이라는 의미를 얻게 된다.

사랑이 보편화되기 시작한 것은 르네상스 시기부터라고 할 수 있다. 상공업에 종사하며 부(富)를 갖추기 시작한 평민들은 귀족계급의 생활양식을 흉내 내기 시작했는데, 사랑도 그 주요항목 안에 들어 있었던 것이다. "사랑이 밥 먹여주냐?"는 말에서 보듯, 사랑이 생존의 절박함을 벗어던진 사람들의 감정놀음이라는 오명을 아직도 뒤집어쓰고 있는 것도 그 때문이다. 하지만 평민들에게도 퍼져나간 감정적 진실의 표현으로서의 사랑은 이제 특권 계급의 전유물이 아니라 다수의 사람들에게 허용된, 가능한, 내면의 표현이 되었다. 평민들에게는 결코 손에 닿지 않을 귀족의 보석 같던 사랑은 유행처럼 퍼져나간다. 제도적 용인이 이루어지는 것이다.

그렇지만 사랑이 오늘날 우리가 쓰는 의미를 완벽히 갖춘 것은 근대 이후의 일이다. 프랑스 대혁명을 계기로 출생 신분에 따른 차별과 제약이 사라지고, 누구나 감정적 진실의 주인공이 될 시민으로서의 권리를 갖추고서야 보편적 현상으로 확고하게 자리를 잡은 것이다. 합리적 이성과는 다른, 내면의 진실인 감정을 중시하는 낭만주의가 퍼져나간 것도 같은 이유에서다. 그 결과로 19세기에 '낭만적 사랑'은 열병처럼 번지며 근대의 신화로 격상된다. 계몽의 시대에 초기 낭만주의를 예고하는 괴테의《젊은 베르테르의 사랑》으로부터 시작해서 19세기 서양의 소설은 거의 대부분이 사랑이라는 주제를 품고 있다. 그것이야말로 자유 시민의 가장 뜨거운 상징이었기 때문이다. 한 가지 일화를 들자면, 독일 작곡가 리하르트 바그너는 프랑스 보르도 근처의 귀족 여성에게서 열렬한 팬레터를 받는다. 편지를 주고받으며 서로의 마음을 확인한 바그너는 사흘 동안 마차를 달려 그 여성이 사는 곳 근처로 가서 짧고 강렬한 사랑을 나누고는 다시 마차를 타고 돌아온다. 왕복 일주일 가까운 마차 여행이란, 싸구려 퇴물 버스를 타고 덜컹거리는 비포장도로를 한 달씩 달려가는 일이나 마찬가지였지만, 낭만적 열정은 기꺼이 그 일을 실행에 옮겼다.

물론 그것은 서양에만 국한된 일이 아니다. 근대화를 지향한 국가 어디에서나 일어나는 보편적 현상이었다. 유신 이후 19세기 후반의 일본이 그러했고, 20세기 초반의 조선도 마찬가지다. 계몽문학으로 민족지도자의 반열에 오른 이광수가 조선의 젊은이들에게 제시한 것도 '자유연애'였다. 그것이 바로 근대의 얼굴이었기 때문이다. 이광수 자신이 당대 관습에 따라 일찍 정혼한 아내와 헤어지고, 신여성 허영숙과의 새로운 삶을 실행에 옮겼다. 집안 어른들의 요청으로 정혼한 여성은 봉건 조선의 윤리와 가치관을 그대로 간직한 데 비해서, 허영숙은 일본에 유학하여 서양 의학을 공부하고 조선 최초의 여의사가 된 신여성이다. 게다가 둘의 관계에서 유부남인 이광수에게 미혼의 허영숙이 더 열정적으로 다가갔다는 게 정설이다. 문제는 이광수가 봉건 타파의 차원에서 일부일처제를 주장해왔던 점이다. 봉건 시대의 유물 가운데 하나가 축첩(畜妾)이었기 때문이다. 이광수는 주변의 우려에도 중국으로 근거지를 옮겨 허영숙과 새로운 삶을 시작함으로써, 자유연애를 일부일처제의 윤리 앞에 위치시킨 셈이다. 친일 행적에 가려 덜 드러나긴 하지만, 이광수는 이 점 때문에 상당한 논란을 빚기도 한다. 그런데 그게 그토록 시급한 일이었을까, 하는 의문을 가질 수도 있지만, 신분제도에 갇힌 봉건 조선을 혁파하는 무기 가운데 하나가 자유연애였음은 분명한 사실이다. 봉건 윤리에 구속받지 않을 자유로운 삶의 권리였기 때문이다. 그러니 낭만적 사랑이란 서양에서는 두어 세기, 우리는 불과 한 세기의 짧은 역사를 갖는 개념이다.

낭만적 사랑과 사회

이 표현은 소설가 정이현이 2003년 내놓은 같은 이름의 소설집으로 잘 알려졌다. 하지만 사실은 그보다 훨씬 앞선 1985년에 재클린 살스비의 저작물 번역으로 우리에게 처음 소개되었다. 물론 이 책은 낭만적 사랑의 기원 자체에 대한 연구는 아니다. 오히려 사회생활의 자유 없이 남성에게 생존을 의지해야 하는 여성들에게 낭만적 사랑이란 담론이 어떻게 왜곡된 신화로 자리 잡는가에 대한 비판적 고찰을 담고 있다. 낭만이라는 감정을 절대화함으로써 사회라는 현실을 가리는 데 사랑이 동원되는 것이다. 1980년대 민주화 운동의 흐름 속에서 페미니즘 시각을 대변한 이 저작은 낭만적 사랑의 개념을 '의식화'함으로써 그 개념이 더 이상 자명한 것이 아님을 일깨워주었다.

실제로 낭만적 사랑이라는 담론은 19세기 '국민국가' 형성기에 국가 이데올로기로 확고하게 자리 잡는다. 근대 이전에 국가 구성원으로서의 정체성은 상대적으로 명료하지 않았다. 그런데 프랑스 대혁명 이후 근대의 문턱을 넘어서며 자유와 평등의 권리에 눈을 뜬 시민들은 그 이념에 동의하는 구성원들의 나라를 세우고자 하였고, 근대 국가 역시 구성원들의 삶의 안정성 차원에서 가족을 고려하지 않을 수 없었다. 가족은 국가의 구성원을 낳고 기르며 정체성을 갖도록 만드는 출발점이기 때문이다. 자유, 평등, 박애를 주창했던 근대 서양 국가들이 제국주의로 치달아간 19세기에 낭만적 사랑과 함께 화목한 가정이라는 부르주아 이데올로기가 쌍을 이뤄 신화가 된 이유가 거기에 있다.

그런데 살스비의 비판을 굳이 빌리지 않더라도, 사랑과 가정이라는 이 쌍두마차 신화가 여성들을 수동적 대상으로 타자화하여 남성들의 또 다른 식민지로 만들었다는 것은 이제 부인할 수 없는 진실이다. 낭만적 사랑은 단순히 존재의 감정적 차원에만 머물지 않는다. 그 사랑의 결과물로서의 안온한 가정이라는 이미지가 성차별이라는 엄연한 현실의 사회적 의미를 가리는 포장재로 사용되었기 때문이다. 즉, 여성은 감정적 존재이며 그 감정이 지시하는 바를 따라 사랑을 선택하여 가정을 이루고, 그 가정을 지키고자 현모양처로서의 역할을 다해야 한다는 것이다. 실제로 여성은 사랑의 주체가 아닌 대상이며, 가정의 주인이 아닌 노예에 가까움에도 말이다. 따라서 20세기의 페미니즘은 지속적으로 이 낭만적 사랑이라는 담론에 문제를 제기하였다. 과연 사랑은 그렇게 낭만적인가?

근대소설의 뛰어난 성취인 귀스타브 플로베르의 《보바리 부인》(1857)의 여주인공 엠마나, 근대 희곡의 한 장을 열어젖힌 헨리크 입센의 《인형의 집》(1879)의 노라가 보여주는 19세기 여성상은 이미 낭만적 사랑의 담론이 거짓이라는 점을 말하고 있다. 하지만 그럼에도 사랑은 여전히 낭만적이며, 가정은 또한 화목해야 한다는 신화는 강렬한 매혹과 설득력을 갖고 있다. 그것을 대체하여 사랑과 가족을 설명할 다른 이유를 우리는 아직까지 찾지 못한 것이다. 그런 점에서 우리 현대인은 그것이 진실이어서가 아니라, 진실이었으면 좋겠어서 낭만적 사랑과 화목한 가정의 신화를 버리지 못하고 있다.

앞서 보았듯이 이광수의 계몽과 자유연애론으로 시작한 한국 근대소설은 오랜 탐구의 여정에서 이만교의《결혼은 미친 짓이다》(2000), 정이현의《낭만적 사랑과 사회》(2003),《아내가 결혼했다》(2006) 등을 통해 사랑과 가족 이데올로기에 지속적으로 질문을 던졌다. 즉, 그것은 사회적 제도일 뿐, 결코 자명한 보편적 진리일 수 없다는 것이다. 물론 그 물음에도 여전히 낭만적 사랑과 화목한 가정은 견고한 신화로 남아 있지만, 그렇다고 그 신화 자체에 대한 이의 제기가 멈추는 것도 아니다. 김춘규의 장편소설《아담의 Y 염색체》또한 그 연장선에 있다.

에덴(Eden)에서의 추방

성경에 따르면, 에덴은 인류의 근원적 낙원이다. 잘 알려져 있다시피, 이브가 선악을 알게 하는 지혜의 나무에 달린 금지된 과일을 따는 바람에 인간은 그 벌로 에덴에서 추방된다. 그걸 두고 아담과 이브가 다투었는지는 잘 모른다. 그보다 전에 오해의 가능성은 처음 인류의 탄생에서부터 이미 들어 있다. 아담의 입장에서는, 자기 갈빗대로 빚어진 이브가 자신의 뜻대로 움직여주길 원할 것이고, 이브로서는 아담이라는 시제품을 만든 경험을 바탕으로 하느님이 새로 빚으신 자신이 아담보다 더 뛰어난 존재라는 점을 주장하고 싶을 테니 말이다. 뱀의 꼬임에 넘어가 '선악과'를 딴 이브는 유혹에 약한 존재이기도 하지만, 뒤집어 보면 금기에 대한 호기심과 위반의 과감함을 가진 지혜로운 존재일 수도 있다.

어쨌든 분명한 한 가지는, 에덴동산(The Garden of Eden)에서 추방된 뒤로 인간은 다시는 그 낙원으로 돌아갈 수 없다는 사실이다. 인간이 만든 낙원은 모두 '짝퉁'이거나 사기다. 이 작품에서의 '에덴'도 마찬가지다. 여기에는 아담 셋과 이브 셋이 등장한다. 이브는 자매들이고, 아담은 그 배우자인 남자 동서들이다. 화자인 세 번째 아담에 따르면, 이 에덴은 낙원이 아니라 지옥에 가깝다. 친정아버지의 유언장과는 다르게 사위들에게 갈 유산을 모두 차지한 세 자매, 그 사실을 알면서도 모르는 척 참고 지내다 마침내 그 유산을 모두 다시 가로채는 데 성공하는 두 아담, 그리고 중간에서 오락가락하며 그것을 지켜보는 화자까지, 이 동산은 막장 드라마의 무대다. 이들에게 조화와 행복의 낙원은 존재하질 않는다. '어느 멋진 곳'은 막연하며, 마침내 위의 두 아담이 간 곳 역시 배신의 그림자가 짙게 드리워져 있다. 이 에덴은 아이러니다.

Y 염색체

아담과 이브의 차이는 염색체 Y뿐이다. 생물학적으로는 xx 염색체를 가진 이브가 xy 염색체를 가진 아담보다 더 안정된 존재다. 설령 어느 한쪽 유전자에 이상이 생기더라도 이브의 경우 같은 유전자 x가 그 역할을 대신할 수 있지만, 아담의 경우 그 일 자체가 불가능하다. 그래서인지 남성의 영아 사망률이나 장애 비율이 훨씬 높다. 그렇지만 인류 역사 속 가부장제 사회에서 그 불안정한 Y 염색체는 특권의 상징이자 벼슬이었다. 이 소설의 재미는 그러한 '아담의 Y 염색체'가 가부장제의 그것이 아니라, 생물학적 진리대로 그다지 뛰어난 것이 아닐지 모른다는 데서 시작한다.

"정자란 지극히 고독한, 홀로 된 존재이기에 동료 정자에게 동
정과 협동을 거부한다. 정자의 본성에도 어긋나는 일이다. 난자
또한 정자의 의견은 묻지 않고 오직 자신만의 목적을 추구한다.
그것이야말로 정자의 의무를 극대화시키고 연장시킬 수 있는 가
장 유효한 수단이라고 믿는 까닭이다. 이것은 정자의 원죄다. 왜
냐하면 일등 정자는 착상의 기회를 잃고 죽어갔고, 기회주의자인
이등 정자가 착상을 통해 완전무결해졌기 때문이다. 착상의 실패
는 완전한 의무의 위반인 동시에 죽음을 의미한다. 그런 숙명 때
문에 정자는 난자에게 영생을 갈구하게 되고, 난자는 권력자로서
칼자루를 쥐게 된다. 어쩌면 정자는 삶과 죽음의 결정권자인 난자
에게 구걸해야만 생존이 가능한 존재인지도 모른다. 꼭 이것 때문
만은 아니지만 나와 아담 형님들은 자지가 싫다. 왜냐하면 지금의
우리에겐 변론의 기회조차 없다."

아담의 정자는 떼로 몰려가 이브의 난자와 하나가 되길 소망한
다. 그런데 기운 좋게 달려간 첫 번째 정자는 착상을 위해 난자의
벽을 뚫으려다 기진해 쓰러지고, 정작 그 문으로 들어가는 행운은
두 번째 정자에게 주어진다. 다수의 정자가 공격적인 것 같지만,
사실 단 하나의 난자에게 선택권이 주어져 있으며, 그나마 1등으
로 달려간 정자가 선택되지도 못한다는 진술은 이 작품이 가부장

제의 성적 지위와 역할을 뒤집는 아이러니임을 증명한다.

그래서 이 소설에서 이브들은 힘이 세 보인다. Y 염색체는 사랑에 눈이 멀어 스스로 종신 노예이길 선택하기 때문이다. 낭만적 사랑의 시간은 아주 짧으며, 그 시간이 지나면 처음 가졌던 수컷으로서의 순정과 자부심은 온데간데없이 사라지고 이브들에게 복종하는 일만 남는다. 아담으로서는 1번처럼 일찍부터 순응하거나, 2번처럼 온갖 핍박을 받으면서 버티거나, 화자인 3번처럼 이도 저도 아닌 채 좌고우면(左顧右眄) 오락가락하는 것이다. 이런 이브와 아담 들이 '매달 첫째 주 금요일' 에덴동산에서 만나 술을 마시고 노래 부르며 속고 속이는 드라마를 엮는다.

에세이 소설

사실 이 소설은 이야기의 구조라고 할 것이 특별히 없다. 화자인 세 번째 아담의 진술에 전적으로 기대고 있기 때문이다. 그런데 그의 진술은 반복되면서 아주 조금씩 변주된다. 마치 모리스 라벨의 음악 〈볼레로〉처럼 '군림하는 이브'와 '움츠러든 아담'이라는 주제(leitmotiv)가 반복되면서 최종 결말을 향해 증폭된다. 낭만적 사랑과 현실적인 제도로서의 결혼에 대한 화자의 진술은 여러 번 반복 변주되며 결말을 향할수록 점점 강화된다.

"그렇다. 난 인생의 황금기에 커다란 실수를 저질렀다. 앞에서도 말했지만 그건 낭만적 사랑에 대한 환상이다. 처음엔 사랑이 영원할 거라 믿었지만 유통기한이 있다는 것까진 생각하지 못했다."

"우리가 복제품이야? 그래? 우릴 존경해야지. 세상 그 누구든 우리의 자궁에서 태어났어. 그래도 우리가 아담의 복제품이야? 천만에. 비겁한 자식들. 한 가지 얘기해둘 게 있어. 우리 이브들의 열정을 폐기시켜버리고 냉소적으로 살아갈 수밖에 없는 상황으로 내몬 놈들이 누구야? 그래서 우리는 아담들의 이중적 행동에 분개하는 거야. 좋은 말 할 때, 허리는 숙이고, 눈알에 힘은 빼! 수컷들은 자기 모멸감과 비애를 알아야 해. 어디서 건방지게 깐죽거려."

이런 진술이 특별히 새롭지는 않다. 어떤 점에서는 술자리 상식의 토로(吐露)처럼 보이기도 한다. 사랑은 영원히 낭만적인 게 아니며, 섹스는 권력의 문제이고, 결국 우리의 일상은 돈의 가치가 지배하는데…… 등등 이런 화자의 진술은 하지만 끝까지 읽어나가면, 단순한 서투름이 아니라 작가가 의도한 것으로 보인다. 화자인 세 번째 아담의 순정을 부각시키기 위한 장치이기 때문이다. 사실 화자이자 관찰자로서 어디에도 끼지 못하는 이 아담의 외로움이 아니었다면, 이 작품은 술자리의 넋두리처럼 그렇고 그런 사랑과 결혼의 회한과 원망으로 얼룩진 세태소설에 불과했을 것이다.

이 에세이 소설의 이런저런 정보를 종합하면, 화자인 세 번째 아담은 지극히 평범한 뱃사람이었는데, 어느 날 나간 남녀 모임에서 세 번째 이브를 만났고, 내성적인 순진한 아담과는 달리 이브의 적극적인 자세 덕분에 뜨거운 사랑을 나눈다. 그 일로 임신을 한 이브의 호출에 불려나간 아담은 두 처형과 손위 동서들을 만나 결혼 문제와 마주한다. 거기서 2번 아담의 경고에도 감정이 이끄는 대로 사랑을 믿고 화자는 3번 이브와 가정을 이룬다. 가난하지만 행복했던 신혼은 3번 이브가 사기 피해자가 되어 모은 돈을 날리면서 끝난다. 그 뒤로 3번 이브는 돈에 그악스러워지고, 돈 앞에서 무능한 3번 아담은 그만큼 위축된다. 이때부터 그는 자신이 사랑받는 남편이자 가정을 지킨다는 자부심으로 사는 수컷이 아니라, 돈을 벌어다 바치는 노예로 전락했다는 엄연한 현실을 깨닫는다. 낭만적 사랑이 환멸과 함께 현실적 권력의 문제로 뒤바뀌는 것이다. 이 소설은 바로 그 과정에 대한 에세이적 진술을 담고 있다.

물론 그렇다고 이 짧지 않은 소설이 단순히 진술만으로 이루어졌다고 말할 수는 없다. 영화 〈스팅〉이나 〈쇼생크 탈출〉에서처럼 악당의 의표를 찌르듯 속고 속이는 플롯이 〈볼레로〉의 대단원처럼 울리기 때문이다. 이 플롯이 없었다면, 에세이를 넘어 과연 소설일 수 있었을까? 하지만 이 단 하나의 플롯은 구조로서의 소설을 충분히 지탱한다.

중간자적 존재

에덴동산에서 추방된 뒤로 인간은 불완전한 존재가 되었다. 삶은 유한하고, 오해는 널려 있으며, 갈등은 낚싯바늘처럼 우리를 꿴다. 인간의 삶은 차선과 최악 사이에 있다. 최선과 완벽이란 신

의 절대적 영역이지, 인간의 몫이 아니다. 사랑과 결혼 또한 마찬
가지다.

　사실 처음부터 2번 아담은 화자에게 그 사실을 일깨우려 했다.
결혼은 감정의 문제가 아니라는 사실, 낭만적 사랑의 신화에 속아
시작하지만 고통의 노예가 되는 현실과 마주하게 될 거라는 점,
결국 '어느 멋진 곳'으로 탈출해야 간신히 이 막장 드라마가 끝난
다는 것 등등. 그는 온갖 구박과 모욕을 견디면서도 굴하지 않았
고, 그래서 더 큰 핍박과 오해의 대상이 되지만, 쉬지 않고 아담들
의 독립과 탈출을 선동한다. 1번 아담은 겉으로는 순종하는 체하
면서 2번 아담과 갈등을 보여주지만, 그는 이브의 억압과 구속을
벗어던질 자유를 조용히 꿈꾸다가 마침내 2번과 함께 실행에 옮
긴다. 그에 반해 화자인 3번 아담은 누구보다 많은 정보를 갖고서
도 쉽게 결단을 내리지 못한다.

　"어쩌면 나도 1등 정자를 밀어내고 난자와 착상에 성공한 2등
　정자처럼 성공 앞에서는 무도덕을, 사랑 앞에선 조건을 핑계 대는
　그런 기회주의자인지도 모른다. 1등 정자에게 의당 느껴야 할 죄
　책감조차 느끼지 않는 것도 이 모든 일련의 과정들이 비현실적인
　환각에 지나지 않기 때문이다. 그러니까 나는 그런 것들에 대한
　성찰의 시간이 필요하다. 그럼, 나와 아담 형님들과의 차이점은
　무엇일까? 그들은 허물어진 세상과 뒤섞이면서도 희망을 버리지
　않았고, 난 언제나 머뭇거렸다. 그 간단한 차이가 나를 쓸쓸하게

만든다."

생각이 많은 화자는 행동에 나서지 못한다. 특히 아들 앞에서 완벽한 슈퍼히어로가 되어야 한다는 의무감에, 그렇게 보이고 싶은 욕심에 그는 탈출하지 못하고 남는다. 어쩌면 자신의 아들도 결국 화자의 아버지, 즉 아들의 할아버지의 '너는 나처럼 살지 마!'라는 말을 듣게 되는지도 모르는데 말이다. 긍정적으로 보자면 신중하고 현실적이지만, 부정적으로 보자면 결단력 없이 관습 속에 놓여 있는 존재다.

"나도 이 현실에서 벗어나고 싶지만 머뭇거려진다. 세속적 의미의 출세로부터 자유로워지고, 가장의 의무로부터 자유로워지고 싶다. 그런데도 무기력하게 결정을 미뤘다. 그렇다. 내가 슈퍼맨이라고 굳게 믿는 아들의 얼굴이 어른거린 탓이다. 내가 떠난다면 아들은 슈퍼히어로를 잃어버리게 된다. 최소한 아들이 나를 이해해줄 나이가 될 때까지는 슈퍼맨으로 남아 있어야 하지 않을까? 언제나 나를 슈퍼히어로로 생각하는 아들이 눈에 밟힌다."

그런데 중요한 점은 우리들 대부분이 그렇다는 것이다. 《이방인》과 《페스트》의 작가 알베르 카뮈가 적었다. "인생은 완성되지 않지만, 예술은 '끝내주는' 것이다." 우리는 쉽게 떠날 수 없다. 화자의 말처럼 "어떤 삶이 더 바람직한가에 대해선 결론을 내릴 수 없다. 그건 단순한 문제가 아니다." 괴테는 《젊은 베르테르의 슬픔》에서 사랑을 이룰 수 없어 고뇌하다 자살하는 젊은이를 그렸다. 하지만 우리들 대부분은 사랑을 잃었다고 목숨을 버리지는 않는다. 아니, 못 한다. 그게 엄연한 현실이다. 우리들 존재와 삶의 진실은 이처럼 어중간하게 '멋지지 않은 어느 곳', 즉 여기에도 있기 때문이다.

아울러 그런 우리들의 사랑과 결혼은 낭만적이기도 하면서 현실적이기도 하다. 심장과 머리 모두에 걸쳐 있는 문제다. 감정인 동시에 제도다. 그래서 사회적 의미를 갖는다. 화자인 3번 아담의 중간자적 시선은 결론적으로 사랑이라는 감정과 결혼이라는 제도를 오가며 우리들의 삶을 들여다보는 자리다. 그는 성추행범이라는 오해를, 그에 따른 대가를 치르면서까지 그 자리를 지킨다. 그의 반복된 주절거림은 여기서 빛을 발한다. 그것이 권력을 잃은 수컷의 단순한 투정과 원망이 아니라, 특별히 대단할 것 없이 비루한 일상과 그 안의 우리를 비추는 말이기 때문이다. 이 소설의 미덕은 거기에 있다. 문득 앞서 예를 든, 괴테의 《젊은 베르테르의 슬픔》을 이루는 한 문장으로 그것을 표현해볼 수도 있을 것 같다. "인간의 행복이 되는 것이 또한 인간의 불행의 근원이 되리라는 것은 도무지 피할 수 없는 것일까?" 답은 이제 독자의 몫이 되었다.

1.

우리는 항상 체념과 일탈을 꿈꾸며 산다. 더러는 산다는 것이 다 거기서 거기지, 라고 말하기도 하고, 더러는 어느 멋진 곳으로 떠나는 상상을 하며 산다. 그렇다. 인생이라는 전쟁터, 그것도 중년을 넘어선 아저씨, 아줌마라면 그 꿈은 더욱더 간절해진다. 하지만 어떤가? 그런 건 드라마나 순정만화에서 찾아야 한다고 고개를 내젓는다. 결혼 생활이란, 안쓰럽게 골골대고, 꼬질꼬질하게 사는 게 현실이다. 어느 순간부터 슬슬 짜증이 나면서 '이건 뭐지?' 하는 의문이 들기 시작한다.

그렇다. 기대치를 그렇게 낮추었음에도, 이건 좀 아니다 싶다는 생각. 차라리 결혼을 하지 말걸, 하는 후회. 결국, 자신이 미워진다. 결혼이란, 푹 자고 맑은 머리로 냉철하게 판단해야 한다. 달리 말하자면, 결혼 생활이란 잠깐의 유쾌함과 아주 긴 불쾌함이다. 어떤 때는 다리가 부들부들 떨리고, 얼굴이 빨갛게 달아오른다. 왜 일까? 이브와 아담의 향기로운 냄새가 악취로 변한 탓이다. 말로는 설명이 안 되는, 뭔가 복합적이고 다층적인 성찰의 시간이 도래했다는 신호다. 그래서 누군가는 교회나 사찰, 점집을 찾는다. '신께서 넌 뭐가 필요해?' 하고 물어주길 소망하면서 말이다. 나는 그런 남과 여의 결혼 생활에 대해 궁금증이 일었다. 그래서 성경 공부를 시작했다. 그런데 자꾸 의문이 들었다. 그것도 창세기 편에서 말이다.

2.

첫 번째 의문이다. 하나님은 뭣 때문에 아담(남자)을 먼저 만들었을까? 당신도 궁금했을 것이다. 뭐? 당신은 기독교도가 아니라고? 상관없다. 당신이 믿는 종교에도 신이 행했던 기적은 있을 것이다. 아무튼 종교가 뭐든 간에, '하나님께서 아담(남자)을 먼저 만들었다면 갓난아이였을까? 아니면, 청년이었을까? 그것도 아니면 중년의 아저씨였을까?' 하는 의문 말이다.

물론, 갓난아이나 중년의 아저씨는 아니었을 확률이 높다. 왜냐하면 그 당시의 하나님은 무척이나 할 일이 많았을 것이다. 우주 만물을 창조하느라 바쁘지 않았겠는가. 그래서 성장의 단계를 뛰어넘어 건장한 청년으로 만들었을 것이다. 내 추측이다. 그러니까 천지창조와 에덴동산, 아담과 이브의 얘기가《아담의 Y 염색체》

를 창작하는 데 모티프가 되었다.

3.

두 번째 의문이다. '아담의 혈액형은 뭐였을까?'라는 의문이다. 인류의 혈액형은 크게 네 가지다. A형, B형, O형, AB형. 하긴, 상식 중의 상식이다. 지구상에서 제일 교육수준이 높은 대한민국이니까. 어쨌거나 아담(남자)과 이브(여자)를 조상으로 해서 네 가지 이상의 혈액형으로 갈라졌다는 얘기가 된다.

그럼 아담과 이브의 혈액형도 유전법칙으로 따져보면 역추적할 수 있다는 얘기다. 그런데 어떤 혈액끼리 조합되어야 네 가지가 되는 거지? 성경 속에 힌트가 있다. 의문이 들면, 확인해보기 바란다. 그러니까 아담의 갈비뼈로 이브를 만들었다는 이야기는 무신론자라 할지라도 다 아는 사실이다. 그럼, 아담과 이브의 혈액형은 같을까? 다를까? 같다가 답일 것이다.

동의할 수 없다고? 그럼 쉽게 설명하겠다. 아담(남자)의 갈비뼈를 빼내서, 아니면 취해서 이브(여자)를 만들었다. 문제는 그다음이다. 같은 뼈이니까 아담과 이브가 서로 같은 혈액형이라고 치더라도 어째서 네 가지 이상의 혈액형이 있을 수 있느냐고 말이다.

인류의 혈액형은 대충 따져봐도 A형과 B형이다. 좀 더 세분화하면 최소 여섯 가지이다. 이해가 안 된다고? 생각해보자. AA, BB, AO, BO, AB, OO까지만 생각하자. 너무 깊이 생각하지 말고. 그렇다. 하나는 확실하다. 아담의 갈비뼈로 만들어진 이브는 혈액형이 아담과 같다. 그럼 어떤 혈액형이었을까? 아마도 그것은 가장 많은 경우의 수로 갈라질 수 있는 혈액형이 아닐까 싶다. 참고로 지구상의 인구 중에서 O형이 가장 많고, AB형은 9퍼센트밖에 안 된다. 진짜? 의학 전공 박사들이 내놓은 연구결과다. 그리고 아프리카 순수 흑인이나 인디언 들은 거의 100퍼센트 O형이다. 그러니까 그들 사이에는 A형과 B형이 없다는 얘기다. 달리 말하자면, AB형은 태어날 확률이 없다. 그 많은 O형을 추적해보면, 아담과 이브는 서로 같은 혈액형이었고, 그들 자손들 대다수의 혈액형은 O형이니까 그들도 O형이지 않았을까? 내 추측이다.

앞에서도 말했지만, '하나님은 뭣 때문에, 아담(남자)을 먼저 만들었을까?' 하는 의문이었고, '아담의 혈액형은 뭐였을까?'라는 의문이다. 그런 모티프로 《아담의 Y 염색체》의 초고를 가다듬었다. 왜냐하면 내가 아는 아담과 이브 들은 들끓는 욕망의 소유자이고, 간절한 염원을 품고 산다. 왜? 피 때문이 아닐까?! 혈액형이 뭐든 간에 말이다. 어쨌거나 내가 말하려던 건, 그 혈액형의 형질 때문에 여성성과 남성성이 결정된다는 것이 내 추론이다.

호르몬도 세월이 지나면 녹이 슬고 찌꺼기들이 들러붙는다. 참 꺼림칙한 변화다. 그러니까 여성호르몬과 남성호르몬이 정체성을 잃어 방황하게 된다는 가정하에 《아담의 Y 염색체》를 창작했다. 나의 상상은 거기서 멈추질 않았다. 그렇게 순수하던 소녀의 호르몬은 왜 형질이 바뀐 거지? 그렇게 박력 있던 아담의 남성성은 어디로 숨은 거지? 안타까운 인간 호르몬의 악순환이다.

나는 호르몬도 세월의 풍파에 휩쓸려 정체성을 잃어버린 거라 단언하고, 글쓰기를 시작했다. 사람은 자신의 정체성을 잃어버린 채 자신의 삶에 순응하기도 하고, 벗어나려 몸부림치기도 한다. 삶이란 결코 만만한 게 아니다. 그들(아담과 이브)은 생계를 이어가기 위해 노동력을 파는 것 외에는 선택의 여지가 없다. 더구나 소설에 등장하는 아담과 이브는 우리 주변의 아저씨들, 아줌마들이다. 난 여자를 존경한다. 그것도 엄청! 정말이다. 못 믿겠으면 소설 구석구석에 깔려 있는 나(3번 아담)의 심리상태를 읽어보면 알 것이다. 사실, 인간의 삶은 연약하고 열악하다. 소설에 등장하는 이브들의 등쌀? 그녀들도 삶이 힘들긴 아담과 별반 다르지 않다.

더구나 아담은 갈비뼈를 이브에게 내어준 적이 없다. 생명을 주고, 피를 주고, 모든 DNA을 공유했다고? 말이 바른 말이지, 하나님이 준 거다. 물론, 아담과 이브의 고뇌, 가족 사랑도 절절하게 묘사했다.

4.

소설에 등장하는 아담과 이브는 서로 의지하고 더불어 살아가는 존재들이다. 삶의 터전이 아무리 힘들어도 운명처럼 받아들이고 살아간다. 그럼에도 불구하고 떠나버린 1번과 2번 아담이 있다. 하지만 나(3번 아담)는 이브와 가족을 쉽사리 떠나지 못한다. 그 주인공은 바로 당신이다. 말이 나왔으니까 하는 말이지만, 아담이나 이브도 측은하긴 매한가지다. 돈을 벌기 위해 집을 잠시

271

떠나더라도 언제나 가족을 그리워하고, 연어의 회귀처럼 다시 집으로 걸음 한다. 그게 바로 당신의 가족 사랑이다. 그런데 1번 아담과 2번 아담은 왜 떠났을까? 삶을 살아가는 방식은 개개인에 따라 상이한 면도 있다. 아니면, 더 이상 나아갈 수 없어 순응할 수밖에 없는 삶의 종착지가 아니라, 이브를 너무 사랑해서라고. 그래. 그게 좋겠다. 이브에 대한 신뢰와 사랑 때문이라고.

그럼, 오늘부터 간절하게 말해보자. "난 당신을 사랑해. 당신에게 청혼한 일은 두고두고 가문의 영광이야." 낯간지러울 필요까진 없다. 시간이 지날수록 호르몬의 형질은 부드러워진다. 부정할 수 없는 현실이다. 그렇다. 비굴하게 살아보자. 어차피 대개의 감정은 치사하다. 더러는 비굴함이 대단한 결과를 가져오기도 한다.

5.

앞에서도 말했지만, 성경 공부를 하면서 의문이 들었다. 그 의문 중 하나는 바로 이브. 그러니까 유부녀 얘기다. 이스라엘 역대 왕 중 가장 멋진 왕이 누군가? 바로 다윗이다. 그런데 유부녀를 취했다. 정확하게 말하자면, 간통이다. 왕이면 예쁘고, 깜찍하고, 기타 등등 숱한 여자들 중에 취향대로 선택할 수도 있었을 것이다. 그런데 왜 유부녀를 탐했을까? 참 궁금했다. 다말도 유부녀였고, 룻도 유부녀였고, 라합은 기생이었다.

밧세바는 더욱더 막장이었다. 그것도 충성스러운 군인인 남편을 버려두고 왕을 유혹해서 왕의 후계자를 낳았다. 당신의 이브가 그런 행동을 한다면? 용서하겠는가? 속된 말로, 찢어 죽일 년이라고 길길이 날뛸 것이다.

그렇다. 하나님도 아담과 이브의 어려운 부부 관계에 골머리를 앓았다는 얘기다. 만약, 성경에 등장하는 밧세바가 남편과 서로 깊이 사랑하고 금실 좋은 부부였다면 과연 성경에 등장했을까? 그녀는 왜 그랬을까? 태생적으로 뜨거운 여자라서? 아니면 다윗에게 홀딱 반해서? 추측하건대 그녀는 확실히 미인이었을 것이고, 아름다운 육체의 소유자였음이 틀림없다. 남자들은 미인을 좋아하니까. 갓난아이 수컷도 미인을 본능적으로 좋아한다는 연구 결과도 있다.

생각해보자. 그녀가 왜 불륜을 저질렀겠는가? 남편으로부터 존중받고 사랑받았다면 외간 남자와 그랬겠는가. 앞뒤 정황을 볼 때, 우리야는 충성스러운 군인이었을지는 모르지만, 아마도 아내를 사랑하고 존중하는 마음은 부족하지 않았을까?! 그에게 소중한 것은 사회적인 체면과 자존심이었고, 아내의 상처와 고독은 안중에 없었을 것이다.

《아담의 Y 염색체》는 아담의 입장에서 쓴 글이 아니다. 아담이나 이브나 서로에게 문제가 있는 건 아닐까? 오죽했으면, 성경에 등장하는 유부녀가 다윗을 사랑했겠는가? 달리 말하자면, 성실한 군인은 아내를 냉대했고, 군인으로서의 입장을 내세워 부인을 먼저 사랑해야 할 의무조차 저버렸다고 보는 게 타당하다. 평소에 그들(아담과 이브)의 관계가 어떠했을지, 충분히 유추된다.

당신은 당신의 이브를 죽도록 사랑하는가? 이건 또 무슨 소리냐고? 아들딸 낳고 살다 보면, 육체적 사랑보단 정신적인 신뢰, 믿음이 우선이다. 말하자면 이브와 아담의 관계는 서로 배려하기 나름이다. 하긴 모든 일엔 양면성이 존재하는 법이다. 그래도 어쩌겠는가. 당신이《아담의 Y 염색체》에 등장하는 1번 아담과 2번 아담처럼 행동하지 못한다면, 마음을 편안하게 가지고, 삶에 활기를 얻을밖에. 그게 그리 큰 문제가 될 건 없다. 게다가 간통죄도 폐지된 마당에 어떤 처벌도 할 수 없다. 양심의 가책 정도는 느낄 수 있겠지만 그건 죄가 아니다. 눈엣가시 같은 존재로 살기보단 가정의 평화와 안정, 나아가 인류의 정신건강을 위해 참고 살자.

앞에서도 말했지만, 난 이브들을 존경한다. 그것도 엄청! 당신은 어떤가? 계속 괴로워하며 살 건가? 아니면,《아담의 Y 염색체》에 등장하는 1번 아담과 2번 아담처럼 한 방 먹이고 어느 멋진 곳을 찾아 떠날 것인가? 그건 자유다. 하지만 조심, 또 조심하며 살자. 그게 나의 바람이다.

아 참, 감사의 말이 빠졌다.《아담의 Y 염색체》가 나오기까지 많은 도움을 주신 알에이치코리아 대표님과 항상 배려해주신 교수님들과 저를 아는 모든 분들께 감사드린다. 그리고 평론을 써주신 박철화 평론가님께 고마움을 전한다. 정말이지 많은 분들의 도움이 소설을 출간하는 데 큰 힘이 되었다.

2016년 여수에서

김춘규

아담의 Y 염색체

1판 1쇄 인쇄 2016년 9월 23일
1판 1쇄 발행 2016년 9월 30일

지은이 김춘규

발행인 양원석
편집장 김지연
디자인 RHK 디자인연구소 조윤주, 김미선
해외저작권 황지현
제작 문태일
영업마케팅 이영인, 양근모, 박민범, 이주형, 장현기, 이선미

펴낸 곳 ㈜알에이치코리아
주소 서울시 금천구 가산디지털2로 53, 20층 (가산동, 한라시그마밸리)
편집문의 02-6443-8846   **구입문의** 02-6443-8838
홈페이지 http://rhk.co.kr
등록 2004년 1월 15일 제2-3726호

김춘규 ⓒ 2016
Printed in Seoul, Korea

ISBN 978-89-255-5998-8 (03810)